밤에 찾아오는 구원자

안전가옥
오리지널
8

천선란
장편
소설

밤에 찾아오는 구원자

더 오래 사는 쪽이 불리했다. 언제나.

차례

수연

"뱀파이어야."

이 미친 여자의 말을 듣게 된 경위를 따지려면 아침으로 거슬러 올라가야 했다.

*

수연이 갓길에 차를 세웠다. 조수석 글로브 박스에서 비닐봉지를 찾는 찬태를 두고 수연이 차에서 내렸다. 멀리서부터 순경이 수연을 알아보고 인사를 해 왔다. 몇 없는 사람들을 헤치고 들어간 곳에는 천으로 덮인 시체 한 구가 있었다.

“나이는 일흔넷, 최초 목격자는 출근하던 간호사예요.”

“투신이에요?”

“네, 이 병원 7층이요. 거기 입원했던 환자예요.”

“유서는?”

“이번에도 발견됐어요.”

순경이 유서를 건넸다. 몇 줄 적혀 있지 않은 유서에는 가족들에게 전하는 마지막 인사가 적혀 있었다.

“저승은 꽃동산이 유행인가 보네요.”

꽃동산으로 가겠다는 문장이 눈에 밟혔다. 며칠 전 같은 병원에서 일어난 자살 사건의 유서에도 이와 비슷한 문장이 적혀 있었다. 수연이 휴대전화로 유서를 찍고 순경에게 넘겼다. 바닥에 꿇어앉아 재킷 안주머니에서 안경을 꺼내 쓴 뒤 천을 들췄다. 콘크리트에 뭉개진 얼굴이 보였다. 시체 상태는 핏기 없이 하얗게 질려 있었으며 입모근 경직으로 닭살이 돋아 있었다. 사후경직이 진행된 상태였다. 전신을 훑던 수연은 왼손과 달리 움켜쥔 오른손을 발견했다. 수연이 손수건을 꺼내 남자의 굳은 손가락을 천천히 당겼다. 주황색 색종이가 있었고, 무언가를 만든 모양인데 구겨져 형태를 알아볼 수 없었다.

“저 카메라는 아직도 작동 안 하나요?”

수연이 전봇대에 설치된 CCTV를 가리켰다. 순경이 고개를 끄덕였다. 이 근방에 있는 CCTV는 대부분 꺼져 있거나 모형만 달아 놓은 것들이었다. 병원 내부에도 층마다 CCTV가

한 대씩 설치되어 있지만, 그마저도 승강기와 비상계단을 향해 있어 로비에서 일어나는 일은 알 수가 없었다. 수연이 7층 창문을 향해 고개를 돌렸다. 창문으로 사람 형상이 비쳤으나 그 사람은 수연의 시선을 눈치채자마자 몸을 돌려 사라졌다.

귀 양쪽에 비닐봉지 손잡이를 건 찬태가 폴리스 라인 안으로 들어왔다. 수연은 굳이 볼 필요 없다는 듯 찬태를 향해 손을 저으며 자리에서 일어났다.

"더 보실 필요 없어요."

"또?"

"네, 또요."

찬태는 아침 햇빛에 인상을 찌푸렸다가 귀에 걸려 있던 비닐봉지를 빼고는 더 볼일 없다는 듯 현장을 등졌다. 하지만 수연은 발을 쉬이 떼지 못했다. '또'인데도. 수연이 말한 것처럼 더 볼 것 없는 일인데도.

주변이 소란스러워지며 익숙한 목소리가 들렸다. 수연이 소란을 따라 몸을 틀었다. 막무가내로 폴리스 라인을 넘으려는 할머니를 두 순경이 붙잡아 말리고 있었다. 은심 할머니였다. 재활병원 환자복을 입고 있는 은심 할머니는 지난 연말에 수연이 사다 준 손수건을 목에 두르고 있었다. 손에 요구르트와 흰 빨대 하나를 쥐고 수연을 향해 삿대질을 했다. 내가 재할머니라고 순경에게 외치는 중이었다. 수연이 웃으며 은심 할머니에게 다가갔다. 붙잡고 있는 순경들의 손을 떼어 내고 수연은 구경꾼과 떨어진 곳까지 은심 할머니를 이끌었다.

　이른 아침이라 마주치지 않을 줄 알았는데 오산이었다. 노인의 기상 시간을 너무 얕잡아 보았다. 수연이 주저앉아 눈높이를 낮췄다. 은심 할머니의 조그만 두 손이 수연의 볼을 쓸었다. 요구르트를 쥐고 있던 탓에 빨대 껍질과 요구르트 뚜껑이 볼을 아프게 쓸었지만 수연은 그런 기색 없이 웃어 보였다.

　"얼굴이 더 홀쭉해졌네. 연락도 없이 여기는 왜 왔어."

　기억이 가물가물한 은심 할머니는 본인이 입원 중인 병원에서 벌써 몇 번이나 사고가 일어났다는 사실을 자주 잊었다. 수연의 직업을 형사나 의사, 그리고 아주 가끔 우체국 직원으로 헷갈릴 때도 있으니 예사로운 일이었다.

　"오늘은 할머니 보러 온 거 아니에요."

　"그럼 또 왜. 또 무슨 일 났어?"

　"별일 아니에요. 그런데 오늘은 왜 이렇게 일찍 일어나셨어요?"

　"으응. 꿈에 그 은경 언니가 나와서 왜 나왔나, 곰곰이 생각해 보니까 오늘 은경 언니 생일이지 뭐냐. 그래서 시장에 좀 다녀오려고. 저녁에 미역국이라도 끓여 줘야지."

　은심 할머니는 은경 선배를 언니로 기억했다. 은심 할머니가 어렸을 때 동네에서 자신을 챙겨 주던 언니와 얼굴이 비슷하다고 하더니, 정말 그렇게 기억된 것이다. 수연이 그 기억을 정정해 주려고 했지만 은경 선배가 막았다. 선배는 한술 더 떠, 은경과 은심이 자매처럼 이름도 비슷하다고 맞장구를 쳤었다.

"너도 안 바쁘면 오늘 저녁에 와. 은경 언니는 너 그렇게 챙기는데 너는 너 바쁘면 얼굴도 안 비치더라, 매정하게."

수연이 거듭 고개를 끄덕였다. 은심 할머니는 그제야 들고 있던 요구르트를 수연의 손에 넘겼다.

"그리고 얼굴 좀 그만 고생시켜! 그러다 시집 못 가."

시집갈 생각은 애당초 없었지만 그렇게 대답을 했다가는 핏대 세운 은심 할머니의 고함을 들어야 할 거였다. 수연이 대꾸 없이 웃으며 요구르트를 주머니에 넣었다. 수연이 자리에서 일어나며 이만 가 봐야 하니 얼른 들어가라고 일렀지만 은심 할머니는 으응, 하고 설렁설렁 대답하며 입구 앞에 버티고 섰다. 수연이 눈앞에서 완전히 사라져야 들어갈 모양이어서 수연은 지체 없이 걸음을 옮겼다. 뒤돌아 빨리 들어가라고 손을 내저었다. 은심 할머니가 더 단호하게 소리쳤다.

"앞에 보고 걸어! 넘어져!"

찬태는 수연이 이 사건에 계속 의문을 품는 것이 은심 할머니 때문이라고 말했다. 그 말대로 철마재활병원에 은심 할머니가 있고 수연이 일주일에 한 번씩은 꼬박꼬박 들렀던 곳이라서 이러는 것일까. 이곳이 아니고 연고와 추억이 없는 장소였다면 이 사건을 이렇게 유심히 생각하지 않았을까. 꽤 오래 고민했지만 답은 나오지 않았다. 그저 찜찜한 건 어쩔 수 없다고 받아들일 뿐이었다.

　찬태는 사건을 바라보는 관점이 수연과 달랐다. 유서까지
발견된 마당이다. 어쩌면 찬태의 말대로 자살이 유행처럼 퍼
진 것일지도 모른다. 장기 입원이 가능한 철마재활병원은 인
천 구시가지, 그것도 재개발이 확정되었으나 사업이 멈춰 대
부분 폐건물인 죽은 도시에 있었다. 재개발이 확정되고 1년간
많은 영업장과 시설이 문을 닫거나 이전했지만 재활병원만은
이곳에 남았다. 재활병원도 이전 계획이 없었던 것은 아니다.
멀지 않은 시가지로 이전할 예정이었는데 대부분이 치매 환
자들인 이 병원 특성상 낯선 환경이 환자들에게 좋지 않다는
명목으로 무산되었다. 하지만 그 이면에는 보호자와 연락이
끊겨 허락을 구하지 못하는 이유가 더 컸다. 어찌 됐거나 그런
이유로 철마재활병원은 이곳에 남았다. 내년 즈음이면 남아
있는 상가들도 전부 빠질 예정이었다. 그런 곳에서 일어나는
집단 자살은 어쩌면 불가피한 일에 가깝다고, 세 번째 사건이
일어났을 때 찬태가 담배를 뻑뻑 피우며 말했다.

　'너는 사람들이 왜 자살하는지 알아? 답이 그것밖에 없을
때 하는 거야. 여기를 봐, 인마. 가족들이 데리고 가지 않는 이
상 다 죽을 때까지 여기 있는 거라고.'

　동의하지 않는 것은 아니지만 수연은 사건에서 느껴지는
찜찜한 기운을 지울 수 없었다. 정말 유행이라 하더라도 왜 유
행이 되어야만 했는지를 알고 싶었다.

수연이 요구르트를 꺼내 빨대를 꽂자, 깍두기를 접시에 옮겨 담던 찬태가 얼굴을 찡그렸다.

"너는 여기서 그게 먹고 싶니?"

순대국밥, 뼈다귀해장국, 우거짓국, 수육 따위가 적힌 메뉴판과 손님 두 팀, 그리고 익숙한 식당 종업원을 한번 훑어보고는 수연이 빨대를 물고 요구르트를 쪼옥 빨았다. 찬태가 기가 찬다는 듯 웃었다. 수연이 요구르트를 테이블에 내려놓으며 입을 열었다.

"시체는 그렇게 못 보면서 사건 있는 날은 꼭 고기 먹으러 오는 선배가 더 괴상해요."

"현장에 가면 두뇌를 너무 써서 허기가 심해진다니까. 너무 열심히 일해서."

안 쓰잖아요, 머리. 차마 입 밖으로 꺼낼 수 없어 수연이 남은 요구르트와 함께 말을 삼켰다. 카트를 끌고 온 종업원이 찬태 앞에 순댓국을 놓았다. 찬태가 양념장을 한 숟가락 크게 떠서 국물에 풀었다.

"우연이라고 하기엔 벌써 네 번째라는 게 너무 이상하지 않아요?"

찬태가 입에 음식을 가득 넣은 채 수연을 노려봤다. 그 틈을 타 수연이 말을 덧붙였다.

"영향이 아예 없다고 생각하지는 않지만 이건 좀 심하지 않아요? 선배, 잘 생각해 봐요. 네 명 다 유서가 있다는 것도 뭔가 짜 맞춘 것 같잖아요.”

“유서가 있으니까 영향을 받았다는 거 아니냐.”

숟가락으로 뚝배기를 휘휘 저으며 찬태가 말했다. 길게 늘이는 말끝에서 귀찮게 왜 그러냐는 숨은 말이 함께 읽혔다.

“우발적인 자살이 아니라는 거잖니. 같은 병원에 있던 사람이 죽으니까 영향을 받은 거 아니겠니? 너무 간단하잖아. 유서에 뭐라고 쓰여 있어, 어? 갑갑한 곳에서 벗어나고 싶다고들 쓰여 있지? 아까 유서 찍어 둔 거 있지? 빨리 켜서 봐 봐, 빨리.”

찬태는 사건에 머리 쓸 시간에 업무 보고용 검거 현황이나 빨리 정리해 넘기라는 잔소리를 덧붙였고, 수연은 성의 없게 고개를 끄덕였다. 편하게 생각하자, 편하게. 수연이 생각을 애써 털어 내며 반찬 그릇에 깍두기를 더 옮겨 담아 주었다.

그리고 그 다짐은 하루를 버티지 못했다. 네 번째 사건 경위서를 쓰던 수연은 며칠 전 있었던 세 번째 사건 사진을 도로 꺼냈다. 세 번째 자살은 일주일 전에 일어났다. 사망자는 68세 남성으로 이번 사건과 마찬가지로 7층에서 투신했다. 세 번째 사망자 역시 치매를 앓고 있었으며 유서를 남겼다. 수연은 세 번째와 네 번째 사망자의 사진을 나란히 올려 둔 후 노트북으로 사진 하나를 더 열었다. 지난달 술집에서 싸움이 붙었다가 사기그릇을 머리에 내리쳐 상대방이 사망한 사건이었다. 사인은 뇌진탕이었고 찢긴 부위에서 피가 꽤 많이 흘렀다.

수연이 사진 세 장을 번갈아 훑었다. 두 시체가 왜 기이하게 느껴졌는지 그 이유를 이제야 찾았다.

"피가 거의 없네."

수연이 망설이다 휴대전화를 들었다.

전화를 받는 지선의 목소리에는 피곤함이 가득했다. 지선은 법의학자로 수연이 순경이었던 시절에 만났다. 사건의 틈을 발견하면 끈질기게 붙잡고 늘어지는 수연을 보며 형사가 체질이라고 말해 준 또 다른 사람이기도 했다. 그런 인연으로 수연은 생각이 막힐 때마다 지선에게 전화를 걸었다. 사소한 것 하나까지 전화를 걸어 조언을 구하는 것이 미안해 수연은 괜히 쓸데없는 안부 인사와 사족을 덧붙였는데 언젠가 지선은 자잘한 안부 인사를 치우고 앞으로 본론부터 말해 달라 부탁했다. 시간도 아끼고 깔끔하지 않느냐고. 그래서 수연은 이번에도 본론부터 꺼냈다.

"두 명이 투신자살했는데, 발견 당시 시체와 그 주변에 피흔적이 거의 없어요. 코나 귀에서도 피가 새어 나오지 않았고요. 지난달에 두개골이 함몰돼서 사망했던 피해자 기억하시죠? 그 피해자보다도 흘린 양이 적어요."

세 번째 시체는 콘크리트와 맞닿은 두개골 면이, 네 번째 시체는 오른쪽 광대가 으스러졌다. 그런데 타박상에서 볼 수 있는 정도의 핏자국만 얼핏 남아 있을 뿐 다른 출혈이 보이지 않는다. 한 마디로 투신 시체치고 지나치게 깨끗했다. 왜 이 사실을 지금에야 깨달았을까. 사진 속 시신 두 구에서는 마치 누군가 이미 장례를 치러 주고 간 듯한 고요함이 느껴졌다.

"바닥은?"

"콘크리트요."

"시체는 몇 시간 만에 발견된 거예요?"

"첫 번째는 다섯 시간, 두 번째는 네 시간 정도요."

"층수는?"

"둘 다 7층이요."

한참 뒤에야 지선이 입을 열었다.

"투신이라면 출혈량이 많았을 거예요. 적어도 그 정도로 머리가 으깨졌을 때는 흥건하다고 표현할 수 있겠죠. 피가 보이지 않는다면 땅에 스며들었을 가능성도 있어요. 콘크리트라면 구별이 안 돼서 놓쳤을 수도 있고요. 어디 사건이에요? 저한테 시체가 하나도 안 넘어왔는데."

"인천에 있는 재활병원이요, 철마 쪽 재개발 단지. 거기서 한 달째 자살 사망자만 네 명째예요."

"네 명이요?"

지선이 화들짝 놀라 되물었다. 죽음의 사유가 무엇이든 같은 장소에서 사망자가 넷이나 나왔는데 부검 의뢰가 한 건도 들어오지 않았다는 것을 믿지 못하는 눈치였다.

"유가족들이 원하지 않으세요, 다들. 아마 유서가 있으니까 그렇겠죠."

지선은 확인 후 자신에게도 알려 달라는 말을 끝으로 통화를 마쳤다. 늦은 시간이었지만 수연은 자리에서 일어나 옷을 챙겼다. 땅에 스며든 피가 더 말라붙기 전에 확인하기 위해서였다.

병원 근처에 도착했을 때는 밤 11시가 다 되어 가는 시간이었다. 도로에는 수연의 차뿐이었다. 수연은 병원과 거리를 두고 차를 세웠다. 그럴 수밖에 없었다. 현장에 수연보다 먼저 찾아온 손님이 있었다. 차의 전조등 불빛이 닿기 전까지 수연은 그것을 사람이라 생각하지 않았다. 인근 야산에서 내려온 멧돼지나 떠도는 개일 것이라고 짐작했는데, 그래야만 웅크린 채 콘크리트에 얼굴을 박고 있는 모습을 납득할 수 있었기 때문이다.

그러나 그것은 사람이었다. 여자가 검은색 가죽 코트를 입은 채로 땅바닥에 엎드려 있었다. 수연이 1차선 도로 한가운데에 차를 세워 두고 황급히 내렸다. 전조등 불빛이 비치자 여자는 인상을 찌푸리며 자리에서 일어났다. 희끗희끗한 머리카락만이 나이를 짐작케 했다. 그 힌트마저 없었다면 수연은 여자의 나이를 아예 어림하지 못했을 것이다. 어쨌든 아무리 많아도 50대 중반을 넘지 않을 것 같은 외모였다. 왜 저 여자를 본 순간 은경 선배가 떠올랐는지 수연으로서도 알 수 없는 일이었다.

수연은 여자에게 걸어가는 동안 사람이 죽어 있던 콘크리트에 얼굴을 박고 있던 여자의 행동을 이해해 보려고 했지만 무리였다. 그저 한 가지 표현밖에 생각나지 않았다.

미친 사람.

"여기서 뭐 하시는 겁니까?"

수연이 폴리스 라인 안으로 들어가며 외쳤다. 여자를 제지하기 위해 다가갔으나 여자는 궁금증을 다 해결했다는 듯 미련 없이 수연을 지나쳤다. 여자는 폴리스 라인 밖으로 나갔다.

"땅에 스며든 피는 거의 없어. 시체에 묻어 있던 게 전부라고 보면 돼. 아무리 계산해도 저 위치에서 혼자서 떨어진 건 아닌 것 같고. 형사님도 그렇게 생각하지?"

예상치 못한 질문에 당황한 것도 있었지만 수연은 시체가 떨어진 위치까지 신경 쓰지 않았기에 아무런 대꾸도 할 수 없었다. 대답 없는 수연에게 여자가 다시 물었다.

"이거 확인하러 온 거 아닌가?"

"뭐 하시는 분입니까. 형사십니까?"

"아니. 형사는 아니고."

수연은 이곳에 출동했던 오전을 다시 떠올렸다. 현장에서 이런 여자를 본 적 있었던가. 수연이 기억하기로 이 여자는 수연이 출동했던 당시 현장에 없었다. 사람이 많이 몰리지도 않은 현장이었다. 설령 구경하는 인파가 많았다고 하더라도 이 정도의 기운을 내뿜는 사람이라면 눈에 바로 들어왔으리라 확신했다. 콘크리트 냄새를 맡고 있던 모습이 첫인상이어서 그랬을까. 여자는 어쩐지 한 서린 귀신 같은 이미지가 강했다.

여자가 코트 주머니에 손을 꽂고는 천천히 걷기 시작했다. 폴리스 라인을 따라서 돌며 시체가 떨어졌을 7층을 쳐다보았다.

"던졌을 거야, 두 손으로 이미 죽은 거나 다름없는 육신을 붙잡고, 있는 힘껏."

수연은 경계를 늦추지 않고 눈으로 여자를 뒤쫓았다.

"그렇게 던져야 건물 밑에 있는 나무나 구조물에 걸리지 않을 거고, 그래야 다친 부위에서 출혈이 많지 않다는 의심을 피할 수 있으니까. 없었잖아. 시체에 피."

시체에 묻은 피의 양까지 알 정도면 아무래도 수연이 오기 전, 그리고 순경이 출동하기 전일 확률이 높을 것이다. 하지만 그게 아니라 수연이 떠난 후에 왔다면, 이 여자는 자신의 어떤 권한을 발휘해서 시체를 살펴봤다는 이야기가 된다.

"뭐 하시는 분인지 마지막으로 물을게요. 수사반이시면 소속을 밝혀 주세요."

여자가 걸음을 멈추고 뒤돌았다.

"완다. 나도 누군가를 잡는 일을 해."

또다시 여자의 모습에서 은경 선배의 모습이 겹쳐 보였다. 수연이 인상을 찌푸렸다.

"이 사람들을 죽인 범인은 형사님이 잡을 수 있는 존재가 아니야. 그러니까 형사님 관할이 아니지. 이쯤에서 손 떼는 게 좋을걸."

여자의 말은 흘려보내면 그만이었다. 그렇지만 '범인'이라는 두 글자가 수연을 붙잡았다. 그 기색을 알아차린 듯 완다가 말을 이었다.

"범인이 있다고 생각한 거 아닌가? 혼자 떨어져서는 절대 이 위치에 있을 수가 없으니까. 하지만 내가 아는 범인이라면 이런 일을 꾸밀 수 있지."

"당신이 알고 있는 범인이 누굽니까?"

자정에 가까워지자 주변은 아무 소음도 들리지 않는 고요로 완전히 뒤덮였다. 둘 사이에 있는 가로등이 전구가 다 된 것처럼 깜빡였다. 수연은 완다가 입을 열 때까지 기다렸다. 계속 이 사건이 미심쩍었는데 그것을 알아챈 유일한 사람이 아니던가. 기다리던 답은 오지 않고 완다의 웃음소리만 돌아왔다. 힘없이 터진 완다의 웃음을 듣다 수연이 인상을 찌푸렸다.

"내가 이 이야기를 형사님한테 해야 한다는 게 웃기네."

"그게 왜 웃깁니까?"

"믿지 못할 테니까. 내가 아무리 말해 봤자 형사님은 믿지 못할 게 분명하니까. 그리고 미쳤다고 생각하겠지. 내가 왜 그런 취급을 받아야 하지?"

"왜 그렇게 생각하시는지 모르겠는데 전 그런 취급 안 해요. 그렇게 생각 안 합니다."

단호하게 말하는 수연을 완다가 꽤 흥미롭게 바라보았다.

완다는 아까와 같은 무미건조한 눈빛으로 수연을 바라보다가 이윽고 입을 열었다. 그리고 수연은 방금 내뱉은 말을 번복할 수밖에 없었다.

"뱀파이어야."

이 여자는 미친 사람이 분명했으므로.

"이 사람들을 죽인 범인, 인간이 아니고 뱀파이어라고."

수연이 헛웃음을 터트렸다. 잠시나마 몸을 감쌌던 긴장감이 풀렸다. 허무했고, 어이가 없었고, 그리고 화가 났다. 상대하지 않는 게 상책일 것 같았으므로.

수연은 완다에게 쏟은 시간을 아까워하며 폴리스 라인을 넘었다. 완다에게 마지막 경고를 했다.

"현장에 마음대로 들어오지 마시고 기웃거리지도 마세요. 다음에도 이러고 계시면 그때는 그냥 안 넘어갑니다."

일을 시작한 후로 인간이 얼마나 잔혹한 존재인지 알려 주는 사람을 무수히 만났고 그중에는 완다 같은 인간도 있었다. 누군가의 죽음이 호기심의 대상이거나 흥밋거리에 지나지 않는 인간. 어느 쪽이 더 잔혹하다고 말할 수도 없을 만큼, 수연에게는 다 똑같이 잔혹한 인간들이었다. 타인의 죽음을 애도하는 것까지는 바라지 않는다. 하지만 최소한 욕되게 하지 말아야 했다.

그런데 뱀파이어 짓이라니.

수연이 입술을 깨물었다. 순간이었지만 저 여자를 보고

은경 선배를 떠올렸다는 것이 화가 났다.

"며칠 내로 또 사망자가 발생한다면."

완다의 목소리에 수연이 고개를 돌렸다. 완다는 아직 그 자리에 서 있었다.

"목덜미와 어깨에 두 개의 구멍이 있는지 찾아봐. 한눈에 알아볼 수 있을 거야. 뱀한테 물린 것 같은 자국이니까. 이전 시체들에서 찾아봐도 좋고."

그 말을 끝으로 완다는 미련 없이 몸을 돌렸다. 어둠 속으로 사라지는 완다를 바라보며 수연은 여전히 화를 참아 내고 있었다. 어차피 앞으로 엮일 일 없는 사람이다. 다섯 번째 사망자가 나오기 전까지, 수연은 그렇게 생각했다.

수연은 실루엣이 사라질 때까지 완다를 주시하다가 몸을 틀었다. 비가 몇 방울씩 쏟아지기 시작했다. 꽤 굵어질 빗방울이었다.

난주

난주의 평화는 일주일 전부터 서서히 무너졌다.

균열은 파열음을 내지 않았다. 그래서 언제부터 시작됐는지 짐작조차 할 수 없었다. 중요한 것은 이제 모른 체할 수 없을 정도로 균열이 커졌다는 점이다. 그 안으로 불안이 가득 차오르기 시작했다. 심장이 불편할 정도로 종일 두근거렸고

작은 소리에도 예민하게 반응했다. 눈을 감고 있으면 불안이 온몸을 감싸 안았기에 잠드는 것도 힘들었다. 아주 잠깐의 어둠도 견딜 수 없게 되었다. 낮과 밤, 꿈과 현실의 경계 없이 정신이 흐려졌고 정신을 차리기 위해 커피와 에너지 드링크를 밥 대신 마셨으며 그 결과 일주일 만에 위장이 전부 망가졌다. 하지만 난주는 빈속에 약을 때려 넣는 행위로 위장을 더욱 괴롭히면서도 해가 환히 떠 있는 대낮에 잠들 때조차 암막 커튼을 절대 치지 않는 원칙을 고수했다.

그날 낮도 마찬가지였다. 난주는 창문에 바짝 붙인 침대에 누워 강렬하게 내리쬐는 봄 햇살을 응시하다 눈을 감았다. 잠들기까지 또 오랜 시간이 걸렸다. 아주 조그만 기척에도 움찔거렸고, 그럴 때마다 난주는 창틀로 들어오는 햇빛이 자신을 지켜 주기라도 하는 듯 그 안으로 몸을 더더욱 욱여넣었다. 균열을 알아차린 날로부터 딱 일주일. 난주는 일주일 동안 일상이 속수무책으로 무너지는 것을 제삼자처럼 두 손 놓고 지켜보기만 했다.

얕은 잠에서 깨어나 뻑뻑한 눈을 뜨자, 어느덧 낮이 밀려나고 있었다. 어둑어둑해진 하늘에 보랏빛 노을이 번졌다. 난주는 뻐근한 목덜미를 붙잡고 몸을 일으켰다. 침대 옆 탁상에 놓인 등을 켠 뒤, 차가운 바닥에 발을 내디디며 원룸 중앙의 형광등을 켰다. 출근까지 세 시간 남짓 남았다.

음식은 대부분 썩을 때까지 냉장고에 보관되었다. 최근

식사는 편의점과 병원 근처 식당에서 간단하게 해결했다. 집에 최대한 머물지 않으려는 방법이었다. 오래도록 방치된 음식들은 대부분 형태를 잃었다. 멀쩡하다고 생각했던 방울토마토는 밑바닥이 전부 물러 있었다. 난주가 인상을 잔뜩 찌푸린 채 냉장고에 있던 음식들을 개수대에 탈탈 털었다. 하얗게 곰팡이가 핀 고추장아찌에서 올라온 시큼한 냄새가 코를 찌르자, 난주의 입에서 발음을 뭉갠 욕이 튀어나왔다. 일순간 걷잡을 수 없이 짜증이 솟구쳐 들고 있던 반찬 통을 개수대에 내던졌다. 빈 통이 요란한 소리를 내며 나뒹굴었다. 난주가 개수대 선반을 움켜쥐고 숨을 몰아쉬었다. 과민한 반응과 비대해진 상상이 만들어 낸 두려움이라 생각하려 애썼지만, 그 노력은 5분을 가지 못했다.

'그 형사, 나를 봤나.'

분명 눈이 마주쳤다. 형사는 자신을 쳐다보고 있던 난주를 향해 정확히 고개를 틀었다. 하지만 난주는 7층에 있었고 창문에는 병원 이름이 적힌 시트지가 붙어 있었다. 오래되어 대부분 갈라지고 떨어졌지만 그래도 밖에서 안이 보일 리는 없었다. 그렇지만 형사에게는 창가에 서 있는 사람의 얼굴을 봤다는 것보다 '그곳에 사람이 있었다'라는 것 자체가 중요할지도 모른다. 수상한 냄새를 맡기에는 그 정도면 충분할지도.

여기까지 생각이 미치자, 조금 전까지 두드러기처럼 온몸을 뒤덮었던 짜증이 한풀 가라앉으며 마음이 차분해지기 시작했다. 난주는 멀쩡한 표정으로 반찬 통을 도로 주웠다. 씻지도 않은 통을 쓰레기봉투에 그대로 버리고는 남은 음식들도 차례로 개수대에 쏟아부었다. 손은 바빴으나 표정은 평화로웠다. 짧게 머물다 갈 평정인 건 알고 있었지만.

출근까지는 아직도 두 시간이 남았으나 난주는 일찍 외출 준비를 마쳤다. 자동차 키와 지갑을 챙겨 조그만 핸드백 속에 욱여넣었다. 구두를 신고 현관문을 열자 때마침 기다렸다는 듯 핸드백 속에서 휴대전화가 울렸다. 저장되어 있지 않은 번호다. 하지만 난주는 그 번호가 누구인지 잘 알고 있었다. 전화가 끊기기를 기다렸으나 상대방은 끈질겼다. 받아야 했다. 그러지 않으면 지난번처럼 병원까지 찾아와 행패를 부릴 것이다.

난주가 전화를 받자마자 상대방은 곧바로 입을 열었다.

"어차피 받을 거 빨리 받으면 좋잖아, 시간도 아끼고."

"아직 약속한 날이 아닌데요."

"에이, 약속한 날은 한참 전에 지났지. 안 그러냐?"

뒷말은 난주가 아닌 옆 사람에게 건넨 말인 듯했다. 멀지 않은 곳에서 예, 그렇죠, 하는 굵직한 목소리가 들려왔다. 남자의 말은 어떤 면에서는 맞았고 어떤 면에서는 틀렸다. 원금은 진작 다 갚았으니 그가 말한 '약속한 날'은 이미 끝난 상태였다. 하지만 복리가 문제였다. 복리는 진작 원금을 훌쩍 뛰어넘어 난주가 감당할 수 없는 수준이 되어 있었다. 말도 안 되는 이자에 항의도 해 봤으나 그때마다 돌아온 건 부모의 인감이 진하게 찍힌 서류였다.

대부업체에 손을 댄 건 난주의 부모였다. 치료비가 필요했다. 부친은 제 몸이 이상하다는 걸 알면서도 큰 병일까 무서워 병원을 찾지 않았다. 그렇게 치료 시기를 놓쳤다. 이왕 병마를 모르는 체할 거였으면 그냥 그렇게 살다 죽지, 왜 기어이 병원을 찾아가 뒤늦게서야 살려 달라고 의사의 손을 붙잡았는지 난주로서는 이해할 길이 없었다. 어쨌거나 치료 시기를 놓친 탓에 의사는 할 수 있는 모든 걸 해 봐야 한다고 말했다. 몸이 고목枯木처럼 말라비틀어지기 전에만 찾아갔어도 병마와 싸울 수 있었을 텐데 양분을 다 빼앗긴 것처럼 검게 말라 버린 몸은 기적이 일어나지 않는 한 나을 방법이 없어 보였다.

노후를 위해 쌓아 둔 돈은 빠르게 밑천이 드러났다. 맞는 항암 치료를 찾기 위해 갖은 방법을 동원했지만 병은 호전되지 않았다. 난주는 일주일에 한 번씩 병원에 가서 필요한 물건들을 채워 주고 얼굴을 비치는 것으로 해야 할 도리를 다했다고 생각했다. 방치라는 형태의 학대 속에서 자랐던 유년 시절을 난주는 잊지 않았다. 그러니 이 정도면 충분하다 느꼈다. 자신이 솔선수범해 도와주지 않아도, 염치없는 부모는 도움이 필요하면 얼굴에 철판 깔고 부탁할 인간들이라는 걸 잘 알고 있었다.

하나 그것이 틀렸다. 난주에게 돈이라는 단어 한번 꺼내지 않고 은행 대출이 어려워지자 대부업체에 손을 뻗었다. 난주가 이 사실을 안 것은 부친이 세상을 떠난 후였고 그때는 이미 복리가 원금을 훨씬 뛰어넘어 있었다. 지금으로부터 고작 4개월 전이었다. 대부업체는 계획적으로 복리가 쌓일 만큼 쌓일 때까지 기다렸다 난주에게 연락을 취했다. 그들은 난주가 간호사라는 것도 전부 알아 놓은 상태였다. 타협점과 해결점을 찾으려 했지만 불공정 계약서 앞에서는 그 무엇도 무의미했다. 상속권을 포기한다 하더라도 그 법을 교묘하게 빠져나가는 조항이 포함되어 있었고, 설령 여차여차해서 난주가 빚을 갚아야 한다는 법적 의무가 사라지더라도 그들은 난주를 끈질기게 괴롭힐 셈이었다. 이대로 가다간 복리가 계속 불어나 난주가 평생 일해도 갚지 못할 거였다.

그렇다고 아예 방법이 없지는 않았다. 4개월 전의 난주라면 망설이지 않고 그 방법을 택했을 것이다. 하지만 지금은 아니다. 지금은 무엇이 옳은 선택인지 판단되지 않았다. 그것은 또 다른 복리였다. 돈이 아닌 붉은 피가 쌓일지도 모른다. 물론 이 모든 것은 난주의 추측이다.

남자는 오늘까지 일정 금액을 입금하라고 말했다. 조소 섞인 말투였다. 남자가 말한 금액을 오늘 안에 입금할 생각도, 그럴 여력도 없었으나 난주는 일단 알겠다는 말로 통화를 마쳤다. 이제 어찌해야 할까. 궁지에 몰리자 다시금 자신에게 어둠의 손길이 뻗어 오는 듯했다. 그 순간 난주는 건물을 올려다보던 형사의 얼굴이 떠올랐다. 형사가 자신을 위해 해 줄 수 있는 일이 없다는 걸 뻔히 아는데, 왜 구세주처럼 그 얼굴이 떠올랐을까. 난주는 캄캄해진 현관에 우두커니 서 있다 서둘러 집을 빠져나갔다.

완다

해가 바뀌었는데도 광고 게시판에 걸린 달력은 여전히 1982년이었고, 필라멘트가 끊긴 전구 역시 아직도 고쳐지지 않았다. 원목 아치문이 장식처럼 화장실 입구 중앙에 너비 20센티미터 정도 크기로 달려 있었다. 그래서 퀴퀴한 화장실 냄새와 누군가 변기에 앉아 뀌는 방귀 소리, 거울을 보고 통화를 하는 말소리 같은 것들이 새어 나왔고 여름에는 창문으로 직사광선이 들어와 다른 곳보다 더웠으며 겨울이면 창문을 통해 한기가 들어차 추웠다. 더욱이 지붕 어딘가에 틈이 생겼는지, 비가 오거나 눈이 쌓인 날에는 천장에서 한두 방울씩 물이 떨어져 양동이를 놓아두었다. 그래서 그 자리는 인기가 없었다. 어두컴컴하고 음습하고 눅눅한 기운이 풍기니까.

극장까지 찾아와 그런 자리에 잠시라도 앉길 원하는 사람은 없었다. 방문객이 많은 주말이든 한산한 평일 낮이든 그 자리는 항상 공석이었다. 덕분에 언제나 서두를 필요가 없었다. 그래서 완다는 그날 아침에도 느지막이 일어나 부스스한 머리카락을 질끈 동여 매고 칫솔을 입에 물었다. 냉장고에 붙은 메모지에는 오늘 저녁 단체 손님 예약이 있어 평소보다 늦을 거라는 말이 적혀 있었다. 우유와 견과류, 샌드위치와 주스의 위치까지 설명해 놓은 메모지를 표정 없이 읽어 내려가던 완다는 싱크대에 양치 거품을 뱉은 후 냉장고에서 종이 포일에 포장된 샌드위치를 꺼냈다. 책과 필기도구가 어지럽게 얽혀 있는 가방에 샌드위치를 넣었다.

요즘은 동이 틀 무렵 언 수도관을 깨는 소리에 눈을 떴다. 매해 겨울이 혹독했겠지만 이번 겨울은 유난히 눈이 많이 내렸다. 기온도 일단 영하로 떨어지자 좀처럼 높아질 생각을 하지 않아, 완다의 집뿐만 아니라 마을 여기저기에서 수도관이 동파되는 피해가 속출했다. 거기에 길까지 꽁꽁 얼어 버려 업체에 전화를 걸어도 한달음에 오지 못했고 어떨 때는 며칠씩 기다려야 했다. 사람들은 팔팔 끓는 물을 수도관에 붓고, 얼음을 깨기 위해 망치로 내리쳤다. 성탄절이 지났을 무렵에는 크리스마스트리에 달려 있던 전구를 수도관에 칭칭 감아 놓은 집도 눈에 띄었다. 마을 사람들은 저마다의 방식으로 춥고 기나긴 겨울을 보냈다. 모리스는 수도관을 내리칠 때 일정한 박자를 맞췄다. 소싯적 드럼을 쳤다던 그의 말이 허풍이 아니라는 걸 완다는 그때 알았다. 그 소리를 들으며 완다는 바스락거리는 이불 속으로 더 파고들었다. 새벽녘에 그렇게 잠을 설치고 나면 꼭 평소보다 늦게 침대에서 내려오게 되었다.

모리스가 틀어 놓고 간 TV에서는 곧 있을 여덟 번째 캉톤 지방선거에 대한 뉴스가 한창이었다. 사회당과 민주연맹이 팽팽한 접전을 벌이고 있다는 아나운서의 말과 공화국연합이 치고 올라올 가능성을 배제해서는 안 된다는 전문가의 분석이 뒤엉킨 내용이었다. 모리스가 건망증이 없다는 건 완다도 잘 알고 있다. 만일 모리스가 깜빡하고 TV를 틀어 놨다고 하더라도 세심한 클리에가 반드시 발견하고 껐을 것이다. 그러니 두 사람은 방학 동안 아무도 없는 집에서 홀로 눈을 뜰 완다를 위해 TV를 틀어 놓는 것이리라. 지난 방학 때까지는 저녁 장사만 했기에 늦게 문을 열었다. 그래서 완다가 홀로 맞을 아침을 생각하지 않아도 되었다. 하지만 이번 방학은 달랐다. 소련이 붕괴하면서 경제가 급격하게 얼어붙기 시작했다. 거기에 아랍인들이 물밀듯이 이민을 와서 머지않아 자국민 대다수가 거지꼴을 면치 못할 거라고 모리스는 입만 열면 투덜거렸다. 그래서 문 여는 시간을 조금 앞당겼다. 이른 시간은 아니었지만 방학만 되면 해가 중천에 뜰 때까지 퍼질러 자는 완다에게는 두 사람의 출근 시간이 꼭두새벽처럼 느껴졌다.

TV를 끄고 집을 나왔다. 현관문을 잠그고 발을 내딛자마자 어그부츠에 뽀드득, 눈이 밟혔다. 완다는 그제야 3센티미터가량 소복하게 쌓인 눈을 보았다. 내리기 시작한 지 얼마 되지 않았는지 눈을 치워 놓은 집이 몇 채뿐이었다. 완다는 잠시 현관 옆에 놓인 넉가래를 쳐다보았다. 여전히 하늘에서는 한 송이씩 눈이 떨어지고 있었다. 폭설이 내릴 것 같지는 않았으나 이대로 몇 시간만 지나면 눈이 제법 쌓일 듯했다. 낮 동안 햇볕이 강하면 눈은 녹았다 얼기를 반복할 것이고 그렇게 빙판길이 될 거였다. 재작년에 모리스는 빙판길에서 넘어져 엉덩뼈를 다쳤다. 엉거주춤 집을 돌아다니던 자세는 웃겼지만 모리스가 그날 죽다 살아날 뻔했던 것을 잊어서는 안 된다. 완다는 하는 수 없이 넉가래를 집었다. 벅벅, 삽으로 땅을 긁으며 눈을 치웠다. 장갑을 끼지 않아 손이 발갛게 텄지만 상관없었다. 완다는 현관에서 마당 대문까지 눈을 전부 치운 후에야 넉가래를 내려놓았다.

며칠 전 클리에가 물었다.

'도서관은 다닐 만하니?'

완다는 클리에의 질문을 한 번에 이해하지 못해 눈만 깜빡였다가, 곧장 클리에가 착각하고 있다는 걸 알아차렸다. 진실을 말해야 하는데 순간 귀찮았다. 클리에라면 분명 집요하게 캐물을 것이다. 완다의 사적 영역을 침범하는 질문은 아니었고 그저 완다가 있는 그대로 솔직하게 말하면 되었지만 어쩐지 이번만큼은 그러고 싶지 않았다. 가끔은 솔직한 것이 상처가 된다. 완다가 솔직하게 말하면 클리에가 상처받을 것이다. 그래서 완다는 고개를 끄덕였다. 장소만 다를 뿐이지 그곳에서 하는 일은 똑같으니 완전히 속이는 것은 아니라고 생각했다. 클리에는 더 묻지 않았다.

완다는 영화관 앞에 섰다. 에호민느 거리에 위치한 히르미네 극장. 주변이 벌써 컴컴했다. 겨울이라 해가 빨리 지기도 했지만 눈을 치우고 난 뒤 소파에 뻗어 잠든 탓이었다. 눈을 뜨니 어느새 석양이 비치고 있었다. 계속 자려고 했다. 그런데 하루를 날렸다는 찜찜함이, 어차피 이 시간에 극장을 가도 아무도 없을 거라는 생각이 올라왔다. 완다는 고민하다 결국 자리에서 일어났다. 두 사람은 자정이 되어야 돌아올 거였고, 완다가 그동안 홀로 시간을 보내야 하는 상황은 변하지 않으니 말이다.

넓은 주차장에는 주황색 베가 한 대만 덩그러니 세워져 있었다. 완다는 검은색 비니를 더 깊게 눌러쓰고는 극장 안으로 들어갔다. 입구에는 미끄러우니 조심하라는 안내판이 서 있었다. 왜 도서관이 아니고 극장이냐고 묻는다면 완다도 딱히 할 말이 없었다. 처음에는 영화를 보려고 왔다. 대기 줄에 서서 상영되고 있는 영화 포스터를 바라보는데 도무지 끌리는 영화가 없었다. 완다는 20분 넘게 줄을 서 있다가 결국 제 차례가 왔을 때 말없이 매표소를 지나쳤다. 끌리지 않는 영화를 두 시간씩 보기는 너무 괴로울 것 같았다. 문제는 그때부터였는데, 완다는 이미 클리에와 모리스에게 영화를 보고 온다고 말해 둔 터였다. 집에 박혀 책만 읽던 완다가 밖에 나가 영화까지 보고 온다는 말에 둘은 기쁨을 숨기지 않았다. 완다는 하는 수 없이 영화를 보고 온 척하기 위해 시간을 때워야 했다. 완다는 그때 처음 그 자리를 발견했다. 벨벳 소재의 붉은색 의자. 화장실의 퀴퀴한 냄새가 풍기는, 전구가 고장 나 불이 들어오지 않고, 소란스러운 극장에서 유일하게 한적하고 서늘한 곳.

그곳은 완다의 안락한 비밀 공간이 되었다. 적당한 소음이 마음에 들어서였는지 아니면 인파 속에 우두커니 있다는 느낌이 좋아서였는지 알 수 없지만, 완다는 그 자리를 사랑하게 됐다. 아니, 생각해 보니 완다가 아니면 아무도 찾지 않을, 누구에게도 사랑받지 않을 자리여서 좋았던 것 같다. 완다는 여유롭게 그곳으로 향했다. 어차피 아무도 오지 않을 것이기에.

하지만 그곳에 누군가 앉아 있었다. 처음으로.

귀 뒤로 넘긴 검은 머리카락은 고개를 숙이면 땅에 닿을 것처럼 길어 보였다. 짙은 눈썹과 작고 갸름한 얼굴. 하얗다고 해야 할지 뽀얗다고 해야 할지, 아니면 창백하다고 해야 할지. 완다의 손을 꽁꽁 얼게 만들었던 눈보다도 더 차가워 보이는 피부, 그 손에 쥔 책. 제목을 읽을 수 없는 낯선 언어. 네이비 블루 코트, 그리고 맨발.

"맨발…"

완다의 목소리를 들었는지 책에 꽂혀 있던 시선이 완다에게 향했다. 완다를 응시하는 밝고 선명한 금빛 눈동자. 그 애는 읽고 있던 책을 덮고 자리에서 일어났다. 맨발로 차가운 바닥을 밟으며 완다의 옆을 스쳐 지나갔다.

"되는데."

말을 내뱉고 정작 완다 본인이 놀랐다. 하지만 그 애는 이미 걸음을 멈췄다. 완다는 무슨 말이든 이어 가야 했다.

"…앉아서 계속 읽어도 돼."

저 의자가 자기 것도 아니면서. 허락이 있어야 앉을 수 있는 자리도 아니면서. 극장 구석에 놓인 의자를 두고 앉아도 된다며 허락하듯 말하는 자신이 부끄러웠다. 그 애는 별다른 대꾸 없이 작은 웃음을 터트리고 떠났다. 완다는 자리에 서서 주뼛거리다가 그 애가 완전히 사라진 후에야 의자에 앉았다. 그 애가 앉아 있던 자리와 조금 떨어져서.

클리에와 모리스는 평소처럼 자정이 다 되어서야 귀가했다. 천장을 보고 누워 있던 완다는 몸을 돌려 이불을 머리끝까지 뒤집어썼다. 해가 지자 눈발이 굵어졌는지 두 사람은 현관에 서서 한참 동안 눈을 털어 내며 지금 눈을 치워 놔야 하지 않겠느냐는 실랑이를 벌였다. 결국 모리스는 클리에를 이기지 못하고 자정에 눈을 치워야 할 것이다. 모리스는 어차피 질 걸 알면서도 언제나 항복하지 않는 전사처럼 굴었다. 곧 현관문이 닫혔다. 집 안을 움직이는 걸음이 한 사람인 걸로 보아 모리스가 눈을 치우러 나간 모양이었다. 클리에는, 그러니까 클리에일 것이라 추측되는 걸음이 2층 계단을 올랐다. 방을 찾아오는 사람이 둘 중 누구든 뒤집어쓴 이불을 걷지 않으리라는 걸 잘 알면서도 완다는 두 눈을 감았다. 노크 소리가 들렸다. 완다가 아무런 대꾸도 하지 않자 방문이 열리는 기척이 느껴졌다. 방문은 그렇게 짧게 열려 있다 도로 닫혔다. 계단을 내려가는 발걸음은 올라올 때보다 조심스러웠다.

완다는 이불을 목 아래까지 내렸다. 그사이 눈이 그쳤다. 모리스가 삽으로 땅을 벅벅, 긁고 있는 소리가 들렸고, 달은 둥글었고, 또렷하다 못해 지나치게 밝았다. 그 애의 눈이 딱 저 달 같았다. 유령이었을까. 완다는 진지하게 고민했다. 타인에게서 느껴지는 기운, 이를테면 조금 전 유령이 방문을 열었다 닫은 것이 아니라 클리에가 방문을 열고 지켜보다 갔다는 걸 확신할 수 있는 기운 같은 것이 느껴져야 하는데 그 애에게는 그것이 없었다. 더군다나 입고 있던 코트는 이 날씨에 보온이 전혀 안 되는 수준으로 얇았고 맨발이었다. 신발을 극장 어딘가에 벗어 둔 것은 아닐까, 하는 생각도 했다. 하지만 왜 신발을 벗어 둘까. 자기 집도 아니면서. 그리고 아무리 생각해도 양말까지 벗은 것도 이상해…. 완다는 그 의자에 앉아 있는 동안 그 애에 대해서 줄곧 생각했다.

그렇지만 의자에 앉아 있을 때나 침대에 누운 지금이나 어떤 쪽으로도 생각은 방향을 정하지 못했다. 역시 스쳐 지나간 것만으로는 판단할 수가 없다. 그 애의 정체를. 왜 이렇게 그 애를 생각하는지는 고민하지 않았다. 그런 고민까지 할 정도로 생각이 여유롭지는 않았으니까. 완다는 다음 날도 언 수도관을 깨는 소리에 눈을 떴다. 다른 게 있었다면 도로 눈을 감는 것이 아니라 침대에서 내려왔다는 것이다.

완다가 오후에 먹을 토스트를 만들고 있던 클리에는 기척을 느끼고 당연히 모리스라 생각했는지 벌써 끝냈느냐고 뒤도 돌아보지 않고 물었다. 그렇지만 곧바로 발소리가 모리스와 달리 가볍고 유난히 부산스럽다는 걸 알아차리고는 고개를 돌렸다. 칫솔을 입에 문 채 빗질하고 있는 완다를 보고는 깜짝 놀랐다. 클리에가 완다에게 왜 이렇게 빨리 일어났느냐고 물었다. 방학 때 아무 이유 없이 자식이 일찍 일어나는 상황이 양육자에게 얼마나 놀랍고 두려운 일인지 아직 완다는 몰랐다. 자신이 중요한 날을 놓친 건지 클리에는 빠르게 생각했다. 때마침 수도관을 깨고 온 모리스도 집으로 들어왔다. 외투를 현관 옆 옷걸이에 걸치다가 깨어 있는 완다를 보고 모리스도 덩달아 놀랐다. 완다는 칫솔을 물고 눈을 굴렸다. 치약 거품을 입에 머금은 채로 완다가 어정쩡하게 대답했다.

"그냥 친구 만나려고요."

완다는 뱉어 놓고 난 뒤에야 그 말의 파장을 생각했다.

개장 시간이 다 되어서 도착한 극장은 서늘했다. 대걸레로 로비를 닦고 있는 직원을 지나쳤다. 너무 일찍 오는 바람에 직원을 신경 쓰이게 하는 건 아닐까 고민했지만 다행히 직원은 완다에게 눈길조차 주지 않았다. 이제 막 튀기기 시작한 팝콘 덕에 극장 전체에 고소한 냄새가 퍼졌다. 아침을 든든히 먹고 왔음에도 그 냄새에 금방 허기를 느꼈다. 하지만 가방에는 토스트 2인분이 들어 있다. 완다에게는 이 토스트를 다 먹고 들어가야 하는 숙제가 주어졌다. 클리에의 정성과 기대를 무너트리고 싶지 않았다. 어떤 이유로든 이 토스트는 완다가 다 먹어야 할 것이다. 설령 그 애가 오늘 온다고 하더라도 덥석 토스트를 먹으라고 권할 수는 없을 테니까. 완다가 그 의자에 앉았다. 그 애가 언제 이곳에 올지 알 수 없으니 아침부터 기다리겠다는 것이 완다의 계획이었다. 어렵지는 않았다. 오늘 하루를 거뜬히 보낼 두꺼운 책도 챙겨 왔으니.

그렇지만 그 애는 끝내 오지 않았다.

완다는 토스트 두 개를 해치웠다. 책도 전부 다 읽었다. 다른 직원이 폐장을 준비하며 대걸레질하는 것을 바라보다 자리에서 일어났다. 클리에와 모리스가 오기 전에 침대에 누웠고, 다음 날도 일찍 1층으로 내려왔다. 닭고기가 들어간 샌드위치 두 개를 챙겨 또 극장으로 향했다. 언제 그 애가 오는지 알 수 없었다. 어쩌면 그날 우연히 이곳에 왔고 영원히 다시 오지 않을 수도 있었다. 그렇지만 이렇게 기다려 보지 않으면, 다시 마주치려는 노력을 아예 하지 않으면 집에 있는 동안에도 혹시나 그 애가 극장에 있을지도 모른다는 생각에 초조할 것 같았다. 다음 날에는 베이글 두 개를, 그다음 날에는 쿠키 네 개를 혼자 먹고 돌아갔다. 그렇게 다섯째 아침이 밝았다.

완다는 잠시 침대에 누워 오늘은 가지 말까 고민했다. 어차피 오지 않을 테니까. 하지만 이랬다가 하필 오늘 오면 어떡하지…. 완다는 결국 침대에서 내려왔다. 1층으로 내려가며 '딱 오늘까지만', '정말 오늘까지만'이라고 생각했다. 클리에와 모리스는 차분하게 기다릴 줄 아는 사람들이었다. 비록 궁금증과 조바심이 가득한 표정까지 숨기지는 못했지만 완다에게 만나고 있는 친구에 대해 집요하게 묻지 않았다. 완다는 시치미를 떼며 도시락을 챙겼다. 오늘은 땅콩버터와 바나나로 만든 토스트였다. 땅콩버터의 달콤한 향이 도시락에서 새어 나와, 완다는 코를 박고 숨을 한 번 깊게 들이마셨다.

'오늘로써 정말 끝'이라고 생각한 오늘도 이내 저물었다. 직원은 로비를 닦았고 완다는 짐을 챙겼다. 목도리를 칭칭 두르고 비니를 더 깊게 눌러썼다. 모레면 맞이할 주현절을 앞두고 극장에서도 갈레트 데 루아를 만들어 팔았다. 대부분 집에서 만들어 먹을 테지만, 클리에도 주현절을 맞이해 가게에서 팔 갈레트 데 루아를 만들 거였다. 내일은 그 일을 도와야 할지도 모른다. '그럼 못 나올 텐데'라고 생각했다가 완다가 고개를 저었다. 어차피 내일부터 나오지 않으려고 했으니까. 극장 회전문을 밀고 밖으로 나갔다. 텅 빈 주차장, 그 사이에 드문드문 켜져 있는 가로등이 보였다. 완다가 훅, 숨을 내뱉었다. 뜨거운 입김과 함께 아쉬움이 터졌다. 그 순간, 집을 향해 몸을 틀었던 완다는 곧바로 걸음을 멈췄다.

"…."

완다는 숨 쉬는 걸 잊었다. 그래서 입김도 나오지 않았다. 가방끈을 꼭 붙들고, 고장 난 가로등 아래 서 있는 사람을 지그시 쳐다봤다. 한참 후에야 입가에 웃음이 번졌다.

그 애는 오늘도 맨발이었다.

수연

여기에도 있다. 두 개의 구멍이 왼쪽 쇄골 위에 남아 있었다. 두 구멍 간의 거리는 대략 5센티미터이며 구멍의 크기는 만년필로 깊게 찌른 듯한 정도였다. 수연이 휴대전화로 사진을 찍었다. 등 뒤에서 사람들을 돌려보내는 찬태의 목소리가 들렸다. 검안을 끝낸 수연이 자리에서 일어났다. 기다렸다는 듯 옆에 있던 순경이 시체의 얼굴을 가렸다.

다섯 번째 사망자는 네 번째 사건이 터진 4월 11일로부터 일주일 후인 4월 18일에 나왔다. 고작 일주일 만에 한 병원에서 또다시 투신자살이 일어난 셈이다. 폴리스 라인 밖으로 나온 수연이 찬태의 옆에 섰다.

"쉰다섯이고 6층에 입원 중이던 환자예요. 치매는 아니었고 마찬가지로 유서가 발견됐어요."

수연이 순경에게 받아 온 유서를 내밀었다. 찬태가 지퍼백에 들어 있는 유서를 슬쩍 쳐다보고는 수연에게 도로 내밀며 병원 건물을 올려다봤다.

"이 정도면 창문에 창살이라도 쳐야 하나."

"아무리 봐도 이상하잖아요, 그렇죠?"

찬태의 표정에 적잖은 귀찮음이 섞여 있었으나 수연은 아랑곳하지 않고 휴대전화를 꺼내 찍어 두었던 네 번째 시체 사진을 열었다. 찬태가 흘겨보는데도 수연은 꿋꿋하게 방금 찍은 다섯 번째 시체에 난 구멍까지 보여 줬다.

"둘에게서 똑같은 자국이 발견됐잖아요. 이게 어떤 자국인지 아직 잘 모르겠지만, 확실한 건 죽기 직전에 난 자국이라는 거예요. 상처 주변 살이 아직 아물지 않은 게 보여요. 그리고 상처뿐만 아니라 피부 곳곳이 울긋불긋한 게 아무래도 사인을 명확하게 조사해 봐야 할 거 같아요. 떨어진 위치도 그래요. 혼자서 떨어졌으면 저 화단 근처에 떨어지는 게 맞는데 두 시체, 아니 세 번째 사망자까지 합쳐서 세 시신 모두 화단에서 10미터 이상 떨어져 있어요. 달리면서 떨어지지 않는 한 말이 안 되는 위치예요."

찬태가 몸을 틀어 창문 위치와 시체가 떨어진 위치를 확인했다. 수연의 주장이 억측은 아님을 인정하는 표정이었다. 하지만 그뿐이었다. 찬태는 주변에 모여 있는 사람들을 바라보다가 수연의 어깨를 끌고 외진 곳으로 향했다. 둘은 간판이 다 벗겨진 호프집 앞에 섰다. 찬태의 반응은 시시했다.

"사건이라는 게 의심하면 밑도 끝도 없다. 그래서 무엇보다 중요한 게, 진실을 밝힐 의지를 갖고 있는 사람이 누구냐, 이거란 말이야. 여기서 더 중요한 게 뭔 줄 알아? 그 의지를 형사가 가져 봤자 소용없다는 거야."

"……"

"유가족 중에 찾아오는 사람이 아무도 없다, 인마."

찬태가 어떤 의도로 하는 말인지 더 들어 보지 않아도 알 수 있었다. 찬태 역시 더 말할 필요 없다는 걸 느꼈는지 수연의 어깨를 툭툭 치고 자리를 떠났다. 찬태의 말이 맞았다. 너무 잘 맞아서 문제였다. 수연은 한동안 그 자리에 발이 묶인 사람처럼 서 있었다.

그날 저녁 수연은 다시 병원을 찾았다. 지난번처럼 단서를 찾기 위함은 아니었다. 두유 한 박스를 들고 재활병원 7층으로 향했다. 식사를 마친 환자들이 로비에 설치된 TV 앞에 모여 앉아 있었다. 승강기 소리에 힘없이 고개를 돌렸던 그들은 수연의 얼굴을 보고 시시하다는 듯 시선을 거두었다. 수연은 익숙하게 그들을 지나쳐 708호 병실로 들어갔다. 6인실이었지만 가운데 두 침대는 사용하지 않아 깨끗하게 정리된 채 비어 있었다. 덕분에 창가와 복도 쪽을 사용하는 환자들이 공간을 조금씩 더 넓게 쓰고 있었다. 재활병원 환자 수는 재개발이 확정되었을 때 크게 줄었고, 이곳에 남은 자들은 그 크나큰 썰물에도 쓸려 나가지 않고 고여 있는 사람들이었다.

은심 할머니는 창가 바로 옆자리였다. 침대 전체를 두르고 있는 커튼을 젖히자 침대 등받이를 바짝 세우고 뜨개질 중인 은심 할머니가 보였다. 몇십 년째 쓰고 있다는 돋보기안경이 무겁게 콧대를 내리누르고 있었다. 수연이 다가가 창틀에 두유 박스를 올렸다. 창틀에는 인조 카네이션이 놓여 있었다. 은심 할머니가 고개를 들었다. 몇 초 동안 수연의 이목구비를 천천히 뜯어본 후에야 뒤늦게 웃으며 알은체했다. 수연이 앉을 수 있도록 무릎을 접어 침대에 자리를 만들었다.

"말도 없이 여기는 또 어쩐 일이냐, 밥은 먹었고?"

자리에 앉으며 수연이 고개를 끄덕였으나, 은심 할머니는 기어코 실온에 놓아 두었던 요구르트에 빨대를 꽂아 수연에게 내밀었다.

"할머니 저 이제 요구르트 먹을 나이는 지났는데."

볼멘소리를 냈다. 은심 할머니가 눈을 매섭게 뜨며 잔소리를 덧붙였다. 돋보기안경 때문에 은심 할머니의 눈이 평소보다 두 배는 더 커진 상태였다.

"허구한 날 마시는 그 커피보다야 낫지."

은심 할머니의 잔소리가 더 쏟아지기 전에 수연이 빨대를 물었다. 이제 곧 여름이 될 텐데 무슨 뜨개질이냐고 물으려던 수연의 속마음을 읽었는지, 은심 할머니가 보풀이 일어난 털실을 정리하며 입을 열었다.

"이번 겨울에 보니까 네 목도리가 다 상했더라. 예쁜 거 떠 주려고 하는데 내가 요즘 눈이 더 안 보여서 큰일이다. 지금부터 떠야 겨울 전에 끝내겠더라."

털실은 주홍색이었다. 원래 손재주가 좋은 분이었으니 자신에게 딱 맞는 목도리를 떠 주리라 믿어 의심치 않았다.

"빨리 퇴원을 해야 가게도 다시 여는데 가게를 너무 오래 비워서 큰일이다."

은심 할머니가 돋보기안경을 벗으며 앓는 소리를 냈다.

"가게는 걱정하지 말라니까요. 제가 잘 지키고 있어요."

"원래 가게는 주인이 있어야 잘되는 법이야. 남의 손 계속 타면 못쓴다니까."

"그럼 운동 열심히 해서 얼른 퇴원하세요. 오늘도 귀찮아서 운동 안 가셨죠?"

은심 할머니가 눈썹을 비죽 올리며 노려봤다. 할 말이 없거나 자신이 불리할 때마다 그런 식으로 상대방을 쳐다보는 게 은심 할머니의 버릇이었다.

6년 전까지 은심 할머니는 초등학교 앞에서 '영진슈퍼'를 운영했다. 가게 이름은 아들 이름을 따서 지었다. 식료품점으로 등록된 가게였지만 잡화점이라고 불러도 무방했다. 슈퍼에서는 각종 식료품뿐 아니라 아이들 장난감과 실내화, 그리고 특정 시기마다 필요한 과학 문구 세트 따위를 함께 팔았다. 수연이 초등학교에 다닐 때는 적어도 하루에 한 번씩은 꼭 들르던 슈퍼였다. 은심 할머니와는 그때 처음 만났다. 수연이 오면 언제나 뜨개질을 하다 눈을 치켜뜨며 왔냐, 하고 물었다. 그러고는 냉장고에 낱개로 빼 두었던 요구르트 하나를 건넸다. 그 당시만 해도 또래보다 키가 작았던 수연을 위한 은심 할머니의 특별 영양제였다. 키가 크려면 무조건 많이 먹어야 해, 많이. 은심 할머니의 지론이었다. 결과적으로 은심 할머니의 말이 맞았다. 수연이 은심 할머니를 만난 이후로 큰 35센티미터의 키는 전부 은심 할머니의 가게를 양분으로 삼았다고 해도 과언이 아니었다.

가게 계산대에 평상이 있어 은심 할머니는 언제나 거기에 양반다리를 하고 앉아 뜨개질이나 바느질을 했다. 하트 모양, 원피스 모양, 별 모양의 수세미나 동전 지갑 같은 수공예품들을 가게 한편에 두고 함께 팔았다. 은심 할머니가 만든 것들은 예뻤고 무엇보다 튼튼했다. 슈퍼에서 가장 인기가 많았다. 몇십 년 동안 꾸려 온 슈퍼의 이름이 영진인지 영주인지 주인인 은심 할머니가 헷갈리기 시작하면서 슈퍼는 문을 닫았지만, 수연은 지금도 영진슈퍼 구석구석을 전부 떠올릴 수 있었다.

치매 판정을 받은 은심 할머니는 아들네 집에서 6개월 정도를 지내다가 이곳으로 왔다. 수연은 그때 은심 할머니의 입원을 도왔다. 은심 할머니의 외동아들은 고맙다는 말과 함께 꽤 두둑한 사례금을 건넸다. 수연은 사양했지만 아들은 침대 옆 서랍에 돈을 두고 갔다. 이민을 갔다는 소식은 몇 달 후에 간호사에게서 들었다. 수연은 그제야 그 돈이 사례금이 아니라 은심 할머니의 생활비였다는 것을 깨달았다. 봉투 속에는 부득이하게 이민을 가게 되어 자주 찾아뵐 수 없으니 대신 어머니를 잘 부탁드린다는 짤막한 쪽지도 들어 있었다. 아들은 수연이 자신의 어머니를 모르는 체할 수 없으리라는 걸 알았을 것이고, 아들의 예측은 틀리지 않았다. 수연은 그날 이후로 몇 년 동안 일주일에 한 번씩 은심 할머니를 꼭 찾아갔다. 은경 선배와 함께. 얼마 전까지는.

저녁 8시밖에 되지 않았지만 재활병원의 밤은 일찍 찾아왔다. 그래서 새벽이 길었다. 머지않아 다른 환자가 들어오면 중앙등을 소등할 것이다. 그러면 수연은 이들의 취침을 위해 그만 물러나야 했다.

"그놈은 또 바쁘다고 그러네. 걔가 좀 바빠야지. 그래도 이번 주 주말에는 오지 않겠니?"

수연은 아들 이야기라는 걸 곧바로 알아들었다.

"네. 맛있는 거 잔뜩 사 들고 오겠죠."

"걔는 은경 언니 만나면 크게 혼날 거야. 언니가 그놈 혼낸다고 벼르고 있잖아."

은심 할머니의 추억은 엉켜 있다. 은경 선배와 그 아들은 단 한 번도 만난 적 없었지만, 수연은 언제나 그렇듯 맞장구치며 할머니의 말을 정정하지 않았다.

"그래도 엊그제 네가 사다 준 사과가 새콤하니 맛있었어."

"사과요?"

수연이 되물었다. 엊그제는 수연이 찾아오지 않았다.

"그래, 홍옥같이 빨간 걸 사다 줬잖아. 오랜만에 입에 군침이 싹 돌더라."

사과를 먹었다는 것이 거짓말은 아닌 모양인지, 수연은 그제야 창틀에 둔 사과를 발견했다. 먹고 남은 사과를 씻은 반찬 통에 넣어 두었다. 갈변이 심했다. 누군가 분명 은심 할머니에게 사과를 사다 준 것은 확실한데, 같은 병원 사람이 준 것은 기가 막히게 기억했으므로 병원 사람이 나눠 준 거라면 수연에게 저렇게 말하지 않았을 것이다. 은심 할머니를 찾아올 사람이 누가 또 있던가. 아들 내외가 그사이에 다녀간 것일까. 수연이 자리에서 일어났다. 테이블을 원래대로 돌려놓고 구겨진 이불을 폈다.

"등받이 내려 드릴까요?"

은심 할머니가 고개를 끄덕였다. 수연이 다리를 굽혀 뻑뻑한 손잡이를 잡아 돌렸다. 그때 침대 아래에 떨어져 있는 종이꽃이 수연의 눈에 띄었다.

자리에서 일어난 수연은 침대에 누워 천장을 공허하게 바라보는 은심 할머니의 표정을 보고 입을 다물었다. 눈에 초점이 없다. 잠이 들기 직전과 깨어난 직후는 은심 할머니의 정신이 가장 불분명해지는 순간이었다. 이럴 때 은심 할머니는 다른 사람이 된다. 수연이 모르는 말을 하고, 아주 오래전에 만났던 누군가와 대화를 나눴다. 대화가 불가능한 상태임을 깨닫고 종이꽃을 주머니에 넣었다. 찬바람이 들지 않도록 이불을 목까지 끌어올렸다. 수연이 몸을 틀었다.

"해가 지지 않는 동산으로 갔대. 잘된 거지 뭐."

아까보다 한 톤 높아진 은심 할머니의 목소리에 고개를 돌렸다. 은심 할머니는 천장을 바라보며 중얼거렸다.

"몸을 깨끗이 씻어야 한다고 그랬어. 그래서 그 여자도 샤워실에서 샤워를 세 시간이나 했다고 했어. 아주 빡빡 문질러서 살이 죄다 벗겨질 뻔했다는데, 그렇게 해야 해. 그러기로 했어. 그렇게 해야만 갈 수 있으니까."

기껏해야 누군가의 이름을 부르며 안부를 묻는 수준이 아니었다. 수연이 은심 할머니를 부르자, 할머니가 독살스러운 표정으로 쳐다봤다. 수연을 알아보지 못하는 눈이었다.

"기다려. 다 알아서 순서를 정해 주시니까."

"무슨 순서요?"

"무슨 순서기는. 동산에 가는 순서지. 그이 먼저 가서 얼마나 배가 아픈데."

그 말을 끝으로 은심 할머니는 잠들기 위해 눈을 감았다. 취침 약에 포함된 수면제 성분은 늘 이런 식으로 사람을 기절시키듯 잠들게 했다. 자리를 떠나지 못하고 잠든 은심 할머니의 얼굴을 쳐다봤다. 억측에 가깝다는 걸 알면서도 재활병원에서 일어나는 자살이 언젠가 은심 할머니에게도 옮겨 갈 것만 같았다.

장례식장 영안실에서 시체에 남아 있는 두 개의 구멍을

발견했을 때만 해도, 수연은 완다가 미리 현장에서 시체를 살펴보고 아는 척 떠들었다고 생각했다. 그런데 오늘 죽은 다섯 번째 시체에서도 두 개의 구멍을 발견했다. 세 번째 시체에도 그 구멍이 있었던가. 그 구멍은 무슨 의미인가. 연쇄살인범의 흔적일까.

수연은 병원을 빠져나오며 완다를 찾아야겠다고 생각했다. 그날 그렇게 돌려보내는 것이 아니라 연락처를 받아 놨어야 했다고, 수연은 뒤늦게 후회했다. 하지만 수연의 자책은 그리 길게 가지 않았다. 그럴 필요가 없어졌으니까. 완다가 로비에 서 있었다.

전력을 아끼기 위해 꺼 둔 승강기 앞에 서서 버튼을 반복해 누르고 있었다. 수연은 완다의 팔을 붙잡아 돌려세웠다. 완다는 꽤 반가운 표정으로 수연을 바라봤으나, 수연은 완다의 손목에 수갑을 채웠다.

형사 3팀 사무실에는 수연과 완다뿐이었다. 이곳에 도착한 직후부터 빗방울이 떨어지기 시작하더니 빗줄기가 점점 굵어졌다. 빗소리가 둘 사이의 침묵을 메꿨다. 수연이 완다의 표정을 살폈다. 여유롭고 나른한 표정이었다.

"신분증 좀 주세요."

"프랑스 여권이랑 외국인등록번호밖에 없는데, 둘 중에 뭐가 더 신분증에 가까울까?"

"외국인이세요?"

"응, 외국인이에요."

예상하지 못한 상황이었다. 수연은 잠시 머뭇거렸다가 손을 도로 키보드 위에 올려놓았다. 둘 중에 실물로 가지고 있는 것이 있느냐고 물었다. 완다가 코트 안주머니에서 프랑스 여권을 꺼내 내밀었다. 수연은 알아볼 수 없는 프랑스어 정보를 바라보다, 괜히 민망해져 여권 사진과 완다의 얼굴만 번갈아 살폈다. 그러고는 이내 여권에 적힌 정보를 전부 옮겨 적으며 언제 이곳에 왔고 어떤 일로 왔는지, 현재는 무슨 일을 하고 있는지 따위를 물었다.

"프랑스 기사를 한국어로 번역해 주는 작업을 외주로 맡아서 하고 있어. 주로 경제나 정치 분야를 하고, 아주 가끔 소설도 번역해. 여권 뒷면에 보면 명함 꽂혀 있는데 거기 이메일 주소가 적혀 있어. 가져도 돼, 나중에 찾아보면 어떤 기사 번역했는지 나올 거야. 여기 온 지는 5년 정도 지났나. 그리고 왜 왔냐면…."

여권에서 명함을 빼내 챙기고는 수연이 완다를 쳐다봤다.

"다섯 살 때 프랑스로 입양됐는데, 살다 보니 한 번쯤 와서 살아 보고 싶더라고. 그래도 내가 태어난 곳인데, 그런 구질구질한 생각이 들어서."

"근데 왜 자꾸 사건 현장에 나타나시는 거예요?"

"그때 말 안 했나? 나도 누군가를 잡는 일을 한다고."

"뭘 잡으시는데요? 뱀파이어?"

뱀파이어란 단어를 내뱉을 때 수연은 옅은 웃음을 터트렸다.

"형사님도 확인한 거지? 내가 말한 두 개의 구멍. 그래서 나를 잡아야겠다고 생각했을 거고. 저 여자가 그걸 어떻게 알고 있었을까, 범인인가, 잡아야 하나, 이런 생각을 했겠지."

속내를 들킨 수연은 마땅히 받아칠 말이 없어 대답하지 않았다.

"그런데 막상 범인으로 보기에는 좀 찜찜한 거지. 단서가 될 수 있는 흔적을 형사를 대면한 자리에서 직접 말해 줬다는 게. 그냥 죽을 날짜 받아 놓은 노인들이 알아서 자살한 사건을 두고 범인이 있을지도 모른다고 생각할 정도로 친절하고 집요한 형사님이었네."

"제가 지금 장난하는 걸로 보이세요?"

"아니, 나는 그렇게 안 보는데 형사님이 그렇게 보고 있잖아. 내가 장난하고 있다고."

두 사람은 대치 중인 군인처럼 서로를 지켜보고 있었다. 알 수 없는 사람이다. 수갑이 채워진 상태로 경찰서에 연행되어도 당황한 기색은 일절 없었고 오히려 익숙한 듯 굴었다. 수연은 완다의 차분한 눈을 바라보다 의자 등받이에 기대어 앉았다. 여자의 말은 터무니없었지만 더 터무니없는 것은 여자의 말에 일리가 있다는 점이었다. 시체가 떨어진 위치, 출혈량,

몸에 난 의문의 흉터. 수연이 아랫입술을 지그시 깨물었다.

사건을 해결해야 할 때 가장 먼저 해야 하는 일은 생각을 비우는 것이다. 머리와 마음을 백지로 만들어 어떤 그림이든 그릴 수 있도록 가능성을 열어 두어야 한다. 수연이 은경 선배에게 들은 조언이었다. 네 안에 묻어 있는 편견이 얼룩이 되어 전체 그림을 망치면 안 된다고….

수연이 고개를 숙이고 깊이 숨을 골랐다. 생각을 지우자, 생각을. 편견을 없애자. 세상에는 뱀파이어가 있다. 늑대인간이 있을 수도 있고, 좀비가 있을 수도 있다. 관자놀이를 검지로 꾹 누르던 수연이 손바닥으로 얼굴을 쓸었다. 이렇게 한다고 그릴 수 있는 몽타주가 아니었다.

수연이 속는 셈 치고 물었다.

"당신이 말한 두 개의 구멍이 사건과 무슨 연관이 있죠? 뱀파이어가 남겼다는 건가요?"

"내 말을 믿어?"

"노력은 해 보려고요."

완다가 만족한다는 듯 웃었다.

"뱀파이어는 사람의 피를 먹기 위해 신경이 연결된 송곳니로 사람의 살을 뚫고 혈관을 찾아. 혈관을 찾으면 송곳니에서 촉수 같은 신경이 나와서 피를 빨아들여. 정맥도 상관은 없지만 수고를 덜기 위해서는 동맥이 더 편한가 봐. 그래서 쇄골 부근에 있는 빗장밑동맥이나 목 앞부분의 온목동맥을 노려. 뱀파이어한테 살해된 인간들의 가죽을 뜯어내고 파헤치면 동맥이 헐어 있더라고. 그래서 보통 이곳에 두 개의 구멍이 남지. 뱀파이어의 송곳니 자국."

완다가 자신의 목을 툭툭 두드렸다.

"그게 뱀파이어의 송곳니 자국이라는 건 뭘로 증명하실 거예요?"

"시체에 났던 구멍의 크기와 간격 기억해? 하관이 있는 동물이 지구상에 몇 종류나 있을 거 같아? 내 생각에는 인간 아니면 영장류 정도일 것 같은데. 개가 물었다면 송곳니 두 개만 남지는 않았을 거고, 뭐 뱀이나 쥐도 있겠지만 이 정도로 하관이 크면 다른 의미로 큰일이겠지."

수연은 완다의 의견을 반박할 만한 다른 존재를 찾으려 했지만 마땅히 떠오르지 않았다.

"그럼 둘 중에 뭐가 더 말이 안 되는지 비교하면 되는 건가, 이제. 하나는 영장류가 나타나 사람을 물고 창밖으로 던졌다는 거고 또 하나는 뱀파이어가 그랬다는 거고."

완다가 자신을 놀리고 있다는 기분을 지울 수 없었다. 수연은 그쯤에서 포기했다. 영장류든 뱀파이어든 둘 다 말이 안 되기는 마찬가지였다.

"그러니까 결국 당신 말은 이 사건은 뱀파이어 짓이고, 그 자국은 뱀파이어의 이빨 자국이라는 거네요."

"뱀파이어라면 인간 하나쯤 창밖으로 가뿐히 던질 수도

있을 거고. 전에도 말했듯이 일부러 그랬을 거야. 떨어지다가 나무나 전봇대에 부딪혔는데 상처에서 출혈이 없으면 수상하게 생각할 테니까. 투신으로 사망한 시체치고 피가 없어서 이상했잖아. 그때 그걸 확인하러 왔었지? 귓구멍에서도 콧구멍에서도 피가 한 방울도 나오지 않았다는 게 걸렸지? 머리 터진 시체에서."

완다의 말은 터무니없었지만, 그 터무니없는 말만이 사건의 미스터리를 풀어 주는 열쇠 같았다. 그렇지만 여기에는 커다란 문제점이 하나 있었다. 이 모든 말이 거짓말처럼 들린다는 것.

"당신은 그걸 어떻게 아세요?"

"이게 내 일이라고 말한 적 있는 것 같은데."

"뱀파이어 잡는 일이 당신 일이라고요?"

"당신은 인간을 죽인 인간을 잡고, 나는 인간을 죽인 뱀파이어를 잡고."

가능성은 세 가지로 좁혀졌다. 정말 뱀파이어가 한 짓이라는 것. 또 하나는 뱀파이어를 표방하는 인간의 짓이라는 것. 그리고 마지막은 이 사람이 정말 미쳤다는 것.

"만약 정말 이게 뱀파이어 짓이라면 왜 인간이 자살한 것처럼 꾸며 놓죠?"

"그게 그들의 수법이야. 다른 인간한테 정체를 들켜서는 안 되니까. 유서도 죽은 인간이 직접 쓴 게 맞을 거야."

"쓰라고 협박했다는 건가요?"

"아니, 쓰고 싶어지도록 만들었겠지."

책상 위로 두 손을 올리며 완다가 바짝 다가왔다. 어느새 빗줄기가 많이 약해졌다. 창문 틈으로 빗물에 젖은 흙냄새가 올라왔다. 자정에 가까운 시간이었다.

"뱀파이어가 인간의 피를 섭취하는 방법에는 두 가지가 있어. 하나는 인명 피해가 큰 사고를 기다리는 거야. 사고가 나면 그 피 냄새를 맡고 누구보다 먼저 도착해. 그래서 아직 숨이 붙어 있지만 곧 죽을 자들을 식량처럼 챙겨 가지. 분명 그곳에 있었는데 시체가 발견되지 않았다고 하는 경우들, 그런 이상한 일들은 전부 그들 짓이야. 예를 들면 독일 쇼핑센터에서 불이 났던 사건이나 스페인발 여객기가 추락한 사건들. 내가 가장 최근에 갔던 건 2017년 7월 19일. 구로동 화재 사건."

수연도 그 사건을 기억했다. 모텔에서 일어난 화재 사건이었다. 투숙객 스물네 명이 묵었던 새벽, 누전으로 데스크에서 불이 났다. 하필이면 1층 입구에서 발화한 탓에 빠져나올 수 있는 사람이 거의 없었다. 그런데 희한한 일이 벌어졌다. 생존자가 다섯 명이고 사망자가 열다섯 명이었다. CCTV를 통해 몇 차례나 인원을 파악했지만 투숙객은 스물네 명이 맞았다. 네 명이 실종된 것이다.

"사라진 네 명은 어디로 갔을까?"

CCTV를 돌려 보아도 화재 직전에 호텔을 빠져나간 사람은 없었다. 모두 오후 7시 이전에 체크인했고, 다음 날 새벽 1시까지 호텔 밖으로 나오지 않았다.

"내가 기억하기로 그 호텔이 그 근방에서 가장 오래된 건물이었을걸. 입구 외에 그 어디에도 CCTV가 없었고. 그리고 불길이 치솟았을 때 창문이 깨지는 소리를 들었다고 진술한 사람이 있었어. 그때는 그게 불길을 피해 밖으로 탈출하려던 사람이 깬 걸로 이야기가 됐지. 그런데 그런 사람이 없잖아. 질식사만 있지, 추락사는 없었어. 그러니까 나가려고 깬 게 아니라 들어가려고 깼다는 말이야."

"그 사건들 전부 뱀파이어가 시체를 가져간 사건이라고 말씀하고 싶으신 거죠? 당신 그때도 그 현장에 왔었나요?"

"사건이 발생한 당일 오전 5시 42분 도착. 발화 지점인 데스크에 도달한 시간은 5시 48분. 전부 타고 그을렸고 잿더미 위에는 밖으로 빠져나온 흔적만 있지 안으로 들어간 흔적이 남아 있지 않아. 그러니 화재 발생 후에 누군가 그 건물로 들어갔다면 로비가 아니라 다른 출입구를 이용한 거지. 창문이나 옥상이나."

"거길 들어간 거예요?"

"대형 사고는 출동하는 게 원칙이라."

"아니, 사건 당일이면 외부인은 못 들어갔을 텐데요."

완다는 난감한 질문을 받은 것처럼 표정이 애매해졌다.

"비슷한 일 하는 사람이니까 다 알지 않나? 급할 때 신분 정도는 가짜로 만들어서 사용하기도 하는 거."

수연은 이 문제에 대해, 적어도 이 순간만큼은 깊이 생각하지 않으려고 노력했다. 수연은 다시 본론으로 돌아갔다.

"외부 침입자가 있었다는 말은 없었어요. 방화 가능성도 염두에 두고 전부 살폈는데도요."

"침입 가능성은 있었지만 상식적으로 말이 안 되니까 무시했을 거야."

단호한 말투였다.

"5층 복도 창문이 깨져 있었잖아. 유리 파편 모양으로 봐서는 아무리 생각해도 밖에서 깬 건데, 도대체 그 시간에 어떤 인간이 5층 복도 창문을 허공에서 깰 수 있었겠어? 아무리 머리를 굴려도 답이 안 나오니까 미스터리로 남긴 거지. 내 말 못 믿겠으면 그때 사건 다시 찾아봐. 분명 있을 거야. 유리 조각이 흩어져 있는 5층 복도 사진."

찾아보지 않아도 5층 복도에 밖에서 깬 유리 파편이 떨어져 있었다는 건 알고 있었다. 아무리 봐도 말이 안 된다고 은경 선배가 집단범죄를 의심한 사건이었다. 하지만 데스크 누전으로 인한 화재임이 명백해 결국 단순 사고로 처리되었다.

수연이 숨을 골랐다.

"또 다른 방법은요?"

"외로움을 파고드는 거."

"외로움?"

"응. 인간이 가지고 있는 가장 취약한 부분. 그 틈을 파고 들어서 믿음도 주고 사랑도 주면서 야금야금 인간을 파먹는 거야. 자신에게 피를 바치도록."

"…"

"뱀파이어를 만난 인간은 행복해져. 그들의 주특기거든. 꽃이 나비를 위해 아름답듯이 뱀파이어는 인간을 위해 아름다워. 지옥에 있는 천사 같달까."

완다는 말을 마치고 옅은 웃음을 터트렸다. 수연이 적잖이 당황스러운 표정을 지었기 때문이다. 하지만 수연은 그런 완다에게 왜 웃느냐는 말도 던질 수 없었다. 혼란이 중첩되며 수연의 사고 회로도 같이 멈춘 기분이었다.

재활병원에서 발생한 자살 사건에는 모두 유서가 존재했다. 답답하고 허망했던 삶을 이만 접고 행복한 곳으로 떠나겠다는 마지막 인사가 담긴 편지였다. 사후 세계는 행복할 거라는 확신이 담긴 내용이었다. 유서는 확실하게 자살임을 보여 주고 있었다. 그런데 재활병원에는 주일마다 목사가 찾아왔다. 특별한 경우를 제외하고 대부분의 환자는 주일마다 3층에서 예배를 드렸다. 개중 몇몇 환자는 간식을 받기 위해 혹은 그저 노래를 부르기 위해 참가하기도 했지만, 다섯 명의 사망자 가운데 세 명은 독실한 기독교 신자였다. 삶이 아무리 괴로웠더라도 사후의 행복을 바라는 신자가 정말 자살을 택했을까. 의지할 곳이 종교뿐이었던 자들이. 만약 누군가가 그들에게 계속 죽음을 속삭였다면, 그들이 죽음을 택할 수밖에 없도록 유도했다면.

수연이 완다의 손에 채웠던 수갑을 풀었다.

"갑자기 내가 범인이 아니라는 확신이 섰나?"

수갑을 뒷주머니에 넣으며 수연은 굳이 대꾸하지 않았다. 애초에 수사가 허락된 사건도 아니었으니 수갑은 겁주기용이었을 뿐이다. 뱀파이어가 이 일에 가담했다는 정황을 받아들이기에는 아직 더 많은 증거가 필요했지만, 누군가 사망자에게 죽음을 종용했을 수도 있다는 가능성을 찾았다. 아주 가까이서 오래도록 어떤 이득을 목적으로 입김을 불어넣은 존재의 가능성. 그렇다면 완다는 아닐 것이다. 완다는 한쪽 승강기가 멈춰 있는 것을 모르고 있었다.

수연이 여권을 돌려주자, 완다는 고맙다고 웃으며 여권을 코트 안주머니에 도로 넣었다. 완다가 자리에서 일어섰다.

"수사를 계속해. 그래야 지킬 수 있어. 그들은 인정사정없거든. 나한테 사건 현장에 기웃거리지 말라고 했잖아. 미안한데 그건 못 지킬 것 같아. 나도 내 일을 해야 하거든. 앞으로 마주치면 잘 부탁해."

완다가 형사 3팀 사무실을 빠져나갔다.

난주

난주는 부피가 꽤 큰 크로스백을 메고 임대 현수막이 걸린 건물로 들어갔다. 재활병원과 몇 블록 떨어지지 않은 8층짜리 건물이었다. 1층부터 6층까지는 전부 상가가 빠져나간 상태였고 나머지 두 층은 고시원이었다. 운영 중이라 보기 힘들 정도로 폐건물에 가까운 외관이었다. 고시원 간판은 원래의 색을 알아볼 수 없을 만큼 녹슬었고 창문에 붙은 암막 시트지는 가뭄이 든 대지처럼 갈라졌다. 사방은 한적했다. 가로등마저 드문드문 켜 있는 구시가지 골목은 음산하고 서늘했다. 건물에서는 꿉꿉한 냄새가 진동했다. 페인트가 벗겨져 시멘트가 듬성듬성 보였고 바닥에는 물때가 끼어 있었다. 벌레의 사체가 먼지처럼 쌓여 있었다. 곳곳에 피어 있는 거미줄은 얼마나 오랫동안 건물이 방치되어 있었는지 말해 주고 있었다. 1층에는 편의점, 국숫집, 과일가게 간판이 붙어 있었지만 오래전에 가게들이 빠져나가는 바람에 폐허같이 변했다. 아무도 찾지 않는 가게들의 손잡이에는 먼지가 쌓여 있었다. 난주는 익숙하게 승강기 버튼을 눌렀다. 승강기 형광등은 창백할 정도로 밝았고 주기적으로 깜빡거렸다. 그 주변으로 나방이 떠돌아다녔다.

승강기는 도착했다는 안내 멘트도 없이 7층에서 뻑뻑한 문을 열었다. 복도 형광등이 드문드문 켜져 있어 어두웠다. 이곳에서도 꿉꿉한 냄새가 났다. 건물 전체가 버려진 저수지 같왔다. 하지만 이런 건물에서도 고시원은 운영되고 있었다.

난주의 구두 굽 소리가 적막을 깨트리며 울렸다. 입구 위로 비상계단 표시등이 퍼렇게 빛났다. 복도 끝 맞은편에 커다란 창문이 있었지만 시트지로 바깥쪽이 덮여 있어 제 본분을 잊은 지 오래였다. 오른쪽 첫 번째 방이 101호, 그 맞은편 방이 102호, 이런 식으로 방 호수가 갈지자로 매겨져 있었다. 쭉 이어지던 복도는 창문 앞에서 좌측으로 꺾였다. 거기에도 방이 있었고, 그 끝은 공용 주방이었다. 총 스무 개의 방이 빽빽하게 붙어 있었다.

난주의 발에 무언가 차였다. 104호 앞에 있던 짜장면 그릇이었다. 난주는 104호 방 앞에 서서 크로스백을 내려놓았다. 주저앉아 가방을 열어 그 안에서 담뱃갑을 꺼냈다. 시간이 여유롭지 않았지만 난주는 담배가 몹시 고팠다. 담뱃갑을 툭툭 흔들어 한 개비를 입에 물고는 빈 담뱃갑을 구겨 복도에 던졌다. 라이터 부싯돌을 틱틱 돌렸다. 붉은빛이 얼굴 위로 퍼졌다가 사라졌다. 난주는 복도 중앙에 웅크려 앉아 담배를 들이켰다. 담배 연기가 창 없는 복도에 퍼졌다.

"아이씨, 징그럽게."

난주가 신발 위를 기어가던 벌레를 손가락으로 들어낸 다음 밟아 죽였다. 신발을 바닥에 벅벅 문질렀다. 그 소리가 만만치 않게 시끄러웠으나 얼굴을 내밀어 보는 사람은 단 한 명도 없었다. 난주는 짧아진 담배를 복도에 버려 발로 비벼 끈

후 104호 문 앞에 있는 짜장면 그릇을 들췄다. 받침처럼 검은 봉투가 놓여 있었다. 봉투에는 돈이 들어 있었다. 난주가 5만 원권의 장수를 셌다. 총 세 장. 15만 원이었다. 액수를 확인하고 봉투에 도로 담았다. 가방에서 무언가를 찾아 뒤적거렸다.

난주가 찾은 것은 주사기와 약통이었다. 바늘 마개를 입에 물어 딴 뒤 바늘을 약통에 밀어 넣었다. 밀대를 밀어 약물을 빨아들였다. 빈 통을 가방에 던지듯 넣고는 주사기를 들고 몸을 일으켰다. 104호 문을 두드렸다. 시끄러운 소리가 또다시 복도에 울려 퍼졌지만 고개를 내밀어 복도를 살피는 이는 단 한 명도 없었다. 손잡이가 돌아갔고, 문이 열렸고, 문틈으로 팔 하나가 불쑥 튀어나왔다. 난주는 상대방의 얼굴도 확인하지 않고 익숙하게 팔꿈치 안쪽 정맥을 찾아 바늘을 찔러 넣었다. 주사를 맞고 있는 남자에게서 옅은 신음이 새어 나왔다. 약물을 다 투여한 뒤, 난주는 시선을 내리깔아 바늘을 정리하며 심드렁하게 말했다.

"다음엔 5만 원 더 받을 거야."

"…돈 없어요."

"그럼 그만하든가."

"자, 잠깐!"

남자의 사정에는 별 관심 없었으므로 난주는 무시하고 제 갈 길을 가려 했다. 그러나 남자가 우악스럽게 난주의 팔을 붙잡아 돌렸다. 어깨에 걸치고 있던 가방이 떨어졌고 약통과 주사기가 복도에 널브러졌다. 그것을 본 난주가 곧바로 남자의 머리를 내리쳤다. 한 대 얻어맞고 완전히 맛이 간 남자가 손을 들고 달려들었으나 난주는 차분하게 바닥에 떨어진 가방을 주워 남자에게 휘둘렀다. 무겁고 딱딱한 가방에 얼굴을 제대로 맞은 남자는 코피를 쏟으며 주저앉았다. 난주는 멈추지 않았다.

"그만, 그만! 자, 잘못했어!"

남자의 머리를 두세 차례 더 가격한 후에야 멈췄다.

"야, 너 내가 여자라서 만만해 보이지?"

"…"

"앉아서 약이나 처맞고 있는 주제에 꼴에 남자라고."

남자는 아무 말도 하지 않았다. 빚의 손톱만큼도 안 되는 돈을 받아 가며 이런 번거로운 짓을 해야 하다니, 지긋지긋했다. 난주는 가방을 챙겨 건물을 빠져나왔다. 바깥공기가 유독 시리게 느껴졌다. 후드집업 지퍼를 끝까지 올렸다. 견디기 힘든 날씨다. 아무리 겪어도 난주는 겨울이 지겨웠다.

병원으로 돌아왔을 때는 분위기가 어수선했다.

"어디 갔다 오셨어요?"

보현이 나무라는 듯한 말투로 물었다.

"그냥 이 앞에요."

"앞이요?"

"예. 이 앞이요."

냉랭한 난주의 대답에, 보현은 쌓아 둔 말을 눌러 삼키듯 숨을 훅 내뱉었다. 병원이 소란스러운 이유는 입원 중인 환자 한 명이 몇 시간 전부터 큰 소리로 운 탓이었다. 그 소리가 얼마나 크고 거슬렸는지 평소 조용하던 환자들마저도 온갖 짜증과 울음을 터트릴 정도였단다. 결국 원무과 직원들까지 동원해 환자들을 진정시켰다고 했다. 그 정신없는 현장을 혼자서 통솔해야 했을 보현이 얼마나 짜증 났을지 어느 정도 이해는 했으나 난주는 구태여 자리를 오래 비워 미안하다는 식의 말은 꺼내지 않았다.

젊은 간호사는 3개월을 버티지 못하고 옮기는 병원이었다. 간호사에 대한 환상이 아직 남아 있는 사람들은 3주 만에 다른 병원을 알아보기도 했다. 아무리 일이 편하다고 한들 다른 곳에 비해 월급도 적거니와 무엇보다 이 병원이 무척 지루했으리라. 난주로서는 그런 식으로 함께 일하는 간호사가 자주 바뀌는 게 편했다. 오래 같이 있다 보면 서로에 대해 너무 많은 것을 알아차리기 때문이었다. 그렇지만 보현은 7층 병동에서 함께 일한 지 반년이 지나가도록 난주에 대해 딱히 궁금해하지 않았다. 일을 하다가 한 시간씩 자리를 비울 때도 바빴다고 짜증은 낼지언정 어디를 갔다 왔느냐고 추궁하지 않았다. 들려오는 말에 따르면 난주가 자리를 비울 때마다 친구와 통화를 오래 하거나 대놓고 딴짓을 한다고 했으므로 어쩌면 보현은 난주가 자리 비우는 것을 좋아할지도 몰랐다.

"왜 이렇게 더러워요?"

보현이 물었다. 난주의 어깨를 가리키며. 남자 손에 뭐가 묻어 있었는지 손자국 비슷한 모양으로 거뭇거뭇해져 있었다. 난주는 남자의 억센 손길을 떠올리며 인상을 찌푸렸다. 그러고는 곧바로 별것 아니라는 듯 어깨를 털었다.

완다

모리스는 오늘 같은 날 꼭 친구를 봐야겠느냐고 물었다. 자신들과 주현절 준비를 하리라 믿어 의심치 않았는지 그 눈빛에는 서운함과 함께 당혹감도 섞여 있었다. 그런 모리스를 클리에가 말렸다. 클리에는 모리스의 발을 꾹 밟으며 네가 원하는 대로 하루를 보내라고 말했다. 주방에는 오늘 만들어야 할 음식 재료가 한가득 쌓여 있었지만 클리에는 이런 것쯤 아무것도 아니라는 듯 웃었다. 완다도 알고 있었다. 클리에와 모리스 둘이서 갈레트 데 루아를 거뜬히 만들 수 있을 거라는 것, 그리고 셋이서 함께하지 않는 주현절 전야제를 모리스는 상상도 해 본 적 없을 거라는 것도. 완다는 끝내 친구를 보러 가겠다고 대답했다. 모리스는 더 붙잡지 않았다.

그 애는 완다의 얼굴을 확인하고는 곧장 뒤돌아 자리를 떴다. 그곳에 완다가 있는지 확인하러 온 것 같기도 했고, 마주치고 싶지 않아 피하다 들킨 것 같기도 했다. 둘 중 어느 쪽인지 확신할 수 없어 완다는 그 애를 쫓거나 부르지 못했다. 그래도 유령이 아니었다는 점, 이 근처에 살고 있다는 점만은 확실했다. 또 올 것이다. 근거는 없었지만 그럴 거라 확신했다. 완다는 정류장에서 버스를 기다리며 도시락이 든 가방을 꼭 끌어안았다. 모리스는 도시락을 챙겨 주며, 밖이 춥고 갈 곳이 없다면 친구와 함께 집에 와도 좋다고 말했다. 남아 있는 서운함을 잘 포장해 건넨 제안이었으리라. 완다는 모리스의 기분을 풀어 주려는 의도로 그렇게 하겠다고 대답했지만 그럴 리 없으리라는 걸 너무 잘 알고 있었다.

버스를 기다리는 동안 그 애를 집으로 데리고 가는 상상을 되풀이했다. 그렇지만 상상에는 드문드문 구멍이 뚫려 있었다. 이를테면 완다가 먼저 자신의 집에 가자고 말한다거나 그 애가 집에 들어갔을 때 클리에와 모리스의 반응 같은 것들 말이다. 한 번도 경험해 본 적 없는 일을 구체적으로 상상하기란 매우 어려웠다. 완다는 상상도 마음대로 할 수 없다는 데 퍽 화가 났다. 그렇지만 정말 그 애를 데리고 간다면 신발을 신겨야 하지 않을까. 클리에와 모리스라면 완다가 누구를 데려오든 좋아할 테지만 그래도 이 추운 날 신발을 신고 있지 않으면 놀랄지도 몰라. 완다는 제게 있는 신발 중 많이 신지 않은 신발이 뭔지 떠올리며 버스에 올랐다.

개장 시간의 극장에는 역시나 사람이 없었다. 처음에는 눈길조차 주지 않던 직원이 완다를 힐끔힐끔 쳐다봤다. 매일 같은 시간에 찾아와 말없이 극장에서 책만 읽다 가는 소녀가 눈에 들어오기 시작한 것이다. 좋지 않았다. 기억되기 시작하면 행동이 자유로울 수 없으므로, 어쩌면 며칠 후에는 다른 장소를 물색해야 할지도 모른다. 완다는 무심한 표정을 유지하며 다섯 명이 앉을 수 있는 기다란 의자 끄트머리에 앉았다. 챙겨 온 책을 꺼내며 앞으로 얼마나 기다려야 그 애가 올지 생각했다. 어제처럼 폐장한 후에 올 수도 있었고 아예 오지 않을 수도 있었다. 완다가 숨을 푹 내쉬고 책장을 넘겼다. 크게 힘들지는 않았다. 기다리는 것은 누구보다 잘할 수 있었으므로. 하지만 그날은 기다림이 길지 않았다. 오래 지나지 않아, 그 애가 의자에 앉았다.

그 애는 검은색 우산을 들고 있었다. 그리고 또 맨발. 발은 진흙만 좀 묻어 있을 뿐 상처 하나 없이 깔끔했다. 검은색 매니큐어를 바른 것일까. 신발을 신지 않았다는 데 집중하느라 눈여겨보지 않았던 검은 발톱이 그제야 눈에 들어왔다. 그 애의 발끝만 바라보던 완다는 조금씩 시선을 올렸다. 상아색 코르덴바지에 초록색 니트를 입었다. 의자에는 그때와 똑같은 네이비블루 코트를 올려 두었고 코트에 긴 생머리 끝자락이 닿아 있었다.

완다는 힐긋힐긋 그 애의 주변만 훑어보다, 그 애의 얼굴을 딱 한 번 응시했다. 창백한 피부에 검붉은 입술, 긴 속눈썹과 오똑한 코…. 이렇게 표현하는 건 고루한 소설에나 나올 법한 묘사 같아 마음에 들지 않았지만 완다는 사실을 나열하는 것 외에 멋들어지게 표현할 수 있는 능력이 없었다. 그 애는 그렇게 생겼다. 고루한 소설을 떠올리게 만드는, 아름답다는 말이 지겹게 느껴지게 하는. 완다는 오래 바라보지 못하고 고개를 돌렸다. 무슨 책을 읽고 있을까. 오래되어 보이는데.

상영시간에 따라 극장에 사람이 몰렸다가 빠지기를 몇 차례 반복하며, 완다는 자연스럽게 알아차렸다. 그 애도 완다를 보기 위해 왔다는 것을. 그런 건 듣지 않아도 알 수 있었다. 클리에가 말했다. 만나야 할 인연은 반드시 만나게 되어 있고, 그런 인연은 단번에 알아볼 수 있다고.

완다는 설레는 마음을 잠재우려고 노력했다. 다리를 흔들다가 꼬았고, 의미 없이 책장을 넘기다가 앞으로 되돌아오기를 반복했다. 말을 걸어야 한다. 어쩌면 오늘은 도시락을 나눠 먹을 수도 있겠다는 생각이 들었다. 정오가 조금 넘은 시각, 완다가 배고파질 때쯤 둘 사이로 누군가가 다가왔다.

허리까지 오는 군청색 망토를 걸치고 있었고 그 아래로 문양이 새겨진 은색 벨트가 보였다. 완다가 고개를 들었다. 나이는 많아 보이지 않았지만 일이 고단한 탓인지 모자 아래로 보이는 머리가 희끗희끗한 경관이었다. 그는 말랐지만 단단해 보였고 무엇보다 달리기가 빨라 보였다. 완다가 그것까지 판단한 데는 이유가 있었다. 머지않아 그를 상대로 추격전을 벌여야 한다는 걸 직감적으로 눈치챘기 때문이다. 경관의 뒤로 멀리 떨어진 곳에 극장 직원이 있었다. 아무래도 두 소녀가 수상하다 느낀 직원이 신고한 모양이었다. 매일 아침 극장에 들러 책만 읽다 가는 소녀와 맨발로 오는 소녀를 그냥 지나치는 게 더 이상할 것 같기는 했다. 경관이 허리를 숙이며 떨어져 앉은 두 소녀를 다정하게 번갈아 쳐다봤다. 자신은 무서운 사람이 아니며 너희를 도와줄 수 있는 친절하고 상냥한 어른임을 강조하고 있었다. 하지만 너희가 무슨 변명을 하든 자신과 함께 파출소로 가야 한다는 뜻이기도 했다.

완다는 몹시 난감했다. 파출소로 가는 건 문제가 아니었다. 문제는 그다음이다. 어쨌거나 저 경관은 보호자가 올 때까지, 그러니까 완다의 말이 사실이라는 걸 확인받을 때까지 완다를 돌려보내지 않을 거였고, 그렇다면 클리에와 모리스는 완다가 도서관에서 친구를 만나고 온 것이 아니라 매일같이 극장에서 친구를 기다렸다는 사실을 알게 될 것이다. 완다는 그것만은 막고 싶었다. 어떻게 해야 경관을 따돌릴 수 있을지 생각하며 완다가 고개를 돌렸다. 그리고 깜짝 놀랐다. 그 애가 자신을 쳐다보고 있었기 때문이다. 그 애는 완다와 눈을 맞춘 채 입술을 움직여 소리 없이 무언가를 말했다.

'기다려.'

그 애는 자리에서 일어나더니 자신의 짐을 챙겨 경관을 지나쳐 걸었다. 경관이 놀라 그 애를 붙잡으려고 했지만, 그 애는 경관의 손길을 뿌리치고 출구로 달려 나갔다. 경관은 도망가는 아이를 보고 이상함을 직감했는지 완다를 그곳에 남겨 두고 그 애를 쫓아 달려 나갔다. 금세 사라진 두 사람을 바라보던 완다는 화장실에서 불어오는 차가운 바람을 느꼈다. 그러니까 경관이 그 애를 뒤쫓아 나간 직후였다. 화장실 창문이 열린 것일까. 완다는 미심쩍은 표정으로 화장실 문을 주시했다. 그리고 아치문 아래로 맨발을 발견한 순간, 완다는 망설이지 않고 자리에서 우뚝 일어났다.

사람들이 정문을 쳐다보고 있는 틈에 완다는 조용히 화장실로 들어갔다. 이상한 일이었다. 방금 나갔던 그 애가 화장실 문 근처에 서 있었고, 완다가 화장실로 들어오는 사이 순식간에 높은 화장실 창문에 걸터앉아 완다를 기다리고 있었다. 의문투성이인 완다에게 그 애가 잡으라는 듯이 손을 뻗었다. 이 극장을 빠져나갈 수 있는 유일한 출구처럼 느껴졌다. 완다가 손을 맞잡자 그 애가 완다를 위로 끌어당겼다. 일순간 몸이 허공으로 떠오르며 창틀에 엉덩이가 걸쳐졌다. 완다가 소리 지를 새도 없었다. 한 명이 올라가면 꽉 차는 좁은 창틀이었다. 완다는 고꾸라지지 않게 균형을 잡은 다음에야 고개를 내렸다. 극장 밖. 직원용 후문 쪽 극장 뒤편이었고, 밑에는 어느새 내려간 그 애가 있었다. 밑에서 올려다볼 때와 달리 위에서 내려다보니 높이가 아득했다. 그 애는 비 한 방울 내리지 않는 하늘 아래서 검은 우산을 쓰고 있었다. 그리고 완다를 향해 두 팔을 벌렸다.

"받아 줄게."

완다는 그게 말이 되냐고 외치고 싶었다. 하지만 그 애를 놓치고 돌아온 경관의 목소리가 화장실 밖에서 들렸다. 사라진 완다의 행방을 묻고 있었다. 정문으로 나가는 걸 보지 못했으니 화장실로 갔을 거라는 직원의 대답에, 완다는 더 망설일 수 없다고 판단했다. 그 애는 여전히 단단하게 뻗은 가지처럼 팔을 벌리고 있었다. 받을 수 있을까. 다칠 것 같은데. 하지만 더 고민할 겨를이 없었다. 여자 화장실로 들어오겠다며 노크하는 경관의 소리를 듣자마자, 완다는 이를 악물고 뛰어내렸다.

불구덩이에서 뛰어내리듯, 혹은 불구덩이로 뛰어내리듯.

뛰어내리는 순간 두 눈을 질끈 감아 버린 탓에 완다는 그 애가 자신을 어떤 자세로, 어떤 표정으로 받았는지 보지 못했다. 단지 허리를 꽉 끌어안았다는 것, 그렇게 두 발이 땅에 닿을 때까지 힘을 풀지 않았다는 것만 느낄 수 있었다.

차가 한 대도 없는 후문 주차장을 가로질렀다. 극장에 가방을 두고 온 것이 떠올랐지만 되찾으러 갈 수 없었다.

릴리. 그 애의 이름은 릴리라고 했다.

나이는 너랑 같아, 라고 대답했는데 완다는 릴리가 자신의 나이를 어떻게 알고 있는지 궁금했다. 게다가 열여섯이라기에는 키가 컸다. 완다보다 한 뼘 정도는 더 큰 듯했고 외모도 훨씬 성숙해 보여 도저히 동갑이라 느낄 수 없었다. 하지만 지금은 그걸 따질 때가 아니었다. 설령 릴리가 거짓말을 하고 있다고 한들 완다는 충분히 속아 넘어가 줄 마음이었다. 적어도 지금은. 동갑이라는 말에 자연스럽게 말을 놓은 뒤, 완다는 가장 먼저 발이 시리지 않으냐고 물었다. 릴리는 눈덩이를 밟고서도 아무렇지 않게 발가락을 움직였다.

"응, 괜찮아. 아무렇지 않아."

사실은 왜 신발을 신고 다니지 않느냐고 묻고 싶었다. 완다는 돌려 물어도 릴리가 질문의 진의를 파악하고 대답해 주리라 생각했다. 하지만 릴리는 그렇게 마무리 지었다. 더 묻는 건 예의가 아닐지도 몰라. 말해 주기 싫어서 피한 걸지도 모르잖아. 어쨌든 발이 시리지 않으니 된 거야…. 완다는 그런 식으로 타협했다.

완다와 릴리는 밀밭 옆에 난 좁다란 길을 따라 걸었다. 불과 몇 해 전까지 마차가 오가던 땅으로, 바퀴 자국이 그대로 길이 된 곳이었다. 마을 중심부에 큰길이 깔리면서 이 길로는 이제 마차도, 사람도, 차도 잘 지나가지 않았다. 그래서 완다만 애용하는 길이었다. 이 길이 집으로 가는 가장 빠른 지름길이었기 때문이다. 길목에는 사이프러스 한 그루가 서 있었다. 그래서 이 길이 빈센트 반 고흐의 그림 같다고 완다는 자주 생각했다.

어느새 해가 저물자, 릴리는 쓰고 있던 우산을 접었다. 늘 혼자 걷던 길을 릴리와 함께 걷고 있다고 생각하자, 완다는 묘

한 설렘을 떨칠 수 없었다. 최대한 느리게 걷기 위해 노력했지만 아무리 느리게 걷는다고 한들 길은 언젠가 끝나기 마련이었다. 저 멀리 집이 보이기 시작하자 아쉬움이 밀려왔다. 클리에와 모리스의 바람대로 릴리를 집에 초대할 수 있으면 좋으련만, 완다가 생각하기에 릴리는 맨발로 친구 집에 가기를 원치 않을 것 같았다.

완다가 걸음을 멈추자 릴리도 완다를 따라 멈췄다. 완다의 시선이 닿은 집을 쳐다보고는, 그곳이 완다의 집인 걸 곧장 눈치챈 듯 릴리는 한 발자국 물러났다.

"가?"

완다가 물었다. 릴리가 고개를 끄덕였다.

"너희 집은 어디야?"

릴리는 북서쪽 피에프 거리 부근을 가리켰다. 차로는 40분, 걸어서는 두 시간이 족히 걸리는 숲 바로 앞에 있는 마을이었다. 그리고 그 마을에서 더 가까운 극장은 따로 있었다. 어쩌면 첫 번째는 우연히 온 것이고, 두 번째는 자신을 보러 일부러 왔을 수도 있겠다는 생각이 들었다. 물어보고 싶었지만 차마 부끄러워 물을 수 없었다.

"내일은 극장에 못 갈 거야. 직원이 우리 얼굴을 알아."

릴리가 말에 숨겨진 진심을 알아들을 수 있을까. 완다는 조금 더 솔직하게 말했어야 했다고 후회했다.

하지만 다행히 릴리는 완다의 속내를 전부 읽어 냈다.

"그럼 여기서 만나. 이 나무 밑에서 해가 지면."

"내일?"

"응, 내일. 안 돼?"

"아니, 돼."

왜 해가 지면 만나야 하느냐고 묻고 싶었다. 조금 더 빨리 만나면 안 되냐고 조르고 싶은 마음을 애써 참아 냈다.

완다의 집이 더 가까웠으므로 완다가 그 자리에서 릴리를 배웅했다. 검은 우산을 들고 멀어져 가는 릴리의 모습을 오랫동안 쳐다봤다.

클리에와 모리스는 가방을 잃어버린 완다를 혼내지 않았다. 오히려 완다가 상심했을까 걱정하며 위로했다. 상실감 따위 느끼지 않았던 완다는 그제야 두 사람에게 옅은 죄책감을 느끼며 미안하다고 사과했다. 두 사람은 그날 만든 갈레트 데루아를 완다에게 건넸다. 월계수 잎 모양이 새겨진 표면에 윤기가 흘렀다. 네 조각으로 자른 파이 중 하나를 고르라고 말했다. 원래라면 내일 아침에 먹어야 하지만, 그들이 이렇게라도 자신의 기분을 풀어 주려고 한다는 걸 완다는 금방 알아차렸다.

완다는 고민하다가 한 조각을 접시에 덜었다. 클리에가 주는 포크를 집어 아몬드 크림과 사과 콩포트가 가득 담긴 파이를 크게 잘라 입에 넣었다. 네 조각 중 하나에는 도자기 인형 페브가 들어 있을 것이다. 매해 주현절 아침이면 갈레트

데 루아를 한 조각씩 접시에 덜어 누구의 파이에서 페브가 나오는지 내기했다. 페브가 나오면 그날만큼은 그 사람이 왕이 되어 소원을 이룰 수 있었다. 한 입을 먹고 완다가 파이 단면을 쳐다봤다. 희미하게 페브가 보였다. 완다가 웃으며 손가락으로 페브를 꺼냈다. 엄지 한 마디 크기의 천사 도자기 인형이었다. 클리에는 행운이 완다에게 찾아갔다며 행복해했다. 행운…. 완다는 그 단어를 곱씹으며 릴리를 떠올렸다.

완다는 깨끗하게 씻은 천사 페브를 매만지며 잠이 들기를 기다렸다. 유난히 달이 밝은 날이었다. 커튼을 쳐 두지 않아 불을 켠 것처럼 방이 환했다. 완다는 이불을 뒤집어쓰고 두 눈을 꼭 감았다. 다음 날이면 다시 만날 릴리를 생각하며, 몇 번이고 나무 아래서 만나는 장면을 상상했다. 나오지 않으면 어쩌지, 하는 걱정은 들지 않았다. 릴리는 반드시 나올 터였다.

이튿날, 완다는 릴리의 신발까지 챙겨 갈까 고민하다 결국 아무것도 챙기지 않고 집을 나섰다. 어두운 밤길을 내달렸다. 사이프러스 아래, 검은색 가죽 부츠를 신고 검은색 코트를 입은 릴리가 보였다. 그날도 릴리는 무척이나 예뻤다.

수연

"할 말 있으면 그냥 빨리 해."

뒤통수에 눈이라도 달린 것처럼 구는 찬태 때문에 수연이 가슴을 쓸어내렸다. 곧이어 헛기침을 두어 번 했다.

"저 일 다 끝났는데 이만 가 봐도 될까요?"

찬태가 시계를 바라봤다. 퇴근 시간까지는 아직 30분 남짓 남아 있었다. 일이 다 끝났으므로 평소보다 이른 퇴근을 말릴 이유는 없었지만, 수연이 일이 없으면 만들어서라도 하는 애라는 걸 찬태가 알고 있다는 게 문제였다. 고로, 그 정도로 어딘가를 급히 가야 하는 사정이 수연에게 있다는 소리였다. 한바탕 잔소리를 쏟아 내려는 찬태의 마음을 읽었는지 수연이 그보다 빠르게 말을 가로챘다.

"영장 달라는 소리 아니고요. 그냥 가서 보고 오는 거죠. 사건 있었던 곳이니까 뭐, 겸사겸사."

찬태가 지친 표정으로 말했다.

"나는 뭐 직업의식 없고 탱자탱자 불량 형사라 이러고 있겠냐? 다 겪어 봤으니까 그런 거지. 내가 너 지칠까 봐 그런다."

"…안 지칠 것 같으면 가 봐도 되나요?"

"어차피 갈 거면서 내 의견은 묻긴 뭘 물어. 너 그래도 부천에서 지원 요청 오면 찍소리 말고 바로 와야 한다."

"…"

"아. 알겠냐고오."

수연이 고개를 끄덕였다.

"가라, 가."

수연이 넙죽 고개를 숙였다가 쏜살같이 몸을 틀었다. 혹시나 찬태가 도로 붙잡을까 봐 주차장까지 전속력을 다해 뛰었다.

재활병원이 보일 즈음부터 비가 한 방울씩 떨어지기 시작했다. 원무과 직원은 컴퓨터를 보호막 삼아 책상에 엎드려 있다, 데스크를 두드리는 소리에 반쯤 감긴 눈으로 고개를 들었다. 얼굴에는 피곤한 기색이 역력했다. 직원은 수연이 형사인 것을 기억하고는 또 무슨 일이 생겼느냐고 물었다. '또' 일어날 일이란 자살을 말하는 것일 텐데, 그 얼굴에 귀찮은 기색이 역력했다.

"이 병원 직원이랑 입원 중인 환자 명단이 필요해요."

직원의 표정이 일그러졌다. 볼멘소리로 물었다.

"그건 왜 필요하신데요?"

"사건 경위서를 쓰는 데 대략적인 정보들이 필요하거든요. 이를테면 직원이나 입원환자 수가…."

"잠시만요."

수연이 급하게 만들어 낸 이유를 직원은 들은 체도 하지 않고 싱겁게 고개를 끄덕였다. 직원이 다른 자리로 옮겨 컴퓨터를 만졌다. 수연이 안도의 숨을 짧게 훅 뱉었다.

"그다지 필요 없을 텐데."

기적도 없이 나타난 사람은 완다였다. 완다가 데스크에 팔짱 낀 팔을 올리며, 수연에게만 들릴 정도로 작게 속삭였다.

"그래도 이왕 달라고 했으니 되도록 야간 근무자를 중심으로 찾아."

"제가 알아서 해요."

수연은 직원이 건네준 명단을 들고 원무과를 먼저 빠져나갔다. 자신을 따라오는 완다의 구둣발 소리가 들렸다. 밖으로 나온 수연은 문득 들리지 않는 발소리에 저도 모르게 뒤돌았다. 완다는 시체가 떨어져 있던 지점에 서서 건물 외벽을 보고 있었다. 수연이 자신을 바라보고 있다는 걸 알고 있다는 듯 완다가 입을 열었다.

"떨어진 사람들은 희미하게 남은 시야로 자신이 떨어진 창문을 보고 있었을까."

완다가 건물로 다가갔다. 옥상에서 내려오는 긴 수도관을 쥐고 두 손으로 흔들었다. 그러고는 수연을 돌아보며 물었다.

"옥상에 좀 올라가 보고 싶은데."

수연은 이유를 물으려다가 그냥 완다에게 따라오라고 손짓했다.

직원은 또다시 찾아온 수연에게 이번에는 별말 없이 옥상 열쇠를 넘기며 나올 때 문을 단단히 잠가 달라는 당부만 덧붙였다. 완다는 그때처럼 멈춰 있는 승강기 버튼을 누르고 있었다. 수연이 다른 승강기 버튼을 누르고는 입을 열었다.

"그쪽 승강기 안 움직여요. 사용자가 많지 않으니까 전기 아끼려고요. 그 승강기는 배식차 이동할 때만 써요."

옥상은 이중문으로 닫혀 있었다. 수연이 철창문을 열었다. 손이 닿는 곳이 전부 녹슬어 있었다. 옥상으로 통하는 문 옆에는 상자가 쌓여 있었다. 수연이 못 본 척 열쇠로 문을 여는 동안 완다가 그중 하나를 골라 상자 뚜껑을 열었다. 상자 안에는 재갈을 비롯하여 목줄 따위의 포박 기구들이 들어 있었다. 수연이 뻑뻑한 옥상 문을 열고 완다를 불렀다. 그렇지만 완다는 상자 속에 담긴 기구들에서 눈을 떼지 못했다. 수연이 어쩔 수 없이 입을 열었다.

"정신병동 입원환자들한테 사용하는 거예요. 그런 게 없으면 스스로를 해치는 사람들이 있어서요."

총 9층으로 이루어진 재활병원에는 1층에 원무과와 진료실이, 2층에는 조리실, 3층은 운동 재활 치료실과 예배 및 요일 수업을 들을 수 있는 조그만 강당이 있다. 4층부터 9층까지는 입원실인데 두 종류로 나뉘었다. 4층부터 7층까지는 재활 입원 병동이었고 8층과 9층은 정신 건강 입원 병동이었다. 재활 입원 병동에는 치매 환자와 신체적 재활이 필요한 환자들이 입원했고, 정신 건강 입원 병동에는 알코올의존자와 정신 치료가 필요한 사람들이 입원했다. 8층과 9층은 직원 카드가 없으면 승강기가 서지 않으며 마찬가지로 그 층에서도 직원 카드 없이는 승강기를 세울 수 없다. 한마디로 비상계단마저 잠겨 있는 폐쇄병동이란 말이다.

완다는 수연의 말을 듣고도 그것들에서 눈을 떼지 못했다. 완다도 그것들이 비인륜적인 방식이라고 생각할까. 그렇다면 아주 긴박한 경우가 아니면 그 물건들을 사용하지 않는다는 말을 덧붙여 주려고 했다.

"뱀파이어를 포박할 때 쓰는 거랑 꽤 비슷해. 나도 이런 걸 썼어."

완다가 재갈 하나를 들었다. 전장에서 잃어버렸던 자신의 칼을 찾은 전사 같은 눈빛이었다. 수연은 사람을 구속해 자유를 빼앗는 그 도구들을 그런 눈빛으로 쳐다본다는 게 달갑지 않아, 대꾸 없이 옥상으로 나갔다.

옥상은 깨끗했고 적막했다. 누군가 일부러 옥상 문을 열고 들어온 흔적 또한 없었다. 입구에 CCTV 한 대가 설치되어 있었지만 불빛이 꺼져 있었다. 그사이 부슬부슬 내리던 비는 그쳤지만 옥상 시멘트 바닥은 빗물에 젖어 있었다. 혹시나 옥상에 남아 있을지 모르는 범인의 족적을 찾으러 왔다고 해도 진작 비에 씻겼을 상황이었다. 옥상을 살펴보는 것은 이번이 처음이었다. 애초에 자살로 확정된 사건에서 열쇠가 있어야만 출입할 수 있는 옥상까지 볼 필요가 없었다.

완다는 옥상 난간에 붙어 서 있었다. 난간에는 가시철 조망이 설치되어 있었다. 난간 높이는 완다의 어깨쯤이었다. 170센티미터 전후인 완다의 키를 생각하면, 일반적인 성인이 실수로 떨어질 수 없는 구조였다. 완다가 손을 뻗어 가시철조망을 매만졌다. 수연이 완다에게 다가가며 손을 내저었다.

"만지지 마요, 다쳐요."

하지만 완다는 아랑곳하지 않고 철조망 끝을 손가락으로 쓸었다. 그리고 수연이 말릴 틈도 없이 손가락을 입안에 넣었다. 수연이 완다의 팔을 잡아당겼다.

"뭐 하는 짓이에요, 그러다 큰일 나요!"

완다가 혀끝에 남은 맛을 음미했다.

"떨어진 지점. 병실이 아니고 여기야. 근데 올라올 때 문이 잠겨 있었으니 두 가지로 생각해 볼 수 있겠네. 하나는 뱀파이어가 먹잇감을 손에 든 채 수도관을 타고 올라왔다. 또 하나는 누군가 문을 열어 줬다. 원래 뱀파이어는 수도관에 의지하지 않고도 벽을 탈 수 있지만 손을 하나밖에 쓸 수 없었다면 말이 좀 달라지지."

완다가 주저앉아 시멘트 바닥을 손으로 훑었다.

"어쨌든 이 지점인 것만은 확실해. 여기만 유독 시멘트 부스러기가 많잖아. 그러니까 누군가 여기를 밟고 서 있었다는 거야."

가시철조망이 세워진 난간이었다. 불가능하지는 않겠지만 보통 사람은 균형을 잡지 못할 것이며, 마찬가지로 보통 사람이라면 자신의 다리 힘으로 시멘트를 부술 수 없을 것이다. 완다가 손을 털며 일어났다.

"혈흔이 묻어 있어. 비가 오기 전에 묻었다가 그대로 굳은 거지. 색이 좀 다른 게 보일 거야. 오염돼서 증거로 쓸 수 있을지는 모르지만."

밤이 깊어 사물이 제대로 보이지 않아 휴대전화로 손전등을 켰다. 검붉게 변한 가시를 찾았다. 하늘로 향해 있는 가시였다. 허공에서 핏방울 하나가 떨어지다 가시에 걸렸고, 가시를 타고 쭉 미끄러지다 또다시 시멘트로 떨어졌을 흔적이었다. 바닥에는 예상했던 대로 검붉은 액체가 스며든 자국이 있었다. 이것이 피의 흔적일까. 정확한 판정을 위해서는 감식반에 맡기면 될 터였다. 그리하여 이것이 혈흔이라는 판정이 나오면 수사 협조를 요청할 수 있을 것이다. 다만 감식반에 넘겨 혈흔을 분석한다고 한들, 그것이 자살을 살인 사건으로 바꾸는 열쇠는 되지 못한다는 점이 문제였다. 어쩌면 큰 저항 없이 난간에 섰다는 증거가 되어 자살로 굳어질 수도 있었다.

원무과 직원은 옥상 열쇠는 여기서 보관하는 것 하나와 경비원이 가지고 있는 것 하나, 총 두 개라고 말했고 열쇠를 달라고 하는 직원이 있으면 별다른 절차 없이 열쇠를 빌려준다고 말했다. 수연이 병원 밖으로 나왔을 때, 완다는 담배를 입에 물고 주머니에서 라이터를 찾고 있었다. 수연은 곧장 완다에게 다가가 입에 물린 담배를 빼서 완다의 손바닥 위에 올렸다.

"병원 앞은 금연이에요."

"환자들 다 여기서 피우던데."

완다가 황당한 표정으로 물었다.

"그건 환자잖아요. 담배 피우겠다고 멀리 나갔다가 큰일 날까 봐 편의를 봐주는 거라고요. 거기에 편승하려고 하지 마세요."

수연의 단호함에 완다가 결국 담배를 주머니에 넣었다. 수연은 인사 없이 차에 올랐다.

그날 밤 수연은 차를 끌고 완다의 뒤를 밟았다. 완다는 큰길만 이용했다. 자정에 가까운 시간이었으므로 골목을 이용하지 않는 게 당연하게 느껴지면서도, 수연은 어쩐지 완다가 이동 경로와 속도를 조절하고 있는 것만 같았다. 수연이 놓치지 않게 말이다.

지난번 조사에서 완다가 알려 준 정보를 토대로 완다가 사는 지역과 번역한 기사들을 살펴볼 수 있었다. 그러니 지금부터는 수연이 알아 낸 것들이 진실인지를 따져 봐야 했다. 누군가의 이름을 도용한 것은 아닌지, 사는 곳이 등록된 주소가 맞는지 따위를.

수연이 골목 어귀에 차를 세웠다. 완다가 들어간 곳은 집이 아닌 서양식 술집이었다. 인천 차이나타운 끄트머리에 자리 잡은 술집이었고, 완다의 집과 그다지 멀지 않았다. 술집 이름은 '1446'이었다. 금빛 네온사인 간판이 빛나고 있었지만 전구 몇 개가 나가 있었다. 기껏해야 손님을 열 명 남짓 받을 수 있는 규모처럼 보였다. 수연은 차에서 내려 술집 건물을 둘러보았다. 연식이 꽤 되어 보였다. 건물 뒤편에서 후문을 발견했다. 음식물 쓰레기통과 종량제 쓰레기봉투가 놓여 있는 것으로 보아 직원용 출입문인 듯했다. 다행히 후문 쪽 골목은 반대편이 가로막혀 있었다. 양쪽을 살펴봐야 하는 수고로움을 덜었다. 수연이 차로 돌아갔다.

기어코 자정이 넘었다. 수연은 잠시 운전대에 이마를 기댔다. 피곤함이 몰려왔다. 정식으로 수사 허락을 받은 일이 아니었으니 이 시간까지 잠복해도 내일은 제시간에 출근해야 했다. 잠깐이라도 눈을 붙일까 싶었으나 수연은 마른세수로 잠을 깨우며 고개를 들었다. 옆자리에 쌓여 있는 종이 뭉텅이를 들었다. 간호사에게 받아 두었던 재활병원 직원과 입원환자들의 명단이었다. 수연은 지난밤 명단에서 이상한 점을 발견했다. 이곳 간호사는 삼교대로 일했다. 오전과 오후, 그리고 심야 근무. 세 명이 동시에 근무하는 시간은 없으며 오전 근무자와 오후 근무자가 겹치고, 오후 근무자와 심야 근무자가 겹친다. 그리고 이 근무시간 편성에는 일정한 규칙이 있는데 한 사람이 일주일에 최대 세 번까지만 심야 근무를 할 수 있었다. 심야 근무를 하고 나면 그다음 날은 꼭 오후 출근이거나 휴무였다. 단 한 사람만 제외하고. 7층 간호사 서난주. 이 간호사는 유일하게 월요일과 일요일을 고정으로 연달아 쉬며, 나머지는 내내 심야 근무만 하고 있다.

술집 문이 열렸다. 완다가 코트를 여미며 나오는 모습이 보였다. 40분가량이 지난 뒤였다. 수연은 파일을 도로 옆자리에 두고는 차에서 내렸다. 이곳에서 집이 멀지 않았고 도로가 좁았으므로 걷는 편이 더 안전하고 편할 것 같았다.

완다는 수연에게 알려 줬던 그 집 주소와 일치하는 건물로 들어갔다. 오래된 5층짜리 오피스텔. 그중에서도 5층 502호. 수연은 한 시간가량 그 근처에 더 머물렀다. 완다가 다시 나올 기미가 없다고 느꼈을 때에야 수연은 그곳에서 걸음을 돌렸다.

수연은 완다가 들렀던 술집으로 향했다. 그곳이 외관만 술집은 아닌지 확인하기 위해서였다. 수연은 '1446'의 간판을 멀거니 쳐다보다가 가게 문을 밀고 들어갔다. 가게 안은 어두웠다. 등이 모두 꺼진 상태였고 빛이라고는 오직 전체적으로 듬성듬성 켜 놓은 초뿐이었다. 밖에서 예상했던 대로 작은 규모였다. 바텐더와 마주 볼 수 있는 긴 테이블에 다섯 명 정도 앉을 수 있는 자리가 마련되어 있었고, 그 외에는 2인용 테이블 두 개뿐이었다. 가게 안에는 손님도, 직원도 없었다. 영업이 끝난 건가 싶어 수연은 더 들어가지 못하고 입구에 멈춰 섰다. 술병이 놓여 있는 긴 진열장 끝에 검은색 커튼이 있었고 그 틈으로 형광등 빛이 새어 나왔다. 그 안에서 희미하게 물줄기 소리가 들려왔다. 개수대로 쏟아지는 소리였다. 얼마 지나지 않아 직원이 커튼을 젖히고는 손에 묻은 물기를 닦으며 나왔다. 수연의 기억이 맞는다면, 그녀는 분명 그레타였다.

난주

질긴 목숨이 드디어 끊어졌다는 이야기를 들었을 때, 난주는 본인도 모르게 환히 웃었다가 곧바로 입술을 오므렸다. 하지만 그런 자신을 향해 그 누가 삿대질할 수 있겠는가. 병마와 싸워 본 적 없는 자들은 자격이 없고, 병마와 싸워 본 자들은 난주의 행동을 이해할 것이다.

병원으로 향하는 발걸음이 그 어느 때보다 가벼웠다. 비집고 새어 나오는 웃음을 멈추기 위해 가는 길에 제 뺨을 얼마나 내리쳤는지 셀 수도 없었다. 병원에 도착한 난주는 평소 가던 병실이 아닌 장례식장 쪽으로 향했다. 안치실이 있는 지하를 걸어 내려갈 때는 하늘을 나는 기분이었다. 난주를 기다리고 있던 친모의 얼굴은 수척했으나 얼굴을 짓누르고 있던 무게는 사라졌다. 직원의 안내를 따라 난주는 영면에 빠진 친부의 앞에 섰다. 친부를 덮고 있는 천은 고왔다. 난주는 손끝으로 보드라운 천을 어루만졌다. 매끄러운 감촉이 전해졌다. 비록 숨 쉬는 동안에는 마주치지 않으려고 부단히 노력했던 얼굴이었으나 이번만큼은 진득하게, 당신과 함께했던 어린 시절처럼 바라보겠노라 다짐까지 했다.

천 밑에 감춰져 있던 친부의 얼굴을 보자마자 난주는 소리치며 뒤로 물러났다. 얼굴은 강판으로 간 듯했고 목덜미는 오른쪽이 전부 뜯겨 간신히 붙어 있었다. 그것은 난주가 상상한 죽음이 아니었다. 아무리 제게 민폐만 끼친 사람이라도 죽음만큼은 온전하기를 바랐다. 하지만 난주의 앞에 펼쳐진 것은 아스팔트에 눌어붙은 벌레 같은 죽음이었다. 난주는 친부의 시체로부터 뒷걸음질 치다, 어깨를 붙잡는 차가운 손길에 발을 멈췄다. 떨리는 눈동자로 그 손을 쳐다봤다. 검고 긴 손톱이 난주의 볼을 찔렀다.

악몽에서 깬 난주는 선반에서 안정제를 꺼내 입안에 털어 넣었다. 아직 볼에 남은 생경한 느낌을 없애기 위해 손바닥으로 얼굴을 벅벅 문질렀다. 악몽 탓에 땀을 흘렸는지 잔머리가 축축하게 이마에 들러붙어 있었다. 난주의 두려움은 꿈의 형태로 나타났다. 그것은 난주가 예측할 수 없도록 매번 모습을 바꾸었다. 두려움은 그렇게 끊임없이 자신의 존재를 드러냈다. 아무리 외면하고 벗어나려 해도 그럴 수 없다는 듯이. 이 두려움이 언젠가 현실이 될 거라고 예고를 날리는 듯이. 난주는 실제 친부의 마지막 모습을 떠올리려 애썼다. 친부는 평온하게 눈을 감았다. 창백하게 굳은 멀끔한 얼굴로.

난주는 두꺼운 코트를 챙겨 입고 거리로 나섰다. 출근하지 않는 날이었지만 좁은 집에 종일 있는 것은 괴로운 일이었다. 난주는 언제나처럼 자주 가는 일본식 술집을 방문했다. 피난처 같은 곳이었다. 안주가 맛있고 무엇보다 가게가 작고 아늑해 혼자 머물다 가기에 이보다 더 좋은 곳은 없었다.

　난주가 가게로 들어섰다. 평일 밤인데도 가게 안에는 손님이 제법 있었다. 종업원은 익숙한 듯 바 테이블로 난주를 안내했다. 사시미 뜨는 장면을 볼 수 있으면서 동시에 주방장과 잡담을 나눌 수 있는 자리였다. 사시미에 일가견이 있는 사람이라면 충분히 매력적인 위치였겠지만 난주는 아니었다. 처음 이곳에 왔던 2주 전에 자리가 없어 앉았을 뿐인데 그 후 직원이 난주를 알아봤는지 이 자리로만 안내했다.

　얇고 긴 회칼을 쥔 주방장이 다랑어 뱃살을 뜨다 난주를 보고 알은체를 해 왔다. 난주는 고개를 까딱이는 정도로 인사를 받았다.

　"쉬시는 날인가 봐요?"

　"예."

　"오늘은 다랑어가 좋은데 한번 드셔 보세요. 몇 점 더 드릴게요."

　"그럼 그걸로 주세요."

　거기에 난주는 맥주 한 잔을 추가로 시켰다. 나무판자 위에 곱게 뜬 다랑어 뱃살과 락교, 생강절임, 무순이 함께 올라왔다. 난주는 종지에 간장을 따르고 고추냉이를 풀었다. 그런 난주를 바라보던 주방장이 그간의 안부를 물었다. 주방장이 자신에게 관심을 보인다는 것은 쉽게 알 수 있었다. 처음에는 친절이라 생각했으나 그저 듣기만 하지 않고 자신의 정보를 난주에게 지나칠 정도로 전달하는 것을 보고 깨달았다. 난주에게 자신이 좋은 사람임을 끊임없이 어필하고 싶은 것이다. 난주는 주방장의 관심을 본체만체했다. 그 마음에 굳이 반응해 줘야 할 필요를 느끼지 못했다.

"요즘 안색이 안 좋아 보이세요. 하긴 요즘같이 뒤숭숭한 일이 계속 벌어질 때는 누구나 신경 쓰게 되죠. 저희만 해도 그렇게 안 보이시겠지만 매출이 지난달에 비해 좀 떨어졌어요. 사람들이 밤에 돌아다니는 걸 꺼리니까요."

난주가 주방장을 쳐다봤다. 주방장의 말이 무슨 뜻인지 모르겠다는 표정이었다.

"어허, 모르셨어요? 부천에서 닷새째 실종 신고만 여섯 명이 들어왔대요."

주방장은 무서운 이야기를 하듯 목소리를 내리깔았다. 난주는 어두워진 표정으로 들고 있던 젓가락을 내려놓았다.

"난주 씨는 이 근방에 사신다고 했죠? 늦게 돌아다니지 마세요. 뭣하면 제가 모셔다 드려도…."

"계산할게요."

절반도 먹지 않은 다랑어를 그대로 두고 자리에서 일어났다. 얼굴빛이 순식간에 창백해졌다. 주방장이 놀라 계산을 마치고 나가는 난주의 팔을 붙잡았다. 난주가 순식간에 주방장의 손을 쳐 내며 날 선 표정으로 주방장을 노려봤다. 맞은 듯이 얼얼한 손바닥의 통증을 무시하며 주방장이 애써 웃었다.

"더 드시지 않고요."

"가 보겠습니다."

"그럼 이 앞까지라도."

주방장이 문을 열어 주려고 하자, 난주가 한층 더 낮아진 목소리로 말을 꺼냈다.

"개수작 부리지 말고 비키라고."

난주는 얼간이처럼 서 있는 주방장을 밀치고 가게를 빠져나왔다. 다행히 주방장은 쫓아 나와 삿대질을 하거나 역정을 내지 않았다. 단골이 될 수 있었던 집이었는데 안타까웠다. 마지막에 주방장이 쓸데없는 친절을 부려 심기만 건드리지 않았어도 난주는 다시 방문했을 거였다. 하지만 부천에서 일어나고 있다는 사건으로 신경이 한순간에 날카로워진 난주를 성가시게 한 건 주방장이었다. 난주는 집으로 걸음을 바삐 옮기다, 자신이 모셔다 드리겠다던 주방장의 말이 떠올라 코웃음을 쳤다. 자신이 뭐라도 되는 줄 아는 걸까? 고작 남자라는 이유로 이 세상에 있는 모든 악으로부터 난주를 지켜 줄 수 있으리라 생각한 걸까? 난주는 그 패기가 우스웠다. 그 좁은 세상이 너무 가여웠다.

어느덧 자정이 가까워졌다. 팔짱을 긴 채 앞만 바라보고 걸으며 부천에서 일어나고 있는 실종 사건을 생각하던 난주는 문득 주변이 스산할 정도로 조용하다는 것을 깨달았다. 텅 빈 거리에서 걸음을 멈췄다. 난주의 구둣발 소리가 멈추자, 세상이 적막에 휩싸인 듯했다. 기척조차 느껴지지 않았지만 난주는 뒤돌아 거리를 살폈다. 거리에는 그림자 하나 보이지 않았다. 안도감을 느끼며 뒤돌던 난주는 코앞에 서 있는 커다란 형체에 그만 숨을 들이켰다. 그렇지만 곧장 놀란 기색을 감추고는 다시 걸음을 움직였다. 난주는 나란히 걷고 있는 상대방에게 넌지시 물었다.

"부천에서 일이 많다는데."

"…"

"당신은 아니지?"

"응, 그럼."

원했던 대답을 들었음에도 물 위에 뜬 나뭇잎처럼 여전히 마음이 불안했다. 하지만 난주는 진실 여부를 더 파고들지 않았다. 상대방이 거짓말을 할 리가 없었다. 설령 거짓말을 했다고 한들 난주가 할 수 있는 일은 아무것도 없었다. 난주는 묵묵히 걸었다.

오피스텔 앞에서 걸음을 멈췄다. 그는 난주를 따라 들어갈 마음이 없는 모양이었다. 그가 난주의 코트 자락을 여며주며 입을 열었다.

"형사 한 명이 의심하기 시작한 것 같네. 우리는 완벽했는데 말이야."

"그게 형사라는 직업을 가진 사람들이 하는 일이니까. 별 것도 아닌 걸 죄다 문제 삼지."

난주는 여느 때와 다름없는 억양으로 말했다. 하지만 난주의 시선이 자꾸만 밑으로 향하다 상대방의 소매 언저리로 떨어졌다. 그런데도 자신에게 꽂힌 시선을 온전하게 느낄 수 있었다.

"혼자 조사하는 건 아닌 모양이던데."

"그렇겠지. 형사는 늘 둘이서 움직이니까."

"하지만…."

흐려진 말꼬리에 난주가 고개를 들었다. 여태껏 단 한 번도 이런 식으로 말끝을 흐린 적이 없었기 때문이다. 그는 고민에 잠긴 듯 입술을 꾹 다물더니 이내 아니라며 말을 잘랐다. 난주는 그 정적 속에서 망설임을 읽었다.

떠나기 전, 그는 난주의 머리카락을 쓸어 넘겨 주며 생각이 많아 보이니 오늘은 잠을 푹 자라고 걱정스러운 투로 말했다. 하나 그것은 걱정으로 포장한 일종의 협박이었다. 허튼 생각 하는 걸 알고 있다고 돌려 말한 것이다. 난주는 집으로 들어와 창문 앞에 섰다. 느릿느릿 걷고 있는 뒷모습이 아직 시야에 걸렸다. 그는 자신의 행태를 눈여겨보고 있는 듯했지만, 난주는 요즘 들어 수상한 것은 자신이 아닌 저쪽이라 생각했다. 난주는 멀어지는 그의 뒷모습을 바라보며 손톱을 잘근잘근 씹었다.

완다

릴리는 천사 페브에 줄을 엮어 목걸이로 만들었다. 닷새 전 선물했던 페브였다. 끈이 길어 옷 속에 감추면 보이지 않았다. 그래서 완다는 보여 줄 것이 있다며 릴리가 목깃에서 긴 끈을 잡아당겼을 때, 꼭 낚시하는 어부 같다고 생각했다. 지난여름 모리스와 함께 갔던 강가에서 어느 어부가 저렇게 긴 낚싯줄을 내리고 있던 모습을 봤기 때문이다. 그때 어부는 금빛 물고기를 건져 올렸지만 릴리의 낚싯줄 끝에는 완다가 줬던 천사 페브가 매달려 있었다. 완다가 웃었다. 선물이 시시해서 릴리가 가는 길에 버린다고 해도 어쩔 수 없다고 생각했던 마음이 이제야 녹아내렸다.

"몰래 만드느라 힘들었어."

"왜 몰래 만들었어?"

릴리의 목에서부터 이어져 손바닥 위에 올라와 있는 페브를 바라보며 완다가 물었다. 조그만 양 날개의 한쪽을 뚫어 끈을 달았다. 도자기 인형이라 뚫는 게 쉽지 않았는지 날개 곳곳에 흠집이 가득했다. 완다는 그 흠집이 더 좋았다. 조그만 페브를 붙잡고 집중했을 릴리를 떠올리게 하니까.

"우리 집안 신이랑 사이가 안 좋거든."

완다가 웃음을 터트리자 릴리도 따라 웃음을 터트렸다. 두 사람은 어깨가 들썩일 정도로 웃었다.

해가 진 시각, 사이프러스에는 이제 언제나 릴리가 있다.

가끔은 나무 아래에 앉아 있었고, 가끔은 가장 낮은 나뭇가지에 앉아 있었으며, 아주 가끔은 나무 꼭대기에 있기도 했다. 어떻게 저 위까지 올라갔을까, 하는 생각을 하며 릴리를 불렀다. 릴리는 나무 아래에 있을 때도, 낮은 나뭇가지에 앉아 있을 때도, 그리고 가장 높은 곳에 있을 때도 차갑게 얼어붙은 얼굴로 먼 곳을 쳐다보다 완다의 목소리가 들리면 웃었다. 릴리는 웃을 때와 웃지 않을 때의 차이가 컸다. 웃지 않으면 얼음으로 만든 조각상 같았고 웃으면 봄빛을 담은 화가의 그림 같았다. 두 모습 다 좋았지만 그래도 역시 웃는 편이 좋았다. 릴리가 웃으면 완다는 몸 둘 바를 몰랐다. 호선을 그리며 찢어지는 입술과 초승달처럼 접히는 눈을 지켜보고 싶다가도 오래 바라보지 못하고 시선을 피했다.

완다는 릴리에 대해 아는 것이 없었다. 릴리가 피에프 거리 부근에 산다는 것, 그리고 조금 독특하고 깐깐한 가족들과 살고 있다는 것 정도만 추측할 수 있었다. 완다는 틈틈이 릴리를 생각했다. 가끔은 릴리를 오래 생각하다가 다른 생각이 떠오를 때도 있었다. 그중에서 가장 많이 한 생각은 릴리를 밤에만 만나야 하는 이유였다. 릴리에게 직접 묻고 싶었지만 어쩐지 릴리가 일부러 말해 주지 않는 듯하여 그럴 수 없었다. 별거 아니었으면 먼저 말해 주지 않았을까 싶었다. 그래서 완다는 몇 가지 가설을 세웠다. 하나는 릴리가 일을 하고 있어서 낮에는 회사나 공장, 또는 가게에 나간다는 것이고 또 하나는 릴리에게 동생이 아주 많아서 그들이 다 잠들기 전까지 혹은 부모가 퇴근할 때까지 집에서 꼼짝없이 동생들을 돌봐야 한다는 것이었다.

릴리는 아는 것이 아주 많았다. 특히 이야기와 역사에 관한 것이라면 클리에나 모리스보다도 많이 알았다. 전해 내려오는 구전설화나 소설을 얼마나 많이 듣고 읽었는지 가늠되지 않는 수준이었고 서유럽뿐 아니라 동유럽, 아프리카, 아메리카, 그리고 아시아의 전쟁과 역사도 꿰뚫고 있었다. 동생들에게 언제나 흥미로운 이야기를 해 주기 위해 공부하다 보니 이렇게 많이 알게 된 것은 아닐까. 목소리도 낮고 감미로워 릴리가 이야기를 시작하면 끝나 가는 게 아쉬울 정도였다. 동이 틀 때까지 릴리의 목소리를 듣고 싶었지만 밤은 언제나 두렵고 무서웠다. 자신을 기다리는 클리에와 모리스도 신경 쓰였으나 늦은 밤길을 혼자 돌아가야 하는 릴리가 더 걱정되었다.

릴리는 페브를 손에 쥐고 천사에 관한 이야기를 해 주었다. 천사가 버린 존재들, 천사의 이중성, 천사는 인간을 수호하지 않고 농락하고, 인간의 간절함을 이용하고, 인간의 마지막 희망까지 갉아먹는다는 말이었다. 천사가 정말로 선한 존재였다면 인간이 실수를 저지르기 전에, 인간이 악해지기 전에, 인간이 이타성을 잃기 전에 중재했을 것이라고. 클리에가 들었다면 화를 냈을 이야기였는데 이상하게 완다는 화가 나지 않았다. 그럴 수도 있겠다고 고개를 끄덕였다. 사실 릴리의 감미로운 목소리와 우아한 말투 따위에 더 집중하느라 내용은 안 중에도 없었다.

손목시계를 확인했다. 밤 10시가 넘었다. 뻣뻣하게 언 다리를 일으켰다. 마땅히 갈 곳이 없어 둘은 늘 사이프러스 아래에 앉아 이야기를 나누었다. 껴입은 옷과 목도리가 바람은 막아 주었지만 몸이 차갑게 어는 것은 막아 주지 못했다. 덕분에 며칠 사이 콧물과 재채기가 늘었다. 모리스는 겨울철 감기가 든 것 같다며 아침마다 따뜻한 레몬차를 타 주었지만 모리스의 노력이 무색하게 완다는 하루도 빠짐없이 해가 지면 밖으로 나갔다. 그래도 완다는 모리스의 레몬차 덕분에 감기가 더디게 오고 있다고 믿어 의심치 않았다.

아주 사소하고 다양한 이유가 쌓이고 쌓여서 누군가를 좋아하게 된다고들 한다. 그 이유들을 하나하나 나열할 수 없을 때, 가끔 본인조차 그것을 구분해 낼 수 없을 때 사람들은 '이유 없이 좋다'라고 말한다고. 클리에는 그 말을 하며 완다가 이유 없이 좋았다고 말했다. 모리스가 이유 없이 마음에 들어 모리스와 결혼하게 된 것처럼, 저 먼 곳에서 살고 있는 완다의 사진을 보자마자 이유 없이 사랑에 빠졌다고.

처음에는 그 말을 믿지 않았다. 하지만 그 말을 믿지 않는다고 해서 클리에의 마음까지 의심한 것은 아니다. 그저 자신이 상처받지 않기를 바라는 마음에 내뱉은 말일 거라 생각했다. 그런데 왜 이제 와서 클리에의 말을 받아들이게 되었을까. 완다는 릴리와 만난 시간도 짧았고 그에 대해 아는 것도 없었으며 만날 때마다 고작 몇 시간씩 시시한 이야기를 나눈 게 전부였다. 그런데 좋았다. 더 정확하게 말하자면 먼 곳에 살고 있는 완다의 사진만 보고도 이 아이의 양육자가 되어 주겠다고 다짐한 클리에와 모리스처럼, 완다도 릴리를 처음 만난 그날 릴리의 무언가가 되고 싶다고 느꼈다. 아주 많다는 것은 아예 없다는 것과 같다. 릴리와 친해지는 것에 이유가 없는 줄 알았는데 아니었다. 이유가 너무 많았다. 다 꺼내지 못할 만큼.

상대방을 좋아하고, 그 상대방도 나와 비슷한 마음일 확률은 극히 희박하다. 그래서 클리에와 모리스는 자신들의 이기심으로 완다를 이 먼 곳까지 데리고 왔다며 몇 번씩이나 미안하다고 했다. 아이를 낳는 것, 아이를 입양하는 것 모두 양육자만의 선택으로 성립하기 때문이다. 완다는 자신이 이곳에 올 때 기분이 어땠는지는 너무 어려서 기억나지 않지만 지금은 두 사람을 정말 사랑한다고 대답했다. 시간 차가 있었지만 결국 클리에가 말한 것처럼 희박한 확률을 뚫고 마음이 통한 것이다. 그러므로 마음이 통한다는 것은 양육자가 아이를 좋아하고 그 아이도 양육자를 좋아할 만큼 희박한 확률이었다. 완다는 릴리가 극장 의자에 나란히 앉아 자신과 함께 책을 읽을 때, 도망간 줄 알았던 릴리가 다시 돌아와 완다를 데리고 갔을 때도 마음이 통했다고 어느 정도 생각했지만 이번

만큼 강렬한 확신은 아니었다. 릴리가 완다의 손을 잡았을 때, 오늘은 이대로 헤어지는 것이 아쉽다는 듯한 눈빛을 보냈을 때 완다는 어떤 짜릿함을 느꼈다.

"우리 부모님은 자정에 와."

집으로 향하는 길에 완다는 평소보다 말이 많아졌다. 친구를 집에 데리고 가는 것도 처음이었지만, 그게 릴리라는 사실에 더 들떴다. 릴리는 그 전에 집에 갈 테니 걱정하지 말라고 했다.

"너 춥구나."

걱정된 것이 아니라 네가 괜찮다면 부모님께 너를 소개해도 되느냐고 물으려 했던 거라고, 그렇게 말하고 싶었는데 릴리가 불쑥 다정한 말을 건네는 바람에 완다는 말을 잃었다.

"나는 춥지 않아서 몰랐어."

춥다고 하면 만나지 말자고 할까 봐 완다는 아니라고 하고 싶었다. 하지만 이번에는 꽁꽁 언 완다의 손을 감싸 잡는 손길에 입을 다물었다. 릴리의 손에서는 온기가 느껴지지 않았다. 아무리 오래 맞잡고 있어도.

완다는 방이 보잘것없어 부끄러웠다. 아기자기하지도, 구경거리가 많지도 않은 방이었다. 10여 년째 쓰고 있는 원목 장롱과 책상, 침대에는 여기저기 세월의 흔적이 가득했다. 심지어 의자는 며칠째 쌓아 놓은 옷에 파묻혀 보이지도 않았다. 좁은 문틈으로 자신의 방 상태를 확인한 완다는 5분만 밖에서 기다려 달라고 말했다. 릴리에게 씨알도 먹히지 않았지만. 릴리는 완다의 말이 끝나기도 전에 문을 활짝 열었다.

"방이 작고 귀엽다."

짧은 소감을 던져 놓고 릴리는 제 방인 양 먼저 들어갔다. 릴리는 옷 쌓인 의자를 쳐다보다 침대에 걸터앉았다. 손님이 된 것처럼 엉거주춤 방으로 들어온 완다가 릴리 옆에 엉덩이를 붙였다.

"네 방은 더 커?"

이 방에서 자라 오며 완다는 방이 작다는 생각을 단 한 번도 한 적 없었다. 2층 완다의 방은 이 집에서 가장 넓은 방이었다. 한때는 피아노가 있었고 한때는 농구 골대가 있기도 했다. 그러니 릴리의 말이 생소하게 느껴졌다. 릴리는 고개를 끄덕이며 그냥 조금, 이라고 얼버무렸다.

"저거 뭐야?"

"뭐?"

"벽에 저거."

릴리의 손가락 끝은 완다의 키를 표시해 놓은 벽을 가리키고 있었다. 매해 1월 1일이면 저곳에 키를 표시했다. 다섯 살 완다는 말도 안 되게 작았고, 열 살에서 열한 살 사이에는 한 뼘이나 컸다. 완다가 기억하기로 한창 농구에 취미를 붙였을 때였다.

"저거 내 키."

"몇 년 동안 큰 거야?"

"해마다 1년 단위로 표시한 거야."

"착실하게 자라고 있구나. 그럼 내년에는 또 이만큼 크는 거야?"

"모르지. 더 자랄 수도 있고 안 자랄 수도 있고."

그 말을 들은 릴리는 무언가를 골똘히 생각하더니 덥석 완다의 손을 붙잡으며 자리에서 일어났다.

"그럼 지금 또 재 보자."

"잰 지 며칠 안 됐어. 새해 첫날에…."

"또 모르지. 그 사이에 네가 더 자랐을지도 모르잖아."

황당했지만 못 들어줄 부탁도 아니었다. 완다는 키가 표시된 벽에 섰다. 발뒤꿈치, 엉덩이, 어깨, 뒤통수가 벽에 닿았다. 제 손으로 정수리 부근을 표시하려던 완다는 릴리가 다가오자 그만 숨을 삼켰다. 릴리는 완다 앞에 바짝 붙어 서서 완다의 키를 확인했다. 완다는 릴리의 목과 턱, 입술을 오래 바라보지 못하고 시선을 돌렸다.

"그러네, 아직 그때랑 똑같아."

릴리가 말을 하자 이마가 간지러워졌다. 입술이 가까이에 있어 말을 할 때마다 숨이 닿았다. 별로 안 컸지, 하며 완다는 일부러 민망하다는 듯 이마를 매만졌다. 근원을 알 수 없는 감정들이 불쑥불쑥 튀어 올랐다. 릴리와 함께 있을 때면, 상반되는 감정이 교차했다. 오랫동안 혼자였던 완다는 그 감정이 혼란스러웠다. 그래서 태연히 행동하지 못하고 허둥지둥했다. 모양이 우스워질까 봐 걱정되었다. 완다가 릴리를 슬며시 밀어내며 이제 재미있는 걸 하자고 운을 뗐을 때, 현관문 열리는 소리가 들렸다. 아직 11시밖에 되지 않았다. 완다는 방을 나가 1층을 내려다보았다. 모리스였다. 평소보다 이른 귀가였다.

모리스는 찬장에 있던 와인을 꺼냈다. 모리스는 와인을 무척 좋아했지만 즐겨 마시지 않았다. 몇 해 전, 간이 좋지 않으므로 술을 줄이라고 의사가 권고한 이후로 기쁜 일이 있어 한 잔씩 마시는 것 외에는 술을 일절 입에 대지 않았다. 술은 기쁠 때만 한 잔씩 마신다는 것이 모리스의 철칙이었는데, 지금 모리스는 행복해 보이지 않았다. 식탁 등만 덩그러니 켜 놓고 홀로 술을 기울이고 있는 모리스를 모르는 체할 수 없었다. 완다가 맞은편에 앉자, 생각에 잠겨 있던 모리스가 완다를 향해 웃어 보였다. 전혀 행복하지 않은 웃음이었다. 완다는 무슨 일이 있느냐고 물었다. 자신이 집에 있는 걸 알면서도 2층으로 오지 않고 곧장 술부터 마시는 건 정말 이상했다. 모리스는 쉬이 입을 떼지 못했다. 술잔을 매만지며 고개를 숙이더니 손바닥으로 얼굴을 쓸었다. 눈물을 몰래 훔치는 것 같았다. 완다는 모리스의 눈빛에서 망설임을 읽었다. 모리스는 이내 완다도 알아야 한다고 생각했는지 입을 열었다.

"아서가 죽었다는구나."

헙, 하고 숨을 삼킨 완다는 그대로 입을 다물었다. 아서는 모리스의 친구다. 완다가 알기로 서로 알고 지낸 지 30년 정도가 되었다. 그러니까 모리스 인생의 절반 이상을 아서가 함께 했다는 말이다. 그러니 완다의 삶에도 아서가 곳곳에 존재했다. 완다가 이곳에서 처음 맞이한 크리스마스 사진에도 아서가 있었고, 완다의 생일 파티에도 아서가 있었으며 완다가 스케이트를 처음 탔던 날에도 아서가 있었다.

결혼을 하지 않은 아서는 여태껏 주유소를 꾸리며 골든 레트리버인 베리와 둘이 살았고, 심장병을 앓고 있어 약을 꼬박꼬박 먹어야 했다. 아이는 좋지만 아버지가 되는 건 무섭다던 아서는 그렇게 완다에게 웃어른이나 아버지 같은 사람이 아닌 친구 같은 사람이 되어 주었다. 모리스에게 하지 못할 말을 대신 들어 주거나 베리와 함께 셋이서 드라이브를 가 주기도 했다.

완다가 커 가며 함께하는 시간은 예전에 비해 줄었지만 그래도 아서를 친구로 생각하는 마음은 변치 않았다. 그런 아서의 죽음은 완다에게도 충격과 슬픔이었다. 완다는 어떤 위로도 건네지 못하고 멀거니 앉아 있었다. 그사이 모리스는 와인 한 잔을 다 비우고 또다시 잔을 채웠다. 이번만큼은 완다도 모리스를 만류하지 못했다.

완다는 한참 뒤에야 아서가 어쩌다 죽었는지 물었다. 적어도 아서가 고통 없이 편안히 갔기를 바라는 마음이었다. 그때쯤 취하기 시작한 모리스는 턱을 괸 채 한숨을 푹푹 내뱉었다. 클리에가 있었다면 모리스를 말렸을 것이다. 하지만 클리에는 아직 돌아오지 않았고, 모리스는 슬픔과 알코올에 취해 판단이 흐려진 상태였다.

"누군가 찾아와 죽이고 간 거야, 아서를. 나도 전해 들은 거지만 훔쳐 간 물건도 없으니 복수라고 생각할 수밖에. 하지만 도대체 누가 아서를 싫어할까. 아서는 누구에게 원한을 살 만한 사람이 아니야. 이 마을에서 지내는 동안 이곳저곳을 수리해 주며 봉사만 하고 살았어. 너도 잘 알겠지만 아서는 이 마을에서 모두가 필요로 하는 주민이었어."

완다도 안다. 아서를 싫어하는 주민은, 적어도 완다가 봐 온 사람들 중에는 없었다. 아서는 친절하고, 외로움을 잘 타고, 감수성이 풍부한 사람이었으므로 남들이 싫어하는 행동은 하지 않으려고 노력했다. 그래서 완다는 누군가가 아서를 죽였다는 사실을 믿을 수 없었다. 이 동네에서 살인이 벌어졌다는 것도 소름 끼치게 싫었다. 완다는 아니라고 믿고 싶었다.

"가끔은 죽었다는 사실보다 죽음의 이유가 더 고통스러울 때가 있지. 지금 내가 딱 그래. 그 친구가 발을 헛디뎠다거나 심장약을 먹어야 할 때를 놓쳤더라면 도움이 필요할 때 옆에 있어 주지 못한 나를 탓했겠지만 지금은 누구를 원망하게 되잖니. 그렇게 내 안에도 원한이 피어오르는 게 너무 힘들어. 너무 슬프고 화가 난다."

완다는 그 말을 통감했다. 슬퍼하는 마음에 원망과 증오가 끼어드는 것은 너무 비극적인 일이었다. 그래서 완다는 모리스가 그런 원망과 증오를 계속 품고 있는 걸 원하지 않았다. 그 두 감정은 일단 마음에 박히면 빠지지 않고 오래도록 곪을 것이다.

"차라리 뱀파이어가 죽이고 갔다고 하는 게 덜 괴로울 것 같구나."

"뱀파이어요?"

"믿기지 않는 일들은 뱀파이어가 저지른 일이라고 생각하면 편해져. 네 할아버지가 어렸을 때 나한테 종종 해 주던 이야기였지. 네 할아버지는 허풍이 심했다. 자신이 어렸을 때 뱀파이어를 만난 적 있다고 나한테 자주 이야기해 줬거든. 그때 들었던 말이야. 사람이 갑자기 사라지고, 누군가 갑자기 죽임을 당하고, 누군가 갑자기 미쳐 버린다면 그건 전부 뱀파이어 짓이라고 말이야."

모리스는 진지하게 내뱉다가 끝내 웃음을 터트렸다. 자신의 모습이 처량하고 어이없다는 웃음이었다. 하지만 완다는 웃을 수 없었다. 모리스의 입에서 '뱀파이어'라는 단어가 나왔을 때, 왜 릴리가 떠올랐을까.

릴리는 창문으로 뛰어내렸다. 완다가 잠시만 기다리라 하고 2층 계단으로 달려가 모리스를 확인하던 순간에.

방으로 돌아온 완다는 사라진 릴리에 깜짝 놀라 두리번거리다 불현듯 창밖을 바라봤다. 어느새 마당을 벗어난 릴리가 완다를 바라보며 손을 흔들었다. 완다는 어떻게 내려갔느냐고 물을 수 없었다. 문을 통과하지 않는 이상 유일한 통로는 창문밖에 없었으니까.

다음 날, 검은 옷을 차려입은 완다는 클리에, 모리스와 함께 아서의 장례식장을 찾았다. 아서의 시체는 목에 꽃을 두르고 있었다. 다른 사람들의 말을 엿듣기로, 목이 심하게 훼손된 탓에 저렇게 해 두었다고 했다. 완다는 장례식에 참석한 베리를 어루만지는 동안에도 뱀파이어와 릴리를 생각했다. 과연 무엇이 더 말이 되지 않을까. 눈밭을 맨발로 다니고 2층 창문에서 뛰어내릴 수 있는 사람과 뱀파이어. 그 무엇도 말이 되지 않았다.

완다는 결국 릴리를 다시 만난 날, 지나가는 말로 아서의 죽음과 뱀파이어에 대해 이야기했다. 완다는 릴리가 위로를 하리라 믿었다. 뱀파이어라는 허무맹랑한 단어는 흘려보내고 친한 사람을 잃은 자신을 위로할 것이라고. 그렇지만 틀렸다. 릴리의 창백한 낯빛에 어두운 그림자가 생기더니 릴리는 어둠 속으로 도망쳐 버렸다.

수연

수연은 살면서 딱 한 번 죽음을 결심했다. 열아홉 살이었다. 거실을 가득 메운 9시 뉴스 아나운서의 목소리가 수연의 방까지 비집고 들어왔고, 수연은 방문을 등받이 삼아 신발을 신은 채 웅크려 앉아 있었다. 창문 하나 없는 방은 컴컴했다. 야간 자율학습을 빼고 집에 왔다는 것을 거실에 있는 부모님은 모르는 듯싶었다. 몇 시간을 그러고 있었을까. 위가 쓰라렸다. 먹은 게 없어 그렇다는 걸 알았지만 음식을 입에 넣는 상상을 하자 또다시 구역감이 밀려왔다.

죽기로 결심했는데 외롭게 죽기는 싫었다. 누군가와 함께 생을 마감하고 싶다는 건 아니었고, 단지 단 한 사람에게라도 모든 걸 솔직하게 털어놓고 싶었다. 자신의 말을 들어 주는 사람에게 말이다. 전화번호 목록을 훑었지만 누구에게도 선뜻 연락할 수 없었다. 친구도 결국 부모님처럼 외면할 것 같았다. 듣지 못한 척, 알지 못하는 척. 수연에게 필요한 건 수연을 모르는 사람이었다. 수연의 말을 다 듣고 나서도 수연을 위해 앞으로 어떤 행동을 취해야 한다는 부담감이 없는 사람. 수연은 그런 사람을 찾아 헤매다 그레타를 만났다. 앱을 통해서였다.

원래라면 성인만 이용할 수 있는 앱이었지만 출시된 지 얼마 되지 않아 성인 인증 절차가 허술했다. 적당히 그럴듯한 이름과 사진만 등록하면 누구라도 가입해 채팅할 수 있는 시스템이었다. 그래서 그레타는 교복을 입고 나온 수연을 보고 이마를 감싸 짚으며 자리에 주저앉았다. 어쩐지 놀이터에서 만나자고 할 때부터 이상하긴 했다고, 뒤늦은 고백을 했다. 그레타는 외모가 이국적이었고, 닉네임인 줄 알았던 그 이름은 실

명이었다. 수연은 그레타가 유럽 어느 나라에서 왔으리라 추측했다.

9년이 흘렀는데도 그레타는 수연의 기억 속 모습 그대로였다. 창백한 낯빛과 눈가의 잔주름조차 하나도 변하지 않았다.

그레타는 고개를 갸웃거리며 수연을 쳐다봤다. 9년이나 지났는데 굳이 자신을 설명해야 할까. 수연은 그런 생각들로 한참 동안 머뭇거리다 끝내 입을 열었다. 모르는 체했다면 그레타도 자신을 알아보지 못했을 텐데 수연은 굳이 자신의 이름을 밝혔다. 모르는 상태로 지나가고 싶지 않았다. 그때 고맙다는 인사를 하지 못한 게 생각나서였다. 이름을 말하고 수연은 내심 그레타가 기억하지 못할까 봐 걱정했는데 다행히 그레타의 눈이 점점 커지더니 얕은 비명을 질렀다.

그레타는 잠시만 기다려 달라고 하고는 주방으로 들어갔다. 테이블이 얼룩져 있었다. 원목 테이블에 깊게 스며든 검은 얼룩이었다. 무엇이 묻었던 흔적일까. 수연은 홀로 앉은 긴 테이블 양옆을 한 번씩 훑어봤다. 완다가 앉았다면 이 자리에 앉았을까. 하지만 완다가 이곳을 나간 지 꽤 시간이 흘렀다. 그 흔적이 남아 있을 리 없었다.

그레타는 운전해야 한다는 수연의 말에 무알코올 칵테일을 내밀었다. 그레타가 테이블 위에 두 손을 올려 턱을 괴었다. 수연은 그레타에게서 알 수 없는 한기를 느꼈다. 그때도 이런 기운이었나. 날이 워낙 추워서 구분하지 못했던 걸까. 칵테일은 오렌지 주스 맛이었다. 무알코올이니 그냥 오렌지 주스라고 해도 무방할 것 같았다. 수연이 몇 모금 더 들이켜는 것을 보고 그레타는 만족스럽다는 듯 웃었다.

"여기 올 거라는 형사가 너니?"

그레타가 웃었다. 수연이 의자에서 엉덩이를 뗐다. 경직된 수연의 얼굴을 보고 그레타가 손사래를 쳤다.

"여기로 형사 한 분이 찾아올 거라고 했어. 그럼 잘해 주래. 완다가."

어쩐지 유달리 큰길만 이용한다 싶더라니. 완다를 너무 얕잡아 봤다. 생각은 곧 완다의 집까지 뻗었다. 수연이 뒤쫓아 오는 걸 알았다면 순순히 자신의 집으로 가지 않았을지도 모른다. 수연이 머뭇거리는 동안 그레타가 긴 테이블을 빠져나왔다. 문 닫을 시간이 됐는지 네온사인을 끄고 창문에 커튼을 쳤다. 술집이 밖과 완전히 차단된 밀실 같아졌다. 그레타가 멀거니 서 있는 수연에게 말했다.

"그렇게 불편하게 있지 말고 편하게 앉지그래? 그리고 다 물어봐도 돼."

하지만 앉을 수 있을 리 없었다. 수연이 망설이는 사이 그레타가 원래 자리로 돌아와 테이블에 두 팔을 올렸다.

"나랑 완다가 어떤 사이인지, 둘이 뭔 수작을 부리는 건지, 그런 고민들은 일단 전부 묻고 나서 하는 거야, 이럴 때는.

나를 최대한 이용하고. 그렇게 머뭇거리는 사이에 내 마음이 바뀌어서 대답해 줄 마음이 사라지면 어떡하려고."

"…."

"내 말이 틀렸니?"

수연이 도로 의자에 앉았다. 그레타가 웃으며 두 손으로 볼을 감쌌다. 그레타는 눈을 굴리며 잠시 고민했다. 그리 오래 걸리지는 않았다.

"너를 만났을 때가 2011년이니까 9년 전이네. 내가 한국에 온 지 딱 1년 지났을 때야. 그 전에는 독일 베를린에 있었거든? 거기서 완다를 만났지. 나한테 이 나라를 알려 줬어. 분단된 나라라니. 독일도 동독 서독으로 나뉘어 있었잖아. 그래서 좀 비슷할까 해서 와 봤어. 완다보다 내가 4년 정도 일찍 한국에 왔어. 생활이 지루했던 찰나에 완다 말을 듣고 혹했거든. 베를린에 마음 맞는 누군가가 있었던 것도 아니고, 그곳에 오래 있었지만 마음은 진즉에 떠났거든. 완다가 한국에 오기 전까지는 하루하루 너무 담담해서 이 인간 저 인간 만나고 다녔어. 한국은 불특정 인간과 만나기 편하게 되어 있더라고. 너랑 나도 그렇게 만났잖아."

그레타가 웃었다. 수연은 대꾸하지 않았다. 멋쩍기도 했고 이유 없이 부끄럽기도 했다.

"별의별 인간을 다 만나고 다녔고 취업 사기도 당했는데 이 이야기는 하지 말자. 들으면 골나니까. 이 가게를 마련해 준 것도 완다야. 완다가 전 주인이랑 어떻게 아는 사이인지 모르겠는데 프랑스에 있을 때부터 연락을 주고받았대. 주인이 이제 장사 접고 손주 보며 말년을 즐길 거라고 했다나. 솔직히 상권이 다 죽어서 장사는 잘 안 되는데 그래도 만족해. 가게도 아담하니 예쁘지 않니? 가게 인수할 때도 큰돈 들이지 않았고. 뭐 이 정도면 답이 됐을까? 아 참."

그레타가 가볍게 손뼉을 쳤다.

"완다가 번역 일을 하거든? 쥐똥만큼 버는데, 그 돈으로 입양을 기다리고 있는 아이들에게 정기후원을 해. 이런 걸 말해 줘야 점수가 좀 높아지겠다. 그렇지?"

"후원이요?"

그레타가 커튼 안쪽으로 들어가더니 손에 명함을 들고 나왔다.

"못 믿겠으면 전화해서 확인해 봐도 좋고."

수연은 그레타가 내민 명함을 받았다. 미래의 집. 인천 동구에 자리 잡고 있었다. 이곳에서 그리 멀지 않았다. 수연이 명함을 주머니에 넣었다.

"나도 가끔 가. 가서 애들한테 영어 동화책을 읽어 주기도 하고 독일로 입양 가기로 결정된 애들한테 독일어를 가르쳐 주기도 해. 명함 필요하면 가져도 돼. 그리고 이것도."

그레타가 명함을 하나 더 내밀었다.

"이건 내 거."

수연이 어정쩡하게 명함을 받았다.

"또 필요할 때 부르라고. 그때처럼 얼굴도 모르는 사람 불러서 만나지 말고."

그레타가 더 궁금한 게 있느냐고 물었지만 마땅한 질문이 떠오르지 않았다. 다른 것들은 그레타가 대답해 줄 수 없는 문제 같았다. 수연의 말을 기다리던 그레타는 질문이 없다는 것을 눈치채고는 마지막 말을 꺼냈다.

"완다가 형사를 꽤 마음에 들어 하는 눈치야. 완다의 말을 믿어. 보이지 않는 것까지 전부 보는 인간이니까."

이제 시간은 새벽 2시를 향해 가고 있었다. 수연이 자리에서 일어났다.

"너무 늦었으면 우리 집에서 자고 가도 돼. 이 근처라 걸어서 5분이면 도착해."

수연은 거절의 의미로 고개를 숙였고 그레타는 두 번 묻지 않고 가게 문을 열었다. 부쩍 차가워진 바깥공기가 가게 안으로 들이닥쳤다. 수연은 잠시 몽롱했던 정신을 다잡을 수 있었다. 그레타에게 고개를 꾸벅 숙여 인사하고는 자리를 떴다.

다음 날 수연은 눈을 뜨자마자 미래의 집에 전화를 걸어 그레타의 말이 사실임을 확인했다. 데면데면하던 원장은 완다라는 이름에 목소리가 밝아지며 그레타의 말이 사실이라고 말했다. 완다가 매달 200만 원을 보육원에 보내 준다고 했다.

운전석에 앉아 핸들을 꼭 쥔 채 골몰하던 수연은 주머니에서 보육원 명함을 다시 꺼냈다. 매월 200만 원을 보육원으로 보내고, 이따금 시간이 나면 보육원을 찾아와 아이들에게 프랑스어를 가르쳐 주거나 소설을 읽어 준다고 했다. 수연은 재차 물었고, 원장은 입금 명세와 방문했을 때의 사진이 전부 있으니 확인이 필요하면 찾아오라고 말했다. 수연이 머리를 벅벅 긁었다. 뱀파이어가 존재한다는 터무니없는 말을 완다가 했다는 걸 알았어도 그레타는 그렇게 말했을까.

"뱀파이어라."

몇 번을 입에 올려도 터무니없게 느껴지는 단어였다. 하지만 이전처럼 헛웃음이 터지지는 않았다. 조금 더 무겁게 입에 맴돌았다.

옆 좌석 문이 열리며 완다가 의자에 앉았다. 만나기로 했던 오후 7시. 쏟아지는 폭우와 함께 정각에 도착했다. 완다를 부른 것은 수연이었다. 완다가 발견한 단서들을 생각해서도 수연은 완다를 마냥 무시할 수 없었다. 수연은 인사를 생략하고 완다에게 파일을 넘기며 본론부터 꺼냈다. 재활병원 자살 사건이 담긴 파일이었다.

"다섯 건이 거기 다 들어 있어요. 당신 말대로 투신했던 사망자들은 뱀파이어가 던졌다고 칩시다. 그럼 첫 번째와 두 번째 사망자는 어떻게 설명하실 거예요."

완다가 천천히 파일을 훑었다. 첫 번째 사망자 파일을 바라보며 말했다.

"이 시체도 직접 봤어?"

병원 뒷산 나무에 목을 맨 채 자살했다. 사망자 나이는 쉰일곱, 7층 병동에 입원 중이었으며 치매는 아니었고 마찬가지로 유서가 발견되었다.

"봤어요. 기도가 막혀서 사망한 것도 확실했고요. 두 개의 구멍은 없었어요. 질식사라 목 부분을 살펴봤거든요."

"다른 곳을 물었겠지. 뱀파이어는 멍청하지 않으니까. 그리고 이 환자 교통사고 환자였네."

완다가 손가락으로 파일을 툭 쳤다.

"가족이랑 함께 탄 차가 마주 오는 화물차랑 충돌하면서 고가에서 떨어졌어요. 그 사고로 사망자를 제외한 가족들은 그 자리에서 즉사했고요."

"그럼 세상에 혼자 남은 건가?"

"아뇨, 자매가 있었어요. 언니분이요. 사고가 있던 날에도 왔고요."

"친했어?"

수연은 천천히 고개를 저었다.

"근 1년 동안 찾지 않았다고 했어요. 전화를 가끔 했지만, 그때마다 괜찮다고 해서 이렇게 우울한 줄 몰랐다고…."

"어느 정도 중상이었어?"

"척추를 크게 다치는 바람에 하반신 신경이 거의 다 망가졌다고 들었어요. 대학 병원에 있다가 이곳으로 넘어와서 3년째 재활 치료 중이었고요. 듣기로 재활 치료도 제대로 받지 않았대요."

"그럼 휠체어를 타고 다녔나?"

"네."

"병원 뒤쪽에 있는 그 낮은 산 말하는 거 맞지? 그럼 이 환자는 휠체어를 끌고 굳이 그 뒷산까지 가서 나무에 밧줄을 걸고 목을 매단 거야? 밧줄은 누가 걸어 줬고?"

첫 번째 사망자의 시신을 확인하러 갔을 때 수연도 그 지점이 걸렸다. 하지만 타살일지도 모른다는 수연의 추리는 통하지 않았다.

"하지만 저항 흔적이 아예 없어서 자살로 결론 났어요. 우울증이 심했으니까요."

사망자는 자신의 목 한 번 긁지 않고 눈을 감았다. 삶이 고통스러워 당장 죽지 않고서는 버틸 수 없는 자만이, 혹은 살아 있는 것이 죽은 것과 별반 다르지 않은 사람만이 죽음 앞에서 보이는 태연함이었다. 하지만 정말 자살이 아니라면….

휠체어를 타야만 이동할 수 있는 환자가 산 초입까지 가서 나무에 줄을 매달고 죽었다. 미묘하게 뒤틀어진 이 사건을 매끄럽게 바꿔 줄 수 있는 존재는 뱀파이어일까. 뱀파이어가 사망자를 산까지 데리고 간다. 그리고 나무에 줄을 매달아 주고, 죽기 직전 흡혈한다. 그리고 숨이 붙은 상태의 사망자를 나무에 매단다. 피가 대부분 빨린 사망자는 아무런 저항도 하지 못한다. 앞뒤가 맞는 추리였다. 오직 '뱀파이어'가 말이 되지 않는 것 빼고는 모든 흐름이 매끄러웠다. 수연이 아무런 대답도 하지 않자, 완다가 다음 장으로 넘어갔다.

두 번째 사망자는 예순이었고 6층 병동에서 지내고 있었다. 사인은 약물 과다 복용이었다. 간호사가 처방해 준 수면제 및 진정제를 몇 주간 따로 모아 두었다가 한 번에 섭취했다고 했다.

"이 사망자는 유서가 없네."

"네, 혈연이 아예 없었거든요. 결혼도 안 했고 형제도 없었어요. 유서를 남길 사람이 없었던 거죠. 이 환자는 침대에서 죽어 있었어요."

"딱 뱀파이어가 좋아하는 피네."

완다의 말에 수연이 떨떠름하게 웃었다. 하지만 수연의 반응 따위는 아무 상관 없다는 듯 완다가 차분한 목소리로 물었다.

"저 병원에서 울음소리 들어 본 적 있어?"

수연은 재활병원에서 들었던 환자들의 울음을 떠올렸다. 아이 같은 울음이었다. 엄마나 언니 따위를 부르며 울부짖는, 치매 걸린 환자의 울음이었다. 일종의 증상이었다. 감기에 걸리면 기침이 나거나 열이 나는 것처럼 치매 환자는 자주 울음을 터트린다. 그런 순간을 제외하고는 없다. 환자들은 다른 환자가 아이처럼 목놓아 울 때도 버석하게 마른 눈동자로 그 환자를 잠시 쳐다봤다가 시선을 거두었다. 모든 환자가 평소에는 소리를 잃은 것처럼 기척 없이 생활했다.

그 침묵이 뱀파이어와 무슨 상관이 있다는 말인가. 수연은 들어 본 적 없다고 대답했다.

"적포도주를 담글 때는 붉은색 포도를 껍질과 씨를 통째로 넣어서 발효시켜."

완다는 전혀 다른 이야기를 꺼냈다.

"그래서 적포도주는 붉은색을 띠고 떫은맛이 나지. 와인을 꽤 좋아한다는 사람들은 와인의 색만 보고도 숙성 연도와 생산지를 알 수 있대. 나도 그렇게 와인을 좋아하는 편은 아니라 아직 그 경지까지는 오르지 못했지만 아버지가 와인을 무척 좋아하셨거든. 그래서 옆에서 주워듣고 얻어 마신 것들이 꽤 많지."

수연은 대꾸 없이 완다의 말을 들었다. 말의 요지를 아직 파악하지 못했다.

"오래 숙성된 적포도주일수록 색이 옅어지고 흙 맛이 난다고 해. 누구는 나무껍질 향이 느껴진다고도 하고. 그러니까 와인은 오래될수록 색이 진해지고 깊어지는 게 아니라 옅어지고 묽어져. 와인 맛을 잘 모르는 사람들은 그게 맛있는 줄 모른다지만 우리 아버지처럼 와인을 사랑하는 사람들은 늘 그 맛에 중독되어 있지. 가장 오래 발효된 와인을 마시겠다고 여덟 시간을 운전하는 사람이야. 그 맛을 모르는 우리는 절대 이해할 수 없는 맛인 거지. 피가 그거랑 똑같아. 내가 말했잖아, 뱀파이어는 외로움을 파고드는 존재라고. 외로움을 느끼는 인간이라면 부리나케 달려들지. 그 인간의 피를 맛보기 위해서."

"…"

"그들은 그걸 고독한 피의 맛이라고 불러. 외롭고 고독한 인간에게서만 맛볼 수 있는, 특유의 떫은맛과 향이야."

수연은 잠시 숨을 고르고 완다에게 물었다.

"그런 맛이 왜 그들에게서만 나는 건데요."

"외로움과 고독 끝에 몰린 사람들은 울지 않거든. 잊었다고 해야 할지 소용없는 걸 안다고 해야 할지. 영혼 없는 눈동자로 허공만 바라보며 하루를 까먹지. 슬플 때 눈물이 난다는 거, 그래서 울 수 있다는 거, 그 나름대로 살아 있다는 의미야. 의욕을 잃은 사람들은 울지 않거든. 운다고 속이 시원해지는 것도 아니니까. 그렇게 울지 않으면 몸속 수분이 밖으로 빠져나가지를 못해. 그 수분 때문에 피가 아주 묽어지는 거지. 잘 숙성된 적포도주처럼. 그들은 우리와 비교할 수 없을 정도로 후각이 발달해서 그 고독한 피의 향을 맡을 수 있어."

수연은 한 인간의 외로움과 고독이 피까지 묽게 만들어 무언가의 표적이 된다는 사실을 믿고 싶지 않았다.

"당신은 그걸 어떻게 알아요?"

"뱀파이어들이 잡아먹은 인간들의 피 냄새와 맛을 보고

알지."

수연이 인상을 찌푸렸다. 완다가 땅바닥에 코를 박고 냄새를 맡던 모습과 가시철조망에 묻은 피를 맛보던 모습이 떠올랐다.

"형사님이 뱀파이어를 믿건 믿지 않건 그건 중요하지 않아. 믿음과 상관없이 그들은 존재하니까."

"…정말로 뱀파이어를 본 적 있어요?"

"보기만 했겠어? 모기 잡듯이 죽여도 봤지. 형사님도 봤을 텐데?"

"저는 본 적 없어요."

"정말 그렇게 생각해?"

완다의 검은 눈동자가 CCTV 렌즈처럼 수연을 집요하게 바라봤다.

"눈동자는 금빛이야. 신이 너무 사랑해서 가장 아름다운 색을 눈동자에 넣어 놨다는 말이 있지. 피부는 밀가루 반죽처럼 매끄럽고 새하얗지. 그런데 입술은 또 얼마나 검붉은지. 키도 크고 손가락도 길어. 우리가 아름답다고 여기는 사회적 기준을 죄다 뱀파이어에게 맞춰 놓은 것처럼. 그래서 한번 보면 잊을 수 없고, 눈을 감아도 자꾸만 생각나. 무엇보다 그들은 늙지 않아. 아니, 언젠가 늙겠지만 우리가 살아 있는 동안에는 목격할 수 없을 정도로 머나먼 이야기야. 그래서 몇십 년 만에 봐도 마치 시간이 멈춘 것처럼 그대로인데."

"…."

"형사님, 뱀파이어 정말로 만난 적 없어?"

수연은 불현듯 떠오른 그레타를 애써 지우며 부정했다.

"뱀파이어는 밤에만 활동해. 더 정확히는 햇볕에 피부가 쉽게 타. 가끔 구름이 많이 낀 날이나 해가 진 오후에 돌아다니기도 해. 그렇지만 그런 시간대에도 살갗이 타들어 가는 고통을 느끼기 때문에 대부분 해가 완전히 저문 밤에만 활동하지. 마늘을 싫어한다는 이야기는 터무니없는 설정이고 십자가를 보면 괴로워하기는커녕 그들은 붉은 십자가를 본인들의 상징으로 여겨. 집단으로 움직이지도 않고. 각자의 구역을 확실히 지키는 종족이라 본인 구역에 다른 뱀파이어가 침범해 사냥하는 걸 극도로 싫어하지. 그나마 다행이야. 뱀파이어가 무리 지어 다녔다면 인간은 무슨 수를 써도 그들을 이길 수 없었을 테니까. 그래서 헌터는 최소 두 명이 함께 움직여. 어떻게든 한 명이 인질이 돼서 뱀파이어가 움직이지 못하도록 묶어 두고 있으면 다른 사람이 심장을 찌를 수 있으니까."

"그 말 들으니까 꼭 저를 인질로 삼으려고 함께 움직이자고 한 것 같네요."

"괜찮아, 피 반 정도 빨려도 잘 안 죽어. 운 나쁘면 죽고."

완다는 위로 차원으로 던진 말이었지만 수연에게는 그렇게 들리지 않았다.

"이 일을 당신 혼자 하고 있는 건가요?"

"아니, 기관이 있기는 한데."

"기관이라면…."

"뱀파이어를 잡기 위해 인간을 훈련하는 곳. 아시아에는 없어. 그 대신 나처럼 파견을 와."

"정부도 알고 있는 파견인가요?"

"그럴 리가."

"국가와 협력하면 훨씬 편할 텐데요."

"엄청난 힘을 가진 세력이 있다고 하자. 무시무시한 무기를 가지고 있어서 아메리카 대륙 정도는 며칠이면 쑥대밭으로 만들 수 있는. 그들을 통제할 수 있는 단체가 있는데도 그런 세력이 있다는 걸 인간 사회 전체에 알리는 게 과연 옳을까? 나는 그게 옳다고 생각하지 않는데. 그런 세력이 있다는 걸 인간들이 알게 된다면 아마 대부분은 나쁘고 위험한 세력이니 조심하자고 생각하겠지만 인간은, 분명 그중 몇몇은 그 세력과 손을 잡을 거야. 자신의 이익을 위해서라면 영혼이라도 내다 팔겠지. 네가 보기에는 어때? 그럴 것 같지 않아?"

인간은 선한 존재가 아니다. 인간이 선^善해 보이는 건, 단지 악^惡할 힘이 없기 때문이다. 수연은 완다의 말을 인정할 수밖에 없었다. 어떤 상상을 하든 뱀파이어의 존재를 알게 된 세상은 참혹했다. 분명 그들을 떠받드는 종교도 생겨날 것이고, 그들과 손잡고 범죄를 저지르는 인간들도 있을 것이다. 그건 수연이 형사 생활을 했기에 확신할 수 있었다.

"그리고 인간이 살면서 평생에 걸쳐 뱀파이어를 만날 수 있는 확률이 얼마나 될 거 같아?"

수연은 대답하지 않고 완다의 말을 기다렸다.

"희박해. 아주아주. 마을에 500명이 살면 그중 한 명이 만나거나, 아니면 아무도 못 만날 가능성이 크지. 뱀파이어를 목격했다는 말을 듣기도 힘들어. 왜냐면 누군가 뱀파이어를 만났다고 해도 소문을 낼 수가 없거든. 그 사람은 죽을 테니까."

"…"

"그리고 더 희박한 확률로 인간을 먹지 않고 이용하는 돌연변이 같은 뱀파이어도 있지."

수연은 완다의 눈동자가 흔들리는 것을 보았다. 오로지 상대방의 반응을 놓치지 않으려는 형사의 눈에만 보이는 아주 미세한 움직임이었다.

"그럼 병원에 뱀파이어를 도와주는 조력자가 있을지도 모르겠네요. 당신 말처럼 인간을 이용하는 뱀파이어가 있다면 말이에요."

"왜 그렇게 생각하는데?"

"외로움을 파고든다면서요. 그들이 죽음을 선택할 수 있도록. 그러기 위해 꾸준히 환자들 곁을 맴돌아야 하지 않겠어요? 그렇다면 병원 관계자이거나 아니면 그들 중 누군가가 도와주고 있을 가능성이 커요. 옥상에서 떨어트린 거라면 누군가가 문을 열어 줬을 가능성도 있고요. 저도 관계자 중 걸리는 사람이 한 명 있거든요."

"괜찮은 접근방식이네. 형사님답고 좋아. 어쨌거나 그래. 아시아는 유럽보다 뱀파이어 출몰이 늦었으니 그만큼 뱀파이어의 존재를 인정하는 데도 시간이 오래 걸리지. 지금 너 하나 설득하기도 이렇게 힘든데, 안 그러니?"

세찼던 빗줄기가 어느새 거의 멈춰 있었다. 먹구름이 마지막 빗방울을 짜내는 듯했다.

완다의 말처럼 이 문제는 수연의 믿음과 전혀 상관없는 일일지도 모른다. 수연이 믿지 않고 본 적 없다고 해서 세상에 없는 것이 아니므로. 뱀파이어의 사냥 방식이 외로움을 파고드는 것이라고 했던가. 사망자들의 유서에는 공통점이 있었다. 구원. 그들은 구원받았다고 표현했다. 정말 뱀파이어가 사망자들의 외로움을 파고들어 그들을 죽음으로 내몰았다면 뱀파이어는 어떻게 그들에게 그토록 쉽게 접근할 수 있었을까. 인간을 이용하는 뱀파이어라….

"두 개의 구멍에 대한 단서를 좀 더 찾아봐야겠어요. 뱀파이어가 아니면 도대체 그게 왜 생긴 건지. 일단은 그렇게 접근해야 사람들이 이상하게 보지 않을 것 같네요. 당신 말대로. 그리고 한 가지 궁금한 게 있는데요."

완다가 물어보라는 듯 고개를 끄덕였다.

"군중 속에서도 뱀파이어를 알아볼 수 있다면, 당신은 외형만 봐도 뱀파이어를 알아낼 수 있다는 뜻인가요?"

"그렇지."

"이 병원에서는 그럼 아직 뱀파이어를 발견 못 한 거죠?"

완다가 한눈에 뱀파이어를 알아볼 수 있다면 일은 더 순조롭게 진행될 것이다. 그 사실만으로도 수연은 걱정을 한시름 내려놓을 수 있었다. 완다에게 잠복을 제안할 생각이었다. 뱀파이어가 실제로 존재하고 완다가 알아볼 수 있다면 사건 해결은 시간문제였으므로.

하지만 완다는 고개를 저었다. 전혀 예상하지 못한 대답이었다.

"아니, 알아. 봤어."

수연은 여태껏 완다가 뱀파이어의 정체를 모르는 채로 쫓고 있다고 믿었다. 뱀파이어의 정체만 알면, 숨어 있는 것을 세상 밖으로 끌어내기만 하면 끝날 일이라 생각했다.

"그 뱀파이어가 정말 제 손으로 인간의 숨을 끊었는지 아직 모르니까. 죽기 직전까지 피를 빨았다고 한들 그게 죽음의 원인이 되지 못하면 잡을 수 없어. 그게 규정이야. 더 궁금하면 네가 만난 뱀파이어를 찾아가. 친절하게 설명해 줄 거야. 갈 때 총 가져가지 말고. 그런 걸로 못 죽이니까."

난주

스테이션에 있는 거울을 보며 매무새를 정돈했다. 왼쪽

가슴에 부착된 명찰이 삐뚤어진 것을 발견했다. 세 글자가 수평이 되도록 맞췄다. 명찰이 형광등 빛에 반사되어 빛났다. 스테이션 커튼이 열리며 회진을 마친 보현이 카트를 끌고 안으로 들어왔다.

"간호사님 아직도 여기 계세요? 곧 수업 시작하는데."

"지금 가려고 했어요."

난주는 차트와 박스를 들고 보현을 지나쳤다. 그 냉랭한 태도에 보현은 여느 때처럼 난주의 뒷모습을 노려보다가 시선을 거두었다. 난주는 3층 다목적실로 들어갔다. 큰 테이블에는 환자 열다섯 명이 둘러앉아 있었다. 간병인들은 뒤쪽 의자에 앉아 이어폰을 낀 채 비슷한 자세로 휴대전화를 보고 있었다. 난주에게 인사를 하는 간병인은 없었다.

테이블 위에 박스를 내려놓았다. 박스에서 색종이를 꺼내 오른쪽에 앉아 있는 환자에게 건넸다. 환자는 익숙하게 색종이를 오른쪽으로 전달했다. 색종이가 천천히 전달되는 동안 난주는 수업에 참여한 환자들의 이름을 표시했다. 재활병원에서는 치료를 목적으로 다양한 수업들을 준비해 두었지만 듣는 환자들은 한정적이었다. 하지만 그마저도 환자들이 희망해서 듣는 건 아니었다. 수업이 끝난 후 나눠 주는 간식을 받거나 환자들이 수업을 듣는 동안 쉬기 위한 간병인들의 선택이었다.

"오늘 장미 접을 거예요."

환자들은 대꾸 없이 난주를 쳐다보기만 했다. 난주가 색종이 한 장을 꺼냈다. 환자들이 난주를 따라 색종이 한 장을 따라 꺼냈다. 난주는 줄곧 색종이만 쳐다보며 천천히 설명하면서 장미를 접기 시작했고, 아주 가끔 고개를 들어 환자들을 살폈다. 대부분이 난주의 설명을 따라오지 못했다. 난주는 절반 정도 진도를 나갔을 때쯤 자리에서 일어났다. 테이블을 돌며 한 명씩 진도를 맞췄다. 종이를 반으로 접으라는 첫 번째 설명 이후로 아무것도 따라오지 못한 환자들의 색종이를 난주가 대신 다 접어 주는 것은 사실 수업이라고 할 수 없었지만 병원으로서는 구색을 갖춰야 했다. 수업에 동원되는 인력은 간호사로 충당했고 그에 따른 수당은 따로 지급되지 않았다. 환자들의 색종이를 접어 주는 난주의 손길이 거칠고 투박했다.

그때, 환자가 난동을 부리기 시작했다. 괴성을 지르며 테이블을 발로 찼다. 난주가 고개를 돌렸다. 소동을 일으킨 환자는 박목준으로 평소에는 조용했다. 목준은 뇌졸중 발병 후 오른쪽 반신이 마비된 탓에 발음이 불명확했고 수시로 턱받이를 갈아 줘야 할 정도로 침을 많이 흘렸다. 1년 전까지 자식들이 간호를 했지만 이제는 병원비만 이체할 뿐 아예 찾아오지 않았다. 예상했던 일이다. 1년 정도 버티다가 인연을 끊을 거라고 모든 간호사가 입을 모아 예언했을 정도로 목준은 힘든 환자였다.

목준의 자식들을 결정적으로 괴롭힌 건 매시간 갈아 줘야 하는 턱받이 따위가 아니었다. 합병증 중 하나인 폭력성이었다. 1년 전까지 목준은 틈만 나면 소리를 지르며 욕을 뱉었고 물건을 던졌다. 자식들은 점점 지쳐 갔다. 난주는 그들이 지쳐 간다는 걸 당사자가 말하지 않아도 알 수 있었다. 보호자들의 표정 변화를 지켜보며 자연스럽게 터득했다. 웃고, 울고, 화낼 기력이 전부 사라진다. 감정 조절이 되지 않는 환자가 욕을 하며 화를 내고 쩌렁쩌렁 울어도 지친 보호자는 다른 세계에 있는 사람처럼 무미건조하다. 난주는 정말 세계가 달라진 것이라고 믿었다. 환자가 있는 세계에서 도망친 것이다. 그 세계에는 내일도, 희망도 없으니까.

난주가 마지막으로 만났던 목준의 자식들이 딱 그런 표정이었다. 목준과 세계가 달라졌다. 자식들은 발길을 끊기 전 목준에게 진정제를 처방해도 좋다고 말했다. 진정제는 폭력성을 잠재우는 데 효과가 좋았지만 종일 넋을 놓게 만들었다. 약물의 힘으로 자율적인 사고와 행동을 전부 억제하는 것으로, 전신마취와 비슷했다. 그래서 희망을 놓지 않는 보호자들은 진정제 처방을 반대하거나 아주 소량만 요청했다. 목준의 자식들도 그런 보호자였다. 하지만 그들도 마침내 목준의 감정을 억누를 수 있을 정도로 충분히 진정제를 처방해도 좋다고 말했다. 본인들 대신 목준을 보살펴야 할 의료진에 대한 미안함이었으리라. 그 뒤로 목준은 예전처럼 난폭하게 행동하지 않았다. 그 대신 언제나 몽롱한 상태로 천장을 바라보고 있었다.

그렇지만 이렇게 한 번씩 쌓아 둔 울분을 터트리듯 난동을 부릴 때가 있었다. 목준이 더 크게 괴성을 질렀다. 뒤쪽 의자에 앉아 있던 간병인이 헐레벌떡 목준에게 달려왔다.

"아유, 이 양반이 오래간만에 또 왜 이래! 가만히 있어!"

간병인이 목준의 등을 우악스럽게 내리쳤지만 목준은 진정되지 않았다. 오히려 더 크게 소리쳤다. 마음에 들지 않아 떼를 쓰는 아이 같았다. 간병인은 난감한 표정을 짓더니 곧 휠체어 브레이크를 풀었다. 황급히 다목적실을 빠져나가려는 간병인을 난주가 붙잡았다.

"제가 달래고 올게요."

"아니, 그냥 올라가서….'

"어차피 올라가 봤자 진정될 때까지 그대로 내버려 두실 거잖아요. 그 층 환자들은 무슨 죄예요?"

간병인이 떨떠름한 표정으로 손을 물렀다. 난주는 아랑곳하지 않고 목준의 휠체어를 끌었다. 다목적실을 빠져나와 비어 있는 매트 옆에 자리를 잡았다. 난주가 목준 앞에 무릎을 굽혀 앉았다. 목준의 입에서 실타래 같은 타액이 길게 뻗어 나왔다. 팔걸이를 꽉 붙잡고 있는 목준의 손등을 감싸 잡으며 난주가 입을 열었다.

"할아버지, 그렇게 화내고 소리치면 안 된다니까요."

허공에 닿아 있던 목준의 시선이 난주를 향했다. 난주가 목준의 손을 점점 세게 붙잡았다. 손이 하얗게 질렸다.

"그렇게 소리치면 할아버지가 제정신 아닌 거 사람들이 안다고. 그럼 못 죽잖아. 정신 오락가락하는 양반이 자살을 어떻게 하냐고 사람들이 생각하면 어쩌시려고 그래?"

"아아… 아이…."

목준이 고개를 천천히 저었다. 난주가 옅게 웃었다.

"그렇게 되면 안 되겠죠?"

"어어…."

가죽밖에 남지 않은 목준의 손등을 어루만지다가 팔을 뒤집었다. 소매를 걷어 올리자 주변이 검게 착색된 상처가 보였다. 난주가 바지 주머니에서 반창고를 꺼냈다. 목준의 상처에 반창고를 붙였다. 반창고가 떨어지지 않도록 손바닥으로 꾹꾹 눌렀다.

"짜증 나도 얌전히 있어야 해요. 그래야 좋아하시니까. 눈 밖에 나면 할아버지만 손해지 뭐."

얌전해진 목준을 보며 난주는 만족한다는 듯 웃었다.

"이만 들어가요."

자리에서 일어났다. 휠체어 손잡이를 잡았을 때, 난주는 제 등 뒤에 서 있던 여자와 눈이 마주쳤다. 형사와 함께 다니는 여자다. 여자는 비상계단 앞에 서서 휠체어를 끌고 가는 난주를 주시하고 있었다. 시선은 난주가 등을 돌렸을 때도 느껴졌다. 다목적실로 돌아간 후에도 난주는 비상계단 앞에 서 있는 여자가 계속 마음에 걸렸다. 그때부터 이유 없이 심장이 가쁘게 뛰었다. 관찰하듯 지켜보던 여자의 눈빛은 난주가 차마 밖으로 꺼내지 못한 진실을 꿰뚫고 있는 듯했다.

난주는 최대한 여자가 있는 곳에 시선을 두지 않고 수업을 이어 나갔다. 하지만 난주의 평정은 여자를 발견한 순간부터 무너졌다. 난주가 색종이를 쥔 채 가만히 있자 환자들이 고개를 갸웃거리기 시작했다. 난주는 여자가 이곳에 온 이유가 궁금했다. 여자에게 덜미를 잡혔을지도 모른다. 난주는 지난밤 형사를 신경 쓰던 그를 떠올렸다. 여태껏 그가 누군가를 신경 쓰는 것을 본 적이 없었다. 분명 그들은 무언가를 알고 있다. 그러니까 그가 그들을 신경 썼을 것이다.

난주가 여태껏 보지 못했던 상황이다. 누군가가 신경 쓰이게 하면 그는 응당 소리도 없이 해치우거나 아니면 입도 뻥긋하지 못하게 만들었다. 이미 그 존재가 사라지고 난 후 혹은 일상생활을 영위할 수 없을 만큼 망가진 상태가 된 다음에야 소식을 들을 수 있었다. 그러므로 그의 이런 반응은 예외적인 일이었다.

난주가 다시 여자에게 시선을 돌렸지만 그 자리에는 아무도 없었다. 난주는 수업을 다급하게 끝마쳤다. 다목적실을 빠져나온 난주는 승강기가 높은 층에 멈춰 있는 것을 보고 비상계단을 통해 아래층으로 뛰었다. 그 여자를 붙잡은 다음 어디서부터 말을 꺼낼 수 있는지조차 생각해 두지 않고서, 오로지

심연의 절망이 시키는 대로 행동했다.

여자는 어디에도 보이지 않았다. 지하 주차장까지 전부 살폈지만 없었다. 난주는 지하 주차장 2층 바닥에 그대로 주저앉았다. 숨을 크게 몰아쉬었다. 어쩐지 몸이 계속 떨려 왔고 멈출 수 없었다.

거친 숨소리와 욕설로 가득 찼던 지하 주차장은 어느 순간 쥐 죽은 듯 고요해졌다. 난주는 고개를 떨군 채 우두커니 앉아 있었다. 꿇은 무릎 위로 실거미 한 마리가 내려앉았다. 긴 다리가 하나씩 허벅지 위에 정착하는 것을 바라보다, 난주는 손바닥으로 거미를 꾹 눌렀다. 발버둥 치던 다리가 잠잠해졌을 때 몸을 일으켰다. 어느덧 표정이 섬뜩할 정도로 평온해졌다. 난주는 손바닥에 묻은 거미 사체를 털어 내지도 않은 채 묵묵히 지하 주차장을 빠져나갔다.

완다

그날도 릴리는 오지 않았다. 완다는 사이프러스 아래에 홀로 앉아 아무도 오지 않는 어둑어둑한 길목을 바라봤다. 한 곳을 오랫동안 바라보면 주변이 왜곡되어 보인다는 사실을 그때 알았다. 밀밭은 완다의 눈치를 보며 구부러지고 휘어지다, 완다의 시선이 닿으면 아닌 척 재빠르게 모습을 되찾았다. 밀밭도 아는 모양이었다. 기약 없이 기다리는 아이가 얼마나 놀리기 좋은지를.

이해할 수 없는 일들이 시간이 지날수록 눈덩이처럼 불어났다. 어두워졌던 낯빛과 달아나던 뒷모습까지 온통 수수께끼였다. 하지만 이 문제의 답을 아는 사람은 오로지 출제자뿐이다. 그 누구에게서도 힌트를 얻을 수 없었다. 이 상태로 영영 릴리가 모습을 드러내지 않는다면 완다는 답을 모르고 마는 것이다.

그럼 평생 괴로우리라. 완다는 예견할 수 있었다. 릴리가 영영 나타나지 않으면 자신에게 벌어질 일들. 릴리와 함께했던 한때를 그리워하다가, 점점 모든 시간이 한낮처럼 짧게 느껴질 것이다. 그러다 어느 순간 그 애를 만났던 것이 사실이었는지 의심하기 시작하겠지. 체온을 느낄 수 없었던 그 애는 결국 유령이나 환상이 되어 버릴 것이다. 완다의 기억 속에서. 그렇게 실체가 명확하지 않은 존재를 하염없이 떠올리고 그리워하리라. 완다는 끔찍하게 펼쳐질 자신의 앞날에 인상을 찌푸렸다. 그렇게 되고 싶지 않았다. 무엇보다 릴리가 한낮에 꾸었던 꿈처럼 지나가게 두고 싶지 않았다.

완다가 자리에서 일어났다. 사이프러스 아래에서 릴리를 기다린 지 나흘이 지났을 때였다. 더는 이곳에서 릴리를 기다릴 수 없었다. 기다려도 오지 않는다면 방법은 하나였다. 자신이 릴리를 찾아가는 것. 완다는 나무를 붙잡고 자신이 가야 할 길을 응시했다. 16년 인생 동안 완다는 의지와 상관없이 태어나고 버려지고 선택받고 이곳에 오게 되었으므로 제 의지로 무언가를 찾아 떠나기는 처음이었다.

오지 않는 릴리를 찾아가는 게 옳은 일인지 판단이 서지 않았다. 어쩌면 릴리가 싫어할 수도 있으리라. 릴리는 그날 이후로 완다를 깨끗이 잊고 다시는 보지 않으리라 다짐하며 홀가분해하고 있을지도 모르는데. 괜히 질척이는 것은 아닐까. 한낮의 꿈처럼 남을 수 있는 기억을 악몽으로 바꾸는 짓은 아닐까. 완다는 두려웠다. 선택에 수반되는 모든 책임을 져야 한다는 사실이 완다를 짓눌렀다. 하지만 그럼에도 릴리를 찾아가야겠다는 마음이 사라지지 않았다. 악몽으로 바뀌는 한이 있어도 그리움으로 남기고 싶지는 않았다.

완다는 그렇게 릴리를 찾아 떠났다. 뻔히 아플 걸 알면서도 선택하는 일들이 있다. 자신을 버린 그들도 그랬을까. 완다는 16년 만에야 부질없는 생각을 해 보았다.

피에프 거리까지는 버스를 타고 20분을 가야 했다. 오후 7시의 거리는 어둡고 한산했다. 버스에는 완다와 보라색 털모자를 쓴 할머니 한 분뿐이었다. 완다는 맨 뒷자리에 앉아 운전석 바로 뒤에 앉은 할머니의 털모자를 주시했다. 털실로 뜬 노란색 나비와 다홍색 꽃이 모자에 달려 있었다. 촌스러운 색 조합이었는데 할머니와 무척 잘 어울렸다. 지난겨울에 클리에도 취미 삼아 뜨개질을 시작했다가 파란색 목도리 하나를 엉성하게 완성하고는 포기했다. 요리를 잘하는 손과 뜨개질을 잘하는 손은 다르다며 묻지도 않은 변명을 중얼거렸다. 완다는 그제야 자신이 그 목도리를 장롱에 박아 두고 올해 한 번도 꺼내지 않았다는 걸 떠올렸다. 클리에가 섭섭해하고 있지 않을까. 내일은 그 목도리를 해야겠다고 다짐했다.

완다의 시선을 느꼈는지 창밖을 보고 있던 할머니가 뒤돌아 완다를 쳐다봤다. 화들짝 놀라 시선을 피하기도 전에 할머니는 웃으며 고개를 까딱였다. 완다는 괜히 귓불이 홧홧했다. 할머니에게 꾸벅 인사를 건네고 서둘러 창밖으로 시선을 돌렸다.

목적지에 도착하자 막막함이 밀려왔다. 피에프 거리는 완다가 생각했던 것보다 훨씬 넓었다. 심지어 릴리는 '피에프 거리 부근'에 살고 있다고 했다. 그러니 피에프 거리에 산다고도 확신할 수 없었다. 완다는 버스 정류장에 덩그러니 서서 고민했다. 시간도 늦었으니 지금은 그냥 돌아갈까 싶은 마음이 빠르게 부풀어 올랐다. 하지만 고민 끝에 결국 마을 입구로 향했다. 이곳까지 왔으니 근처라도 둘러봐야겠다 싶었다.

거리는 어두웠고 드문드문 사람들이 눈에 띄었다. 피에프 거리는 완다가 사는 마을보다 더 어둡고 음산했다. 술을 사 들고 비틀거리며 걸어가는 여자가 보였다. 회색빛 외투에 베레모를 걸친 여자는 홀로 걸어가는 완다를 힐끔힐끔 쳐다봤다. 완다는 움츠러들었던 어깨를 일부러 펴고 고개를 더 꼿꼿하게 들었다. 주변을 둘러보지 않고, 제집으로 향하는 양 앞만 보며 걸었다. 여자가 걸음을 멈추고 자신을 응시하고 있음을 느꼈지만 완다는 무시하고 걸었다. 완다는 곧 그 여자가 자신을 왜 그렇게 쳐다보았는지 알 수 있었다. 망설이지 않고 걸어 도착한 곳은 공장이 빽빽하게 모여 있는 거리였다. 완다는 피에프 거리에 방직공장 단지가 있다는 말을 떠올렸다. 공장단지는 빛 하나 없이 어두웠다. 근무시간이 끝나서가 아니었다. 전부 문을 닫은 공장들이었다. 완다는 줄지어 늘어선 공장들 중 한 곳을 골라 먼지 낀 창문을 통해 안을 들여다보았다. 커다란 책상 몇 개와 구석에 잔뜩 쌓인 쓰레기만 있었다.

배고픔과 추위를 느끼며 완다가 걸음을 돌렸다. 이곳에서는 릴리를 찾을 수 없을 것 같았다. 릴리에 대해 아는 것이 하나도 없었다. 릴리를 찾기에는 이곳이 너무 넓었다. 인기척이 들렸다. 완다가 고개를 돌렸지만, 공장에는 어둠뿐이었다.

실체가 있어야 원망도 하는 법이다. 실체가 존재하지 않는 원망은 사람을 괴물로 만든다. 완다는 한동안 거울에서 괴물로 변한 자신을 마주치고는 했다. 자신은 이곳 아이들과 달리 저 먼 아시아에서 왔고, 클리에와 모리스가 생물학적 부모가 아니라는 사실을 알았을 때도 완다는 무언가를 원망하지 않았다. 그것은 원망의 대상이 되지 않는다. 완다가 걸어온 길일 뿐이다. 클리에와 모리스가 그 사실을 완다에게 처음 말했던 날은 완다의 두 번째 생일이었다. 첫 번째 생일은 서류에 적힌 태어난 날이고, 두 번째 생일은 완다가 이 집에 처음 온 날이다. 첫 번째 생일에는 클리에가 어설픈 솜씨로 미역국이라는 한국 음식을 해 줬고, 두 번째 생일에는 케이크와 파이와 닭 요리를 먹었다. 완다는 두 번째 생일을 더 좋아했다. 맛있는 음식이 더 많았기 때문이다.

그날도 여느 생일과 다름없이 맛있는 음식과 선물이 있었다. 다른 점이 있다면 앨범도 있었다는 것이다. 두 사람은 완다의 기억 속에 없는 사진들을 꺼내 보여 주었다. 바글바글한 아이들 틈에 의기소침하게 앉아 있는 자신, 동물 얼굴이 그려진 흰색 내복을 입고 인상 쓰며 찍은 사진, 서러워 엉엉 울고 있는 사진…. 몸에는 늘 이름표를 달고 있었다. 두 사람을 만나기 전까지 완다는 저곳에 있었다. 완다는 덤덤했다. 클리에와 모리스가 자신을 사랑하고 있다는 사실은 변하지 않았으니 말이다.

간혹 어떤 일들은 누군가 문제를 삼으면 문제가 된다. 완다가 처음 학교를 들어간 해에 그런 일이 벌어졌다. 담임 선생님은 나이가 지긋하고 상냥한 분이었다. 적어도 첫인사를 나눌 때까지는 그랬다. 담임 선생님은 아주 해맑게, 완다의 삶을 반 아이들에게 까발렸다. 완다의 외모를 차별해서도, 놀려서도 안 된다고, 친하게 지내야 한다는 말까지 덧붙였다. 아무 문제 없던 상황이 그때부터 문제가 되었다. 친절한 아이도 있었지만 친절하지 않은 아이도 있었다. 가끔은 친절이 악일 때도 있었다.

나쁜 일보다 좋은 일이 더 많다고 상처가 치유되는, 그런 상대성은 없다.

하지만 누굴 원망할 수 있을까. 완다는 첫 번째 양육자의 얼굴을 알지 못한다. 그래서 거울을 볼 때마다 그들의 얼굴을 상상했다. 괴로운 시간이었지만 결국 지나갔다. 아물거나 이겨 내거나 나아진 것은 아니다. 그저 참다 보니 어느새 과거가 되어 있었다.

완다가 침대에 누워 있는 시간이 길어지면 클리에와 모리스는 불안해했다. 이틀은 멀리서 지켜봤고, 이틀은 침대에 걸터앉아 이마에 키스를 해 주었다. 모리스는 신난 척 함께 놀자고 들어왔다가 조용히 문을 닫고 나가기도 했다. 하지만 오늘 아침은 달랐다. 모리스가 완다의 어깨를 어루만지며 잠시 이야기하자고 다정하게 말했다. 무시하고 싶었지만 모리스에게 상처를 주고 싶지 않았으므로 완다는 군말 없이 상체를 일으켰다. 모리스는 완다의 손을 매만지기만 했다. 완다가 먼저 말해 주기를 바라는 눈치였다. 어떻게 말을 할 수 있을까. 한겨울에 맨발로 돌아다니던 소녀를 그리워하고 있다는 것을.

"그 애랑 싸웠니?"

모리스가 물었다. 완다가 고개를 끄덕였다. 비슷한 말 같았다. 완다는 자신의 고민이 너무 작고 부질없게 느껴졌다. 고작 그런 일로 걱정시켰느냐고 모리스가 실망하지 않을까 걱정되었다.

"죄송해요. 별것도 아닌 일로…"

"나도 그래. 친한 친구랑 싸우고 나면 밤새 뒤척이고는 해. 몰랐지?"

사실 알고 있었다. 완다는 종종 모리스가 밤에 1층을 어슬렁거리며 몇 번씩 물만 들이켜는 장면을 자주 목격했다. 하지만 완다는 몰랐다고 말했다. 모리스가 건넨 위로를 시시하게 만들고 싶지 않았다.

"화해를 한 것도 있고 안 한 것도 있지. 전부 다 아서랑 그랬어."

"화해를 안 하고 어떻게 만나요?"

"그냥 둘 다 그런 일이 없었던 척하는 거야. 처음에 좀 머쓱하기는 해도 조금만 같이 있으면 정말 없던 것처럼 되기도 하고, 아주 나중에 은근슬쩍 흘리듯이 말을 꺼내기도 하고. 그럼 이냥저냥 넘어가게 되거든. 치사한 방법이지."

아서도 그렇게 생각했을까? 아서라면 모리스를 치사하다고 느끼지 않았을 것 같았다.

"그래도 그런 치사한 방법을 쓰는 것도 친구가 있을 때나 가능해. 아서랑 체스를 뒀던 날, 나를 빨리 항복시킨 게 그날따라 유독 화가 났지. 그냥 화를 냈으면 좋았을 텐데 재미가 없다는 식으로 쩨쩨하게 굴었어. 아서는 그럼 탁구나 당구를 하자고 제안했지만 나는 지루해졌다고 얼굴도 제대로 보지 않고 집으로 갔어. 나와 달리 체스 실력이 날로 발전하는 네가 부럽다고 솔직하게 말하면 됐을걸. 그렇지? 그래도 다음 날이 되면 또 시치미를 뚝 떼고 아서와 체스를 둘 거라 생각했어. 여느 때처럼 말이야. 하지만 그게 마지막이었어. 눈감은 아서에게 백날 말해 봤자 소용없다는 걸 너무 늦게 알았어. 어떤 말이든, 설령 그게 나를 부끄럽게 하는 말이라도 말할 수 있을 때 말해야 해."

"걔가 나를 보지 않으려고 하면요?"

"음. 그럼 편지라도 써서 네 마음을 어떻게든 전해야지."

완다는 고마움의 표시로 모리스를 꽉 끌어안았다. 편지를 보내려고 해도 주소를 알 수 없었으므로, 완다는 또다시 피에프 거리에 찾아가기로 마음먹었다. 포기하지 않으리라. 극장에서 릴리를 하염없이 기다렸던 때처럼.

낮에 찾아간 공장단지는 무섭지 않았다. 거리에 쓰레기가 없어 깨끗했고 노숙자나 떠돌아다니는 개도 보이지 않았다. 공장단지 뒤편은 세쿼이아 숲이었다. 저토록 키 큰 세쿼이아가 빼곡하게 서 있었는데도 밤에는 보이지 않아 몰랐다. 완다는 고개가 꺾어져라 나무를 쳐다보다 걸음을 옮겼다. 주거지를 놔두고 왜 공장 사이를 배회하느냐고 누군가 묻는다면 뽀족하게 대답할 말이 생각나지 않았다. 하지만 릴리의 방은 2층을 전부 합친 것만큼 넓다고 했으므로 전부 비슷비슷한 크기의 집들이 모여 있는 저곳에 릴리의 집이 있을 것 같지 않았다. 어쩌면 이 큰 공장 중 하나가 릴리의 집일지도 모른다.

신발도 신지 않는 것과 추위도 잘 견디는 것도 주거 환경 탓일지도….

붉은 벽돌로 만든 공장들은 미로처럼 연결되어 있었다. 좁은 골목을 통과하면 또 다른 공장이 보이는 식이었다. 배열 규칙을 찾을 수 없어 완다는 지나온 공장의 건물 번호를 외워야만 했다. 그러지 않으면 금방이라도 길을 잃을 것 같았다. 완다는 안을 들여다보며 사람이 살 것 같은 공장을 찾았지만 대부분은 정문이 쇠고리로 칭칭 감겨 있었다. 오랫동안 푼 적 없는 듯 고리 곳곳이 녹슬어 있는 공장들은 그냥 지나쳤다. 어느덧 그림자가 길어지는 시간이 되었다. 완다는 내일을 기약하며 몸을 틀었다. 바로 그때, 다른 곳보다 쇠고리가 헐겁게 묶인 공장을 발견했다.

쇠고리로 매듭을 지어 놓았다. 완다가 있는 힘껏 매듭을 잡아당겼다. 꿈쩍도 하지 않았다. 완다가 주변을 둘러보았다. 자신의 키보다 두 뼘 더 높은 위치에 창문이 있었고, 잠겨 있지 않았다. 완다는 창문틀을 붙잡고 벽을 올랐다. 신발 밑창이 미끄러워 몇 번 미끄러졌지만 끝끝내 팔꿈치를 창틀에 걸쳤다. 공장 안은 붉은 빛으로 가득했다. 한구석에는 여느 공장처럼 쓰레기가 쌓여 있었는데 버려진 책상 위에 책이 잔뜩 놓여 있다는 점이 달랐다. 책을 보자마자 완다의 눈이 번쩍 뜨였다. 안으로 들어가야겠다는 생각에 힘을 줘 상체를 밀어 넣었다. 마음이 급해서 창문 높이 따위는 잊었다. 창문에서 떨어지자 그대로 등부터 땅에 닿았다. 통증을 느끼기도 전에 시야가 까맣게 변했다. 해가 완전히 질 때까지 완다는 기절 상태였다.

모리스가 뱀파이어 이야기를 떠올렸을 때부터 완다는 줄곧 릴리만 생각했다. 만일 이 세상에 정말 뱀파이어가 존재한다면 딱 릴리 같은 모습일 거라고. 그래서 그 이야기를 해 주려던 것이었다. 모리스가 그러는데, 세상에 일어나는 말도 안 되는 일은 전부 뱀파이어가 한 짓이래. 근데 정말 세상에 뱀파이어가 있다면 그게 꼭 너 같을 거 같아. 그런데 하지 못했다. 릴리가 도망갔으니까. 정말 뱀파이어처럼.

타닥타닥, 소리가 들렸다. 무언가 타고 있는 소리였다. 완다가 인상을 찌푸리며 눈을 떴다. 천장에 붉은빛이 보였다. 노을빛은 아니었다. 빛이 이리저리 흔들렸다. 완다는 왼쪽 몸이 따뜻하다는 걸 느꼈다. 고개를 돌리자 드럼통에 피운 불이 보였다. 완다가 다급하게 상체를 일으켰다. 드럼통 뒤로, 책을 읽고 있는 릴리가 보였기 때문이다.

"너 나중에 탐정 해도 되겠다. 어떻게 찾았니?"

릴리는 완다를 보지도 않은 채 유유히 책장을 넘기며 말했다. 완다는 믿을 수 없어 눈만 깜빡였다. 대답이 없자 릴리는 그제야 책을 덮고 완다를 쳐다봤다.

"나를 왜 찾아다녔어?"

뭐라 말하는 게 좋을까. 완다도 생각해 본 적이 없었다.

그저 찾지 않으면 오래도록 후회할 것 같았다.

"왜 찾으면 안 되는데?"

때로 뻔뻔해져야만 하는 순간이 있다. 뻔한 말을 해야 할 때가 그렇다. 굳이 내뱉지 않아도 이미 상대방이 그 말을 알고 있을 때. 완다는 모리스가 잘 쓰던 되묻기 전략을 썼다. 그럴 때마다 클리에는 어이없다는 듯 웃으며 모리스를 더 추궁하지 않았다. 완다는 알고 있다. 릴리도 그럴 것임을. 릴리도 이미 완다가 자신을 찾아 돌아다닌 이유를 알고 있으니까.

밤하늘에는 별이 빼곡하게 박혀 있었다. 유난히 밝은 별들이 있다. 저 많은 별들 중에서도 유달리 존재감을 드러내는 별들. 모리스는 그것이 별이 아니고 행성일 수도 있다고 했다. 하지만 완다는 그게 별이든 행성이든 무슨 상관인가 싶었다. 완다의 눈에는 전부 똑같아 보이는걸. 가까이 들여다보면 별도 다 같은 별이 아닐 텐데 멀리서 보면 전부 똑같은 별이었다. 그래서 완다는 멀리서 보는 것을 좋아했다. 누군가가 자신을 멀리서 보는 것도 좋아했다. 완다는 언젠가 모리스에게 이런 말을 한 적이 있다. 그냥 다 똑같은 별로 쳐요, 멀리서 보면 다 똑같으니까, 그게 좋은 거 같아. 완다의 말을 들은 모리스는 잊지 말아야 할 것 하나를 알려 주었다.

'멀리서 보면 다 똑같은 별이지만, 가끔 유난히 밝은 별들이 있어. 그중에서도 시선을 붙잡는 독특한 별 하나가 있다. 그런 별을 발견하면 눈을 감지 못해. 설령 네가 억지로 눈을 감아 버린다고 하더라도 보일 거야. 그 잔상이. 눈을 감아도 계속 잔상이 떠돈다면 외면하지 못할 거야. 너는 언젠가 반드시 그 별을 가까이서 보기 위해 망원경을 들여다보게 될 거다.'

완다는 지금 망원경을 들여다보고 있다. 렌즈는 릴리를 담고 있다. 아주 독특한 별이다.

완다를 등에 업은 채 외벽을 타고 지붕 위에 올라온, 정말 이상한 별이 아닐 수 없다.

어쩌면 모리스의 말처럼 릴리는 별이 아니라 행성일지도 모르겠다. 어쨌거나 별은 아니다. 완다는 묻고 싶었지만 입술이 떨어지지 않았다. 무서운 것은 아니었고, 완다가 다시 그 단어를 입에 올리면 릴리가 그때처럼 사라질까 봐 두려웠다. 지붕에 누워 하늘만 바라보던 완다가 용기를 내 고개를 돌렸다. 릴리와 눈이 마주쳤다. 릴리는 아까부터 완다를 보고 있었다.

"나 너한테 거짓말한 거 있어."

릴리가 말했다. 뭔데, 하고 완다가 물었다.

"나 너랑 동갑 아니야. 너보다 200살은 더 많아."

"또."

"또?"

"또 있어? 거짓말한 거."

산타는 있었다. 산타는 완다가 믿지 않기 시작했을 때 죽었다. 매해 수십만 명의 산타가 태어나고 죽었다. 그러므로 아이는 모두 한 명의 산타를 살해하며 어른이 된다. 하지만 불행하게도 산타는 시작일 뿐이다. 그 후 살아가는 동안 꾸준히 많은 것들을 소리 소문 없이 죽인다. 죽인지도 모르게. 그렇게 점점 어른이 되어 가면서 아이는 외로워진다. 함께했던 많은 것들을 죽인 죄로, 안은 텅 비어 있다. 그 안에 사람을 넣으려고 하지만 쉽지 않을 것이다. 사람은 아이가 죽여 왔던 여타의 것처럼 아이에게 호의적이지도 않고 변덕이 심하다. 그것이 살인의 형량이다. 하지만 완다는 아직 두 발이 완전히 땅에 붙어 있지 않다. 완다는 아직 마음속에 살아 있는 것들이 있었다. 자신보다 200살은 더 많다는 친구의 고백보다 거짓말이 더 신경 쓰였다. 다행히 릴리는 고개를 저었다.

"너한테 내가 사람이라고 한 적 없잖아."

"응, 없지. 그럼 뭔데?"

릴리가 상체를 일으켰다. 릴리의 머리카락 끝이 지붕에 닿았다. 완다가 손을 뻗어 릴리의 머리카락 끝을 매만졌다.

"너 극장에서 왜 나 기다렸어?"

하지만 릴리는 딴소리를 했다. 대답은 않고 무슨 질문이냐고 묻고 싶었지만 완다는 그냥 대답해 주기로 마음먹었다. 릴리에게 시간이 필요한 것이리라.

"그냥 또 보고 싶었어."

"왜?"

"'그냥'이라고 했는데 이유가 필요해?"

"응."

"네가 앉았던 그 자리, 내 자리였으니까."

"그게 무슨 이유야?"

"극장에 간 이후로 거기에 앉은 사람 나 빼고 한 번도 본 적 없어. 거기는 어둡고, 춥고, 화장실 냄새까지 나. 아무도 그 자리에 앉기를 원하지 않아. 그래서 좋아했던 자리인데 그날 네가 거기 앉은 거야. 근데 너를 본 순간 다른 자리로 가야겠다는 마음은 들지 않고 나란히 앉아도 좋겠다고 생각했어."

"나 뱀파이어야. 사람 피 빨아 먹고 살아."

"왜 그렇게 맥락 없이 말해?"

"그날도 너무 배고파서 사람 먹으려고 극장에 갔어. 음침한 자리에 앉아서 이 자리로 오는 사람 죽여 버려야지 생각하고 있었어. 그런데 못 했어. 네가 왔는데 어쩐지 너를 죽일 수가 없었어."

"왜?"

"그냥."

"나는 그냥에 왜냐고 묻지 않을게."

"나 괴물이라는 소리야."

그 순간 완다는 '나도 가끔 거울에서 괴물을 봐'라고 말하고 싶었다.

"괜찮아. 나도 괴물이야."

괴물은 장롱에 살고, 침대 밑에 살고, 거울 속에 살고, 지붕에 산다. 완다는 릴리와 함께 지붕에 있다는 것이 썩 마음에 들었다.

사람의 피를 먹는 괴물은 거울 속에 사는 괴물을 업고 달렸다. 거울 속에 사는 괴물의 양육자들보다 집에 빨리 가야 했기 때문이다. 거울 속에 사는 괴물은 사람의 피를 먹고 사는 괴물의 어깨를 끌어안았다. 사람의 피를 먹고 사는 괴물은 거울 속에 사는 괴물이 심심하지 않도록 또 재미있는 이야기를 해 주었다.

옛날에 한 인간이 살고 있었다. 그런데 그 인간은 인간이라기에는 털이 너무 많고, 손도 크고, 귀도 너무 컸다. 사람들은 그 인간의 외모를 보고 어울리고 싶지 않아 했지만 그래도 그가 성실하고 착했기에 모두가 그 인간을 필요로 했다. 특히 그 인간의 손은 특별해서 기르는 꽃마다 남들보다 더 크고 아름답게 자랐다. 다른 이들이 그 인간에게 비법을 물을 때마다 그 인간은 한결같이 정성을 쏟으면 된다고 말했다. 하지만 그 말을 따라 한다고 한들 그 인간처럼 꽃을 키워 낼 수는 없었다. 어느 날 이 마을로 여행을 온 한 신사가 그 인간이 키운 꽃을 보고 반해 한 아름 꽃을 사 갔다. 그러더니 그 인간이 키운 꽃이 점점 유명해지기 시작했고, 벼락부자가 될 수 있을 만큼 주문이 쏟아졌고, 그 마을은 꽃으로 유명해졌다. 마을 인간들은 하던 일을 하나둘씩 접고 그 인간을 돕기 시작했다. 머지 않아 마을 전체가 꽃 산업에 박차를 가해, 전 세계를 상대로 꽃을 수출하기 시작했다. 마을은 부유해졌다. 마을 인간들도 모두 풍요로워졌다.

그러자 인간들은 우아하게 모여 앉아 꽃에 특별한 이름을 붙여 주기 시작했다. 다른 나라의 꽃들과 다른, 이 마을만의 특별한 이름이었다. 그 마을에는 총 300여 종류의 꽃이 있었는데 모든 꽃에 각각의 이름을 지어 주었다. 다른 인간들이 그러고 있는 동안에도 그 인간은 묵묵히 제 할 일을 해 나갔다. 하지만 그 마을의 평화와 부는 오래가지 못했다. 모든 동화가 그러하듯 이 이야기도 잔혹하게 끝나는데, 이 마을로 여행을 온 영주가 그 인간의 추악한 모습을 보고 화들짝 놀라 총을 쐈다. 마을 인간들은 슬퍼했다. 그 인간이 죽었으니 더는 특별한 꽃을 기를 수 없었다. 전 세계 사람들을 매혹했던 꽃들이 하루아침에 사라졌다. 인간들은 그 아름다웠던 꽃의 이름을 하나씩 잊어 갔다. 이제 누구도 꽃의 이름을 기억하지 못한다. 이름을 기억하지 못하기에, 그저 전 세계를 매혹할 만큼 아름다웠던 것이 있었다는 기억만 남았다. 그 기억 탓에 인간들은 현실을 추악하게 느낀다.

릴리는 완다를 방에 내려 주었다. 완다가 물었다.

"그런데 왜 사람들은 꽃의 이름도 잊어버렸지? 기억해 뒀으면 됐잖아."

릴리는 완다의 흐트러진 머리카락을 정리해 주면서 입을

열었다.

"단어들은 죽어. 시간이 지나면 다 죽게 되어 있어."

수연

서난주는 1986년 서울 노원구에서 태어나 자랐다. 경기도 소재 간호학과를 졸업한 후 3년 전 이 병원에 들어왔다. 하지만 이 대목에서 석연치 않은 부분이 있었다. 휴학 한 번 없이 간호학과를 졸업했는데 이곳에 오기 전까지 다른 병원에서 근무했다는 기록이 남아 있지 않았다. 무려 8년의 공백이 있는 셈이다. 다른 일을 했을까. 그렇지만 간호사라는 직업을 두고 선택할 만한 다른 길이 쉬이 떠오르지 않았다. 수연이 갑갑함에 머리카락을 움켜쥐었다.

휴대전화가 울렸다. 발신자는 법의학자 지선이었다. 수연은 지선에게 알아보고 연락 주겠다고 말해 놓고 다시 연락하지 않았다는 것을 지금에야 깨달았다. 지선에게 뭐라고 해야 할까. 투신한 시체에서 혈흔이 거의 나오지 않았다는 것을. 수연이 난감한 표정을 짓다가 전화를 받았다. 통화 가능하냐고 물은 지선은 역시나 그때 일이 어떻게 되었는지 물었다.

"어, 그때 그 일은…"

수연이 목덜미를 쓸어내리며 말을 질질 끌었다. 뱀파이어가 연루되어 일어난 사건이라고 할 수 없었으므로 적당히 둘

러댈 말을 찾는 중이었다. 그날을 회상하던 수연은 비가 왔다는 걸 떠올렸다.

"그날 비가 오는 바람에 확인을 못 했어요. 연락드린다는 걸 정신없어서 깜빡했어요. 죄송해요."

수연이 멋쩍게 웃었다.

"거기서 사건 또 일어났죠? 저한테 전화한 이후에."

"네."

"혹시 그 병원에서 주일예배 하나요?"

"예, 있어요. 주말마다 목사님이 오세요."

"사이비종교 때문에 자살하는 경우에는 몸에 흔적이 남아 있을 수 있어요. 그들을 상징하는 표식이라든가 구타 흔적이라든가. 그게 아니라면 약물중독에 의한 걸 수도 있어요."

"약물중독이요?"

"5년 전에 성형외과 환자 마약중독으로 자살했던 사건 기억나요?"

서울 노원구에 있는 병원에서 일어난 사건이다. 수연의 관할은 아니었지만 동료들의 입이나 기사로 접한 사건이었다.

"뭔지 알아요. 구체적으로 기억나는 건 아니지만."

"약물 부작용으로 죽은 거였거든요. 그 병원에 주기적으로 다니는 환자들이 사망한 사건이었어요. 그래서 덜미가 잡혔을 거예요. 사망자들에게서 그 병원을 방문했던 기록이 공통으로 발견돼서요. 모르핀중독이었는데 환각을 일으켜 죽은 사람도 있고 모르핀을 끊지 못해서 비관 자살한 사람도 있어요. 병원이라면 다른 곳보다 마약성 진통제 접근이 쉬웠을 것 같기도 한데."

수연은 고맙다는 말을 하고 서둘러 전화를 끊었다. 어쩌면 두 개의 구멍의 정체가 전혀 다른 곳에서 밝혀질지도 모른다는 생각이 뇌리를 스쳤다.

인터넷에 노원구 사건을 검색하자 연관 기사가 주르륵 떴다. 그중 가장 위에 있는 기사를 클릭했다. 노원구 상계동 성형외과. 성형외과에서 돈을 받고 불법으로 투여해 준 모르핀에 중독되어 환각을 일으키거나 비관해서 세 명이 스스로 목숨을 끊었고 이 사건으로 의사 두 명을 포함한 직원 열 명이 구속되었다. 하지만 그중 실형을 받은 사람은 의사 두 명과 적극적으로 가담한 매니저 두 명뿐이었다. 그곳에서 일했던 간호사에 대한 정보는 그 이상 나와 있지 않았다. 수연이 기사에서 관할 경찰서를 찾아낸 후 노트북을 덮었다.

시간은 이미 새벽 1시 반을 넘기고 있었다. 수연이 주머니에서 그레타의 명함을 꺼냈다. 술집 주소와 연락처가 적혀 있었다.

'네가 만난 뱀파이어를 찾아가.'

완다의 말을 떠올리며 수연은 허탈하게 웃었다. 수연이 등받이에 기대 앉아 고개를 뒤로 젖혀 천장을 보았다. 석고보드 틈으로 녹물 같은 황갈색 얼룩이 있었다. 바로 위층은 서

장실과 청문감사관실이었다. 화장실은 2층과 마찬가지로 복도 끝에 자리 잡고 있을 텐데, 석고보드의 저 얼룩은 어디에서 생긴 것일까. 수연은 얼룩을 뚫어지게 쳐다봤다. 얼룩은 이미 굳어 버렸지만 아주 미묘하게 움직이고 있는 것 같기도 했고 점점 더 넓게 퍼지는 것 같기도 했다. 술집 테이블의 검은 얼룩이 떠올랐다. 원목 테이블에 깊이 스며들어 있던 그 얼룩을 곱씹다, 수연은 결국 외투를 챙겼다.

그레타는 가게 앞에서 수연을 기다리고 있었다. 수연의 자동차 전조등이 그레타를 비추며 멈춰 서자, 그레타가 손바닥으로 빛을 가리며 운전석을 쳐다봤다. 눈이 부셔 찌푸린 미간과 금빛 눈동자가 보였다. 수연이 운전대를 꽉 쥐었다. 다짐한 듯 숨을 훅 내뱉고 자동차 시동을 껐다. 전조등이 꺼지자, 그레타가 수연을 알아보고 웃었다. 수연이 차에서 내렸다.

"인사가 당황스러운데?"

총구는 그레타의 어깨를 향했다. 수연은 문짝을 방패 삼았다. 완다는 총 따위로 뱀파이어를 죽일 수 없다고 했지만 호랑이 굴에 들어가는데 맨손으로 갈 수는 없는 법이다. 물론 정말 호랑이인지도 아직 확신할 수 없지만. 수연이 그레타와 눈을 맞추며 입을 열었다.

"완다한테 듣고 왔어요."

"아."

그레타는 수연의 말뜻을 바로 이해했다는 듯 고개를 끄덕였다. 그레타는 수연을 향해 다가왔다. 가슴에 총구가 닿은 후에야 걸음을 멈췄다.

"뭘 들고 왔는데?"

수연이 대답을 망설였다.

"왜, 말하기 부끄러워?"

"…"

"말하기는 퍽 부끄러운 단어인데 확인은 해야겠고…. 뭐 그런 심리인가?"

그레타가 손가락으로 권총을 툭툭 쳤다.

"이런 걸로 나를 죽일 수 없다고는 못 들었어?"

"…들었어요."

수연이 나지막이 대답했다.

"내가 뱀파이어라고 말하면 바로 믿으려고 온 거지? 나 보통의 인간 중에서는 그런 인간 못 봤는데. 비웃음 받는 걸 별로 안 좋아해. 존재를 부정당하는 느낌이라."

"비웃지 않아요. 증명만 해 주세요."

그레타가 주변을 둘러보았다. 시선이 5층짜리 건물에 멈췄다. 그레타는 말도 없이 건물로 향했다. 총구는 그 뒷모습을 겨누고 있었다.

그레타는 두 손으로 건물 외벽을 훑더니 곧 벽을 오르기 시작했다. 사람과 다름없는 외관을 가진 존재가 맨손으로 건물 외벽을 오르는 모습. 거미 같기도 했고 뱀 같기도 한 움직임이었다. 그레타는 발 디딜 곳 하나 없는 건물 외벽을 순식간에 오른 후 옥상 난간에 걸터앉았다. 손에 묻은 먼지를 털어 내고 수연에게 손을 흔들었다. 너무 해맑은 그 손짓을 바라보다, 수연은 들고 있던 권총을 천천히 내렸다. 정말 소용없는 짓을 했다는 것을 깨달았다. 그레타가 난간에서 가뿐하게 뛰어내렸다. 5층 높이에서 지상으로 안전하게 착지하는 그레타를 보며, 수연은 입안이 바싹 마르는 것을 느꼈다. 그레타는 웃음을 머금은 얼굴로 수연에게 다가왔다. 구둣발 소리가 유독 크게 들렸다.

둘은 차에 앉아 앞만 응시했다. 수연은 옆에 앉은 존재가 인간이 아니라는 것을 신경 쓰지 않기 위해 노력했다. 수연은 숨을 길게 내뱉으며 평정을 되찾았다. 차분하게 재활병원에서 일어나고 있는 일을 꺼냈다. 그레타는 다 알고 있는 듯한 표정을 하고 있으면서도 수연의 말을 자르지 않고 끝까지 들었다.

정말 뱀파이어가 범인이라면 그레타를 가장 먼저 의심해야 하는 상황일지도 모른다. 세상 어딘가에 있는 뱀파이어들이 모두 용의자가 된다면 사건 현장에서 가장 가까이에 있는 그레타가 1순위로 물망에 올라야 하므로. 그렇지만 어쩐지 그런 마음이 들지 않았다.

열아홉 살에 처음 만났던 그레타는 조금 어눌하지만 정확한 한국어를 구사했다. 연락처 지울 테니 서로 안 본 걸로 하자던 그레타는, 밤공기가 쌀쌀한 늦가을에 외투도 걸치지 않고 나온 수연이 마음에 걸린 모양이었다. 그레타는 수연의 눈을 뚫어지게 바라보다가 한숨을 푹 내쉬며 밥은 먹었느냐고 물었다. 수연은 먹지 않았지만 먹고 싶지 않다고 대답했다. 그레타는 그런 수연을 끌고 패스트푸드점으로 가 햄버거 세트와 치킨 조각을 주문해 수연에게 내밀었다. 그레타는 테이블에 팔을 올려 턱을 괴었다. 수연의 속마음이 빤히 보인다는 눈빛이었다. 수연은 그레타를 오래 쳐다보지 못하고 고개를 돌렸다.

'죽지 말고 살아.'

무신경한 말투였는데 그 말을 듣자마자 수연은 다짜고짜 눈물이 날 뻔했다.

'살다 보면 너를 살게 하는 사람을 만나게 될지도 모르잖아. 지금은 없더라도.'

정말로 살다 보면 자신을 전부 이해해 주는 누군가를 만나게 될까. 궁금했지만 수연은 묻지 않기 위해 햄버거를 먹었다. 기대하고 싶지 않았다. 그레타의 말을 부질없는 위로쯤이라 생각했는데 지나고 보니 수연은 그 순간 그레타의 말을 간절히 믿고 있었다. 믿고 있었으니 산 것이다. 숨 쉬는 동안 수연은 그레타가 말한 사람을 열심히 찾아 헤맸고, 그렇게 은경 선배를 만나게 되었다.

인간에게 죽지 말고 살라 말했던 존재가 인간을 죽이고

다닐 수 있을까. 모든 범죄에서 인과관계가 성립하는 것은 아니지만 이 존재가 범인이 아니었으면 하는 형사의 이기심이 그 기억을 붙잡고 커졌다.

"완다가 범인, 그러니까 이 일들을 벌인 뱀파이어를 안다는데 잡지 않아요."

"숨을 끊은 게 맞는지 확신이 안 서나 보네."

그레타는 곧장 이유를 안다는 듯 말했다. 수연이 틈을 놓치지 않고 파고들었다.

"어떤 확신이 필요한 거죠?"

그레타는 잠시 머뭇거렸지만 숨길 필요가 없다고 판단했는지 인간과 뱀파이어가 맺은 오래된 협약에 대해 말했다. 수연으로서는 도통 이해할 수 없는 조항들이 가득했고 어떤 인간이 대표 자격으로 그런 협약을 맺었는지까지도 궁금해졌다. 그렇지만 확실한 건 그 종이 쪼가리에 불과한 협약의 효력이 뱀파이어에게는 여전히 유효하다는 것이었다. 그리고 그건 완다처럼 뱀파이어를 잡으러 다니는 일부 헌터들에게도 마찬가지였다. 그중 '흡혈종은 살아 있는 인간종의 피를 흡혈함으로써 인간종을 죽여서는 안 된다'라는 조항이 완다가 뱀파이어를 보고도 잡지 못하는 이유였다. 숨이 끊기는 순간까지 뱀파이어가 흡혈을 하지 않았다면 흡혈이 사망 원인이라고 볼 수 없다는 말과 같다고 그레타가 설명을 덧붙였다. 흡혈이 사망의 원인이 되지 않을 경우. 투신하거나 약을 먹고 죽은 사람들에게서 흡혈의 흔적은 발견됐으나 그 죽음이 흡혈로 인한 것인지 투신이나 약물 복용에 의한 것인지 구분할 수 없어 잡을 수 없다는 말로 수연은 이해했다. 그래서 완다는 수연에게 손을 뻗은 것이다. 뱀파이어가 인간을 죽였다는 증거를 찾기 위해. 세상에 그런 어처구니없는 협약이 다 있나 싶었지만 지금은 협약의 정당성을 따질 때가 아니었다.

그레타를 배웅하기 위해 차에서 내렸다. 조사에 응해 줘서 고맙다고 말하며 손을 내밀자, 그레타는 수연의 얼굴과 손을 번갈아 바라보다 웃으며 손을 맞잡았다.

"그때 내가 말했던 사람은 만났니?"

그레타가 말을 덧붙였다.

"너를 살게 하는 사람 말이야."

"아…. 만났어요."

그레타의 얼굴이 환해졌다. 진심으로 기뻐하고 있었다.

"그래? 어떤 사람이야? 네 이야기를 들었어야 했는데."

"좋은 사람이었어요. 당신 말처럼 나를 다 이해해 주는 사람이었어요."

"다음에 한번 가게로 데려와. 내가 진짜 맛있는 요리 대접할 테니까."

"그러고 싶은데 못 데려와요. 죽었거든요. 오늘 고마웠어요. 다음에는 정말 술 마시러 올게요. 차 놓고."

수연은 차를 운전하며 백미러로 자신을 지켜보고 있는 그레타를 응시했다. 그레타는 수연의 차가 사라질 때까지 그 자리에 서 있었다.

자신을 살게 한 사람이 죽었다. 그럼 자신도 그만 살아야 하나. 그런 고민을 했던 시간이 주마등처럼 스쳐 지나갔다.

형사과로 부서 이동을 제안한 사람은 은경 선배였다. 현장 근처를 떠나지 못하고 서성이는 수연을 바라보다, 은경 선배는 대뜸 건물 시멘트 바닥에 몸을 눕혔다. 시체가 있던 바로 옆자리였다. 수연이 놀라 왜 눕느냐고 물어보자, 은경 선배는 죽은 사람이 본 마지막 장면을 그려 보는 중이라고 했다. 수연은 머뭇거리다가 말없이 은경 선배 옆에 몸을 눕혔다. 두 사람은 시멘트 바닥에 나란히 누워, 머리카락이 서로 뒤엉켰는지도 모르는 채 있었다. 수연은 상상력이 부족했다. 은경 선배처럼 죽은 이가 본 마지막 장면을 떠올려 보려고 아무리 노력해도, 얼룩진 천장만 눈에 들어왔다.

그렇게 눈에 밟히는 게 많으면 형사과로 오라고 했다. 수연은 형사가 되면 속이 편해지느냐고 물었다. 피해자는 경찰을 구세주처럼 바라보지만, 수연은 경찰이 된 이후로 누군가를 구해 줬던 기억이 별로 없었다. 경찰도 결국 거대한 집단 안에서 움직이며 개인의 의지만으로 해결되는 일이 없다는 걸 수연도 깨달았을 때였다. 같은 지구대에서 일했던 사람들은 경찰이 되면 누구나 거치는 절차라고 위로했다. 시민의 영

웅이 되겠다는 꿈은, 대개 환상으로만 남을 뿐이라고. 하지만 그 말은 위로가 되지 않았고 오히려 힘만 빠졌다.

지금이라도 경찰을 그만두고 다른 일을 찾아볼까 진지하게 고민도 했다. 그때 은경 선배가 수연에게 형사과로 이동하면 어떻겠느냐고 제안했다. 순경이니 형사니 결국 유니폼을 입느냐 사복을 입느냐 그 정도 차이였지만 은경 선배는 이렇게 수연을 꼬드겼다. 형사라고 완장 차고 이 잡듯이 제 마음대로 들쑤시고 다닐 수 있는 것은 아니지만 적어도 눈에 밟히는 것들을 더 오래 바라볼 수 있다고. 그러다 이상한 게 발견되면 큰소리칠 수 있고, 그러다 한 번쯤 남들이 다 손놓은 일도 포기하지 않을 수 있고, 또 잘 풀리면 그 일을 해결할 수도 있다고. 무엇보다 여기로 오면 자신과 일할 수 있다고 했다. 수연은 헛웃음을 터트리며 고개를 돌렸다. 누워 있는 선배의 옆얼굴을 바라봤다. 선배랑 일하면 뭐가 좋아요? 은경 선배는 그 커다란 눈을 도르륵 굴리더니 한 달에 한 번은 그래도 본인이 선배인 게 편하지 않겠냐고, 생리대랑 진통제 잘 가지고 다닌다고 대답했다. 수연은 그 말에 속는 셈 치기로 했다.

문은경. 그 이름 뒤에는 경찰대 수석이라는 타이틀이 따라다녔고 지나치게 깐깐하고 예민하다는 말도 뒤따랐다. 수연은 열심히 사는 여자에게 붙는 수식어가 늘 그런 식이라는 게 못마땅했지만 은경 선배는 별 신경 쓰지 않았다. 오히려 그 말을 악의 없는 칭찬이라고도 했다.

'그런 말 하나하나 다 귀담아들으면 정작 들어야 할 걸 못 듣는다. 누가 뭐라고 하든 적당히 흘려, 적당히. 피해자나 용의자 만났을 때도 마찬가지야. 너를 작정하고 비난하려는 사람은 못 하는 말이 없거든. 그런 거 다 듣고 있으면 결정적인 힌트를 놓치게 되어 있어. 그러니까 이것도 실력이라 생각하고 흘려.'

은경 선배의 말을 듣고 나서야 수연은 대부분의 경찰이 이미 그렇게 하고 있다는 걸 깨달았다. 술에 취해 뱉은 욕, 원망 섞인 저주, 비아냥거리는 웃음, 갑처럼 구는 행동…. 범인을 진압하는 과정에서 다치거나 술 취한 사람에게 이유 없이 얻어맞아도 그 순간을 오래 담아 두지 않았다. 빨리 잊기 위해 부단히 노력하는 동료들의 모습을 본 후에야, 수연은 그 말에 아무런 악의가 없다던 은경 선배의 말을 완전히 이해할 수 있었다. 경찰들은 복잡하고 섬세한 화법을 구사하지 않는다. 깐깐해서 증거를 잘 잡는다, 예민해서 일을 잘한다 같은 말들은 결국 증거를 잘 잡고 일을 잘한다는 의미 그 이상도 그 이하도 아니었다.

이곳에 적응하고 마음 붙일 수 있었던 건 전부 은경 선배 덕분이었다. 선배는 홀로 사는 수연의 집을 자주 드나들며 사람 사는 흔적을 남겨 놓았고, 집밥을 먹어야 한다며 반찬 가게에서 한가득 장을 봐 오기도 했다. 은경 선배는 여러모로 신기한 사람이었다. 자신의 경계 안으로 누군가 들어오는 걸 극도로 싫어하던 수연마저도 은경 선배라면 어디든 기꺼이 자리를 내주게 되었다.

그렇다고 수연이 처음부터 은경 선배에게 모든 걸 내주었던 것은 아니다. 은경 선배를 따라 부서를 이동하기는 했지만 적어도 한동안은 남들에게 그랬듯이 은경 선배에게도 거리를 뒀다. 은경 선배도 무리해서 거리를 좁히려고 하지 않았는데, 그날은 어쩐지 종일 수연의 주위를 맴돌더니 돌연 일 끝나고 뭐 하느냐고 물었다. 평소처럼 집에 가서 씻고 잘 거라고 하자, 은경 선배는 저녁 식사를 제안했다. 근처에서 김치찌개나 먹을 줄 알았는데 선배가 데리고 간 곳은 1년에 회식으로 한 번 올까 말까 한 중국요릿집이었다. 칠리새우와 양장피를 시킬 때까지 왜 저러나 하고 바라보던 수연은 고량주를 시키는 은경 선배에게 결국 스톱! 이라고 외쳤다. 갑자기 왜 그래요? 하고 묻자, 은경 선배는 그제야 웃으며 수연에게 축하를 건넸다.

'생일 축하한다.'

그 말을 듣자마자 얼마나 진이 빠졌던가. 수연은 어떻게 아셨어요? 하고 허탈한 목소리로 물었다.

'네 개인 정보 좀 빼돌렸지.'

'그럼 그냥 생일 밥 사 주신다고 하시지.'

'그걸 냉큼 얻어먹을 애였으면 내가 오늘 뭐 하냐고 물어봤을 때부터 생일이라고 말했겠지. 너. 생일 같은 거 네 입으로 말 잘 못 하지? 사 달라거나 필요하다거나 도와 달라는 말도 잘 안 하고 어떻게든 혼자서 해결해 보려고 하고. 혼자 해결하고 혼자 생활하는 게 외롭지도 않고. 너무 무덤덤해져서. 맞지? 아니면 솔직하게 말해 줘, 정정할게.'

은경 선배는 여러모로 치사했다. 자신이 틀리지 않다는 걸 알면서도 구태여 물은 것이다. 수연에게서 맞는다는 확인을 받기 위해서. 어떻게 알았느냐고 묻자, 은경 선배는 모두 떠난 현장에 홀로 남아 있던 수연을 처음 봤을 때 알아봤다고 했다. 하지만 수연은 그 모습만 보고 외로움이 익숙해져 무덤덤해져 버린 것까지 어떻게 알았는지 여전히 궁금했다. 정말 궁금해서 물어보고 싶었다. 제가 외로운 게 보이세요? 제가 외로운 게 느껴져요? 하지만 도저히 그 말을 뱉을 수가 없어서, 수연은 10년 만에 남이 사 준 생일 밥을 말없이 먹었다.

그 이후로 함께 밥 먹는 날이 많아졌다. 은경 선배는 근방 맛집을 꿰고 있었는데 그러니 배를 채우기 위해 밥을 먹는 편이었던 수연의 입에 은경 선배와 함께 먹은 음식은 죄다 맛있을 수밖에 없었다. 식성이 비슷해지고 대화가 많아졌다. 은경 선배는 언제나 궁금한 것이 많았다. 김치를 안 좋아한다는 수연에게 김치가 언제부터, 어떤 이유로 싫어졌는지 묻기도 했고 짜장면을 먹을 때 단무지를 곁들이는 편인지 양파에 춘장을 찍어 먹는 편인지도 물어봤다. 그런 것들을 왜 궁금해하는지 도통 이해하지 못하면서도 어느새 수연은 은경 선배의 질문에 꽤 성실히 대답하고 있었다. 가끔은 오늘은 선배가 뭘 물어 올지 기대하기도 했다.

그날 두 사람은 자동차 운전석과 조수석에 나란히 앉아 빗물이 떨어지는 유리창을 보고 있었다. 두 사람이 맡았던 사건 최종심이 났던 날이었다. 은경 선배는 말없이 깊은 한숨만 수차례 내뱉었다. 숨을 얼마나 많이 내뱉었는지 셀 수 없을 정도였다. 그 한숨들 때문에 공간이 무거워지는 느낌이었다. 꼭 차가 물속에 가라앉은 것 같았다. 가슴이 답답했고, 빗줄기로 인해 한 치 앞도 보이지 않았다. 피고인은 혐의를 인정했고 실형이 내려졌지만 피고인이 간 곳은 교도소가 아닌 정신병동이었다. 범행 당시 술을 마셨으며, 취한 상태였고, 평소에도 불안 증세를 자주 보였으며, 무엇보다 우발적인 사고로 여자 친구를 살해할 의도는 없었다고 눈물로 호소한 덕이었다.

은경 선배는 누구보다 피고인의 용의주도함을 밝혀내려 애썼다. 그렇게 눈물로 자신의 죄를 인정하며 호소할 줄은, 평소 자신에게 있던 불안 증세를 까발리며 스스로를 괴물 취급할 줄은 꿈에도 생각하지 못했다. 손에 피가 맺힐 정도로 주먹을 세게 쥐고 있던 은경 선배는 최종 판결을 듣자마자 법정을 빠져나갔다.

위로를 해 주고 싶었는데 수연은 위로를 해 본 적이 없었다. 그래서 결국 수연은 질문을 꺼냈다. 은경 선배가 수연에게 그랬던 것처럼.

'비 오는 날 좋아하세요?'

'원래는 좋아했는데 경찰 된 후로 싫어졌어.'

'왜요?'

'비가 흔적을 잘 지우더라고. 늘 공범 같아.'

'음. 그럼 눈 오는 날은요?'

'눈은 가끔 좋아. 흔적을 잘 보관할 때가 있거든. 보통은 추워서 싫어하지만.'

'바람 많이 부는 날은요?'

'죽은 사람 곡소리 같아서 싫어.'

'그렇구나.'

'왜 날 좋은 날은 안 물어봐?'

'날 좋은 날을 싫어하는 사람은 없잖아요.'

'나 싫어해.'

'왜요?'

'왜 죽었는지 알 수 없는 시체가 눈앞에 있는데 햇빛이 너무 쨍쨍하면 이 세상과 관계없는 일 같아서 싫어. 너무 밝아서 잔인해.'

'근데 사실 저도 밝은 날 싫어해요.'

'너는 왜?'

'밝은 날 공원에서 울어 본 경험이 있어서요.'

은경 선배는 그제야 고개를 돌려 수연을 바라봤다.

'그럼 선배는 어떤 날 좋아해요? 다 싫어하는 것 같은데.'

'나? 나는, 내 밥줄 끊길 것 같은 날을 좋아해. 하루가 너무 조용해서 이상하다 싶을 정도로 잔잔한 날. 근데 그때마다 안개가 짙었던 것 같아. 그런 날은 조용했어, 이상하게.'

수연은 1년 중 안개가 몇 번이나 끼는지 헤아려 봤다. 별로 없었다. 낮 동안 앞이 보이지 않을 만큼 안개가 잔뜩 낀 날은 다섯 손가락에 꼽힐 정도였다.

'선배는 그럼 모든 날씨를 거의 다 싫어하게 되는 이 직업을 택한 걸 후회하세요?'

'아니, 별로. 직업이 달랐다고 날씨를 다 좋아했을 것 같지는 않아서. 내 성격이 원래 좀 비딱하거든.'

'그래 보여요.'

수연이 창에 머리를 기댔다. 차가운 기운이 이마로 전해졌다. 수연은 한참 후에 입을 열었다.

'그래서 좋아요. 선배가 다른 사람들과 다르게 비틀어진 시선으로 세상을 보는 것 같아서요. 균형이라 믿었던 것들을 기울여 바라보면 그곳에서 중심 잡지 못하고 있는 것들이 보이잖아요. 그걸 보는 거 같아요. 그래서 좋아요. 저는 가끔 후회해요. 이 직업을 택한 거.'

그러니 저랑 오래 같이해 주세요, 라고 하려다가 낯간지러워 입을 다물었다. 그때 말했어야 했다는 걸 모르고.

다음 날, 상대방은 이른 아침부터 걸려 온 전화에 귀찮은 기색을 숨기지 않았다. 목소리가 잠겨 있었다. 형사는 수연의 전화 때문에 깼으리라. 수연은 잠이 덜 깬 형사의 정신이 돌아오기를 차분히 기다리며 창밖으로 출근하는 경찰서 직원들을 구경했다. 아침부터 노원 경찰서에 전화를 걸다 찬태에게 들켜 싫은 소리를 들은 탓에, 수연은 멀쩡한 사무실을 두고 비상계단까지 도망쳐야 했다. 찬태는 수사할 거면 정식으로 영장 청구하라고 했지만 지금으로서는 심사에서 떨어질 게 뻔했다. 찬태도 그걸 노리고 말한 것이리라. 영장 청구가 기각된다는 건 수사할 만한 사건이 아니라는 암묵적인 메시지였으므로 수연이 이 일에서 손을 떼리라 생각했을 거였다. 수연은 찬태에게 대충 고개만 끄덕이고 이곳으로 도망쳤다. 다행히 찬태는 수연을 잡으러 이곳까지 쫓아오지는 않았다.

"뭐가 필요하다고요?"

형사가 다시 물었다.

"사건 당시 그 병원에서 일했던 직원 명단이요."

형사는 다 지난 사건을 왜 궁금해하는지 모르겠다는 식으로 혼잣말을 했다. 전화기 너머로 잠이 덜 깬 몸을 움직이느라 끙끙 앓는 소리와 종이 더미에서 무언가를 뒤적이는 소리가 들렸다. 5년 전 사건의 자료를 찾는 게 쉽지는 않을 터였다. 여전히 무언가를 뒤적이며 형사가 물었다.

"그 사건은 왜 갑자기 찾는 겁니까?"

"저희 관할 재활병원에서 계속 자살 사건이 발생하고 있어요. 그런데 근무하고 있는 간호사 중에 과거 행적이 지워진 사람이 있더라고요. 혹시나 비슷한 사건일까 싶어서요. 그래서 말인데 혹시 그때 판결이 그렇게 난 이유를 먼저 물어봐도 될까요?"

"간호사들도 공범 선상에 오르기는 했는데 의사가 좀 심하게 압박한 상황이었습니다. 권력관계 때문에 불가피했다는 정황을 참작해서 기소 유예됐습니다. 사망자들에게 멍 든 자국은 있었습니까?"

"멍 자국이요?"

"자살할 정도로 중독되었다는 건 수시로 주사를 맞았다는 뜻이거든요. 그럼 혈관이 터지거나 합니다. 부위를 계속 바꿔 가며 맞고요. 그래서 시체들 몸에 이상할 정도로 멍이 많았습니다."

형사는 찾던 파일을 발견했는지 옅은 탄성을 질렀다.

"제가 지금 가지고 있는 게 직원 명단뿐인데 그 간호사 이름이 어떻게 됩니까?"

"서난주요. 1986년생이에요."

형사는 서난주의 이름을 중얼거리며 찾았다. 하지만 돌아온 대답은 그런 이름은 명단에 없다는 것이었다.

"서난주라는 이름 말고 서영은이라는 이름으로 1986년생 간호사는 있는데…. 사진 있습니까?"

수연은 자신이 가지고 있는 서난주의 입사 당시 사진을 형사에게 전송했다. 형사는 닮았다고 말했다가 이 정도면 똑같이 생겼다고 해야 되나 하고 말을 정정했다. 그러고는 쌍둥이가 아닌 이상 동일 인물이라 봐도 무방하다고 최종 결론을 내렸다. 수연은 창틀에 절단된 빛을 멍하니 바라보며, 서영은이라는 이름으로 그 병원에서 근무하다가 사건이 터진 후 개명을 했을 가능성에 대해 생각했다.

완다는 경찰서 주차장에 세워져 있는 수연의 자동차 보닛에 걸터앉아 기다리고 있었다. 대화를 나눌 시간이 점심시간밖에 없어서 어쩔 수 없이 완다를 이곳에 불렀다. 다른 경찰들의 시선은 아랑곳하지 않고 담배에 불을 붙이려는 완다를 수연이 막았다. 수연은 완다 입에서 담배를 빼내 도로 쥐어 주며 차에 올랐다. 30분 안에 이야기를 끝내야 한다는 다급함에 수연은 완다를 보지도 않고 준비해 두었던 질문을 쏟아 냈다.

"만나고 왔어요. 제가 만났다는 그 뱀파이어. 그래서 궁금한 게 있어요."

"기대했던 반응은 이런 게 아닌데."

그럼 대체 무슨 반응을 기대했냐고 물으려다 수연은 완다의 말에 휘둘리지 않기 위해 마음을 다잡았다.

"당신, 뱀파이어가 인간을 흡혈하는 장면을 목격해도 인간이 죽지 않으면 잡지 않나요? 반드시 흡혈로 죽어야지만 그 뱀파이어를 잡을 수 있어요?"

"뱀파이어에게 피를 공급해 주는 인간이 있거든. '한 잔 정도'라고 해야 하나. 그런 인간이 존재하기 때문에 흡혈했다는 사실만으로는 뱀파이어를 붙잡을 수 없어."

"대체 왜 그런 짓을⋯."

"선망일 수도 있고 사랑일 수도 있고."

"⋯."

"그렇다고 두 손 놓으라는 말은 아니고. 뱀파이어에게 피를 제공한 인간들의 선택에 공포가 섞여 있을 때, 혹은 판단이 불분명한 상태에서 권유받은 경우. 그 경위가 확실하다면 죽였다고 봐."

"협박이나 약물처럼 본인 의지로 판단을 내릴 수 없는 경우네요. 뱀파이어에게 피를 줄 수밖에 없는 상황."

"그게 그 존재가 가진 공포의 힘이니까."

"그런 심리 상태라면 자살을 유도하기도 쉬울 거고요. 그렇다면 정말로 흡혈한 후에 자살을 유도했다면요? 아니면 곧 자살할 사람들만 골랐다거나."

수연은 가슴에 옅은 통증을 느꼈다. 자신이 뱉은 말이 잔인하게 다가왔다. 완다가 고개를 끄덕였다.

"만약 그 모든 과정을 뱀파이어가 계획한 거라면 잡을 수 있어."

"어쩌면 뱀파이어를 도와주는 인간이 있을지도 모르겠어요. 간호사 한 명이 이 병원에 오기 전까지 8년 동안 행적이 묘연해요. 야간 근무만 고정으로 한다는 점도 이상하고요. 물론 추측이에요. 확실한 건 없고요. 그 간호사가 왜 뱀파이어를 도와주는지 이유도 모르겠고…."

"현혹됐겠지. 그들은 그런 존재니까. 인간의 마음을 가지고 놀아. 절대 내 말을 잊지 마. 뱀파이어가 하는 말에 현혹되면 안 돼."

수연의 휴대전화가 울렸다. 수연을 찾는 찬태였다. 시간이 다 되었다는 신호로 용케 알아들은 완다가 차에서 내렸다.

"형사님 생각보다 더 쓸 만하네. 마음에 든다. 지키고 싶은 사람이 있는 거지? 그 할머니 맞나?"

수연이 엉겁결에 고개를 끄덕였다.

"할머니는 든든하겠어. 형사님 같은 사람이 옆에서 지켜주고."

완다가 웃으며 차 문을 닫았다.

난주

친부가 사업을 말아먹은 건 1998년 초, 외환위기 때였다. 대기업 하청 업체 사장이었던 친부는 모기업이 파산할 기미를 보이자 돈을 가지고 도망간 동업자를 한 달간 쫓아다녔고, 나중에는 빚쟁이들을 피해 여기저기를 전전했다. 친모는 먹고 살기 위해 결혼반지를 팔고, 돌 반지를 팔고, 비싼 도자기 등 쓸 만한 것들을 전부 내다 팔았다. 친모가 24시간 목욕탕에서 매일같이 일했을 때, 오빠의 밥을 차려 준 사람은 난주였다.

친부는 밥때마다 집으로 전화해 오빠 밥을 챙겼느냐고 물었다. 난주는 그게 효도인 줄 알았다. 자신은 착한 딸이라고 믿었다. 그게 혼자만의 생각인 줄은 미처 몰랐다.

친모는 이 위기를 가족이 함께 헤쳐 나가야 한다고 말했다. 사고 싶은 거 좀 덜 사고, 준비물도 가끔 사지 말고, 옷이 낡아도 작아질 때까지 참고 입는 게 가족이 살아남는 방법이었다. 친모도 꾀죄죄한 옷을 입고 있었으니 난주는 정말 그것이 가족 전원이 각자 책임져야 할 가난의 정량인 줄 알았다. 하지만 아니었다. 오빠의 새 신발을 봤던 날, 난주는 무작정 울었다. 친모는 오빠의 신발이 낡아 그랬다고 말했고, 난주는 밑창이 전부 떨어진 자신의 신발을 던지고 집을 뛰쳐나갔다. 그때 서럽게 우는 난주를 위해 친모는 새벽에 오빠 몰래 라면을 끓여 주었다. 그게 전부였다.

당연하지 않은 것을 너무 오랫동안 당연하게 받아들였다. 그것이 이상하다고 느낄 때쯤에는 이미 몸이 익숙해져 어떤 행동도 취하지 못했다. 중학교 3학년 때, 난주는 조금 멀지만 좋은 외국어 고등학교에 가고 싶었다. 성적이 좋았으므로 담임도 충분히 가능할 것이라고 말했다. 부모가 오빠를 외국어 고등학교에 보내고 싶어 했음을 알았기에 난주는 부모가 당연히 좋아하리라고 생각했다. 하지만 그들은 탐탁지 않은 표정으로 뭐 하러 그렇게 먼 고등학교에 가야 하느냐고 물었다. 그곳으로 진학하면 기숙사 생활을 해야 하고, 그러면 돈이 많이 들고, 무엇보다도 여자애가 일찍부터 밖에서 지내면 안 좋은 것을 빨리 배운다고 했다. 그 순간 난주는 참을 수 없는 분노를 느꼈는데, 도통 자신이 어느 대목에서 화가 났는지 이해할 수 없었다. 이 분노는 어디에서 왔을까. 그리고 그 사이를 뻥 뚫고 지나가는 이 공허함은.

오빠가 삼수를 하던 해, 난주는 현역으로 수능에서 전부 1등급을 받았다. 큰 소리로 자랑하며 집에 들어왔는데, 부모는 오빠가 공부하고 있으니 입 다물라고 말했다. 오빠 기가 죽을까 봐 전전긍긍하는 모습을 보며, 난주는 헛웃음이 터졌다.

미친.

자기도 모르게 욕을 중얼거렸다. 내뱉고 나서야 욕인 걸 깨달았는데 딱히 후회스럽거나 죄책감을 느끼지도 않았다. 난주는 순간 모든 것이 짜증 났고 가증스러웠다.

난주는 의대에 가고 싶었지만 등록금이 너무 비쌌다. 부모는 치킨집을 열었는데 때마침 우후죽순으로 생긴 대기업 프랜차이즈점들이 가게를 위협했다. 난주는 자신의 집 꼬락서니를 생각하다 오밤중에 미친 듯이 웃기도 했다. 난주는 결국 취업이 잘된다는 간호학과를 선택했다. 의대보다 등록금이 싸고 취업도 빨랐으며 의료계 종사자여서 그 나름대로 만족했다.

난주는 자신의 삶이 무엇을 잉태하고 있는지 알지 못했다. 출가를 하고 취업을 했다. 학자금 대출을 갚으며 꼬박꼬박 부모에게 생활비도 보냈다. 사고 싶은 것을 참으며 알뜰하게 돈을 모아 적금 만기 통장도 몇 개 가지고 있었다. 하지만 난 주는 자주 속이 허해졌다. 뱃속에 괴물이 사는 듯했다. 모두 이러고 산다고 위로하려 했지만, 난주는 너무 자주 우울했고 불행했다. 모두 자신처럼 산다는 걸 믿을 수 없었다.

노원구 병원은 언제라도 그만둘 수 있었지만 그러지 않았 다. 병원은 환자들에게 모르핀을 투약해 주고 부가 수입이 늘 자 성과보수를 더 챙겨 줬다. 그 돈은 난주가 참아야 했던 것 들을 살 수 있게 해 줬다. 어차피 오래 할 생각은 없었다. 적당 히 2~3년만 버티다가 목돈을 만들면 더 좋은 병원으로 옮길 생각이었다. 재수 없게 사람이 죽어서 걸릴 거라고는 생각지 도 못했다. 처음으로 경찰서를 드나들었다. 형사라는 사람들 은 입에서 니코틴과 카페인이 뒤섞인 찌든 내가 났고 존댓말 과 반말을 섞어서 했다. 난주는 형사의 구취를 맡지 않기 위 해 고개를 팍 꺾은 채 무조건 죄송하다고 중얼거렸다. 어쩔 수 없었고, 잘릴 수도 있는 상황이었다는 말도 덧붙였다. 그 덕분 에 난주는 일찍 용의선상에서 제외되었다.

이미 업계에서 공공연하게 낙인찍힌 탓에 몇 년간 취업이 되지 않았다. 그래도 모아 둔 돈으로 입에 풀칠은 할 수 있었 는데 그즈음 오빠의 사망 소식을 들었다. 오토바이 사고였다 는 말만 들었다. 난주는 겁 많던 그 인간이 오토바이를 탔다 는 사실에 조금 놀라고 말았다. 그뿐이었다. 난주는 장례를 치 르는 내내 그저 졸음을 견디려 애썼다. 그리고 장례가 끝나고 그곳을 빠져나올 때, 난주는 이 지긋지긋한 인연과 어쩐지 앞으로 만나지 않을 수 있을 거란 어떤 희망을 느꼈다. 그러기는 했다. 난주는 정말 가족과 남처럼 지냈다. 그 망할 놈의 친부가 말년에도 복이 없어 지병을 앓기 전까지는 말이다.

고시원에 사는 버러지 같은 인간들이 주 고객이었다. 여기 사람들은 죄다 오빠처럼 미련하게 책만 붙들고 살았다. 얼마나 오랫동안 틀어박혀 공부했는지 등과 목이 휘고 어깨가 움츠러들어 있었다. 눈깔은 반쯤 맛이 간 채 허공을 응시하며 담배를 뻑뻑 피웠다.

처음에는 3만 원에 주사를 놓아 줬다. 그러다 아주 조금씩 차분하게 금액을 올렸다. 처음 액수보다 다섯 배 이상 가격이 올랐지만 이미 삶의 유일한 희열이 주사를 맞는 것뿐인 그들은 여기저기서 돈을 빌려 맹목적으로 달라붙었다. 딱 좀비같았다. 인간성을 포기하고 괴물이 되어 버린 존재들. 그러다 그를 만났다.

배를 곯고 있던 가여운 자. 하지만 그게 느껴지지 않을 만큼 아름다운 자. 그리고 강하고 지혜로운 자. 오로지 인간만을 위해 모든 것을 감추고, 숨기고, 포기하며 살아가는 자. 아버지가 심장에 말뚝 박혀 죽고 나서 남은 가족과 함께 창고에서 두 달을 버텼고, 결국 누이는 원인 모를 피부병에 시달리며 매일 밤 염증과 싸웠고, 어머니는 머리카락을 잘라 팔았다는 지리멸렬한 이야기를 아무렇지 않게 내뱉던 자. 그자의 이름은 울란이었다.

그는 난주에게 구원이었다. 그렇지만 난주는 그를 만난 후에야 깨달았다. 자신에게 필요했던 건 이 각박한 세상 속 구원이 아니다. 구원이 필요하지 않은 세계, 그 자체였다. 그러니 그는 난주에게 구원이 될 수 없다. 난주는 자신을 쳐다봤던 형사의 얼굴을 온종일 떠올렸다. 달라질까. 그 형사가, 신神이 난주에게 열어 준 마지막 구원의 문일까.

그는 정글짐에 앉은 소년처럼 창틀에 앉아 있었다. 기척 없는 방문에도 난주는 놀란 티를 내지 않았다. 쥐고 있던 수건을 빨래 통에 넣고는 냉장고로 향했다. 냉장고 문을 연 후에야, 난주는 며칠 전 자신이 음식을 전부 버렸다는 것을 깨달았다. 하지만 다행히 참을 수 있을 정도의 허기였다. 난주는 물을 꺼내 페트병째로 들이켰다.

한동안 그는 난주의 집을 방문하지 않았다. 어디서 무엇을 하는지도 알 수 없었다. 이따금 아주 먼 곳을 다녀온다는 말을 얼핏 했으나 그 목적지가 어디인지 분명히 밝힌 적은 단한 번도 없었다. 그럴 때마다 난주는 부러 얄궂은 마음으로 어디를 다녀왔느냐고 캐물었다. 그의 대답은 언제나 두루뭉술했다. 그렇게 그의 일거수일투족을 궁금해했던 시기도 있었지만 이제는 아니었다. 난주는 어디를 다녀왔냐고 묻지 않았다. 그저 그의 코트 끝에 묻은 흙먼지가 자신의 침대에 닿는 것이 미치도록 거슬렸을 뿐이다. 창틀에 걸터앉아 바깥을 보고 있던 그가 뒤돌았다. 그가 여전히 아름답다는 것은 부정할 수 없었다.

난주는 그를 처음 만난 순간을 생생히 기억했다. 고시원에서 그 일을 치르고 있을 때였다. 그때도 지금처럼 기척이 없었다. 복도에 그가 서 있다는 것을 한참 후에야 알았으니까. 낯선 사람이 자신의 범죄 행위를 봤을지도 모른다는 걱정보다도, 그가 아름답다는 생각이 먼저 들었다. 어디에서 왔을까. 이 도시와 전혀 어울리지 않는데. 그는 다음 날도 병원 근처를 맴돌았다. 난주는 며칠 동안 그가 자신을 신고하지 않을까 초조했으나 어느 순간부터 그 노파심은 사그라졌고 그가 오기만을 매일같이 기다리게 되었다. 그는 지겨웠던 난주의 인생을 특별하게 만들어 준 아름다운 장미였다. 일을 마치면 그를 볼 수 있다는 생각만으로 하루를 견딜 수 있었다. 그의 존재는 그 아름다움만으로 충분했다.

그는 해가 지고 난 뒤에만 난주를 찾아왔다. 난주는 주로 야간 근무를 했으므로, 그와 오랜 시간을 보내려면 낮이 최적이었다. 하지만 그는 낮에 만나자는 난주의 말을 끈질기게 거부했다. 난주는 그가 남들에게 밝히지 못할 음란한 생활을 한다고 생각했다. 가정이 있는 사람이라면 밤마다 이곳을 오지 못했을 것이다. 직장인이라면 매일 밤을 지새울 수가 없을 터였다. 그는 어떤 일을 하는 것일까. 낮 동안 누군가의 아름다운 종이 되어 시중을 들다 오는 것은 아닐까. 현대와는 어울리지 않는 상상이라는 걸 알면서도 어쩐지 그의 얼굴을 보고 있으면 그런 고전적인 일들이 벌어지고 있을 것 같다는 생각이 한편에서 피어올랐다. 궁금한 것이 많았지만 난주는 끝내 그에 대해 아무것도 알지 못할 거라고 막연히 확신했다. 그의 이름이 무엇이고 국적은 어디인지도 알지 못할 것이라고.

하지만 그가 시퍼렇게 변한 얼굴로 난주의 현관 앞에 쓰러져 있던 날, 난주는 그에 대해 알게 되었다. 그의 이름은 무엇이고, 그가 어디에서 왔고, 그가 왜 지금 피죽도 얻어먹지 못한 몰골로 쓰러져 있었는지까지도. 난주는 그날을 종종 떠올렸다. 그때 모르는 체해야 했다. 그때 모든 것을 알지 말았어야 했다. 그때, 그가 손가락도 움직이지 못할 정도로 굶주려 있었을 때 죽였어야 했다.

"누군가를 원망하는 일은 너무 쉬워. 나는 그게 서글퍼."

그는 난주를 지그시 바라보며 말했다. 다정하다고 느꼈던 저 눈빛이 어느 순간부터 살모사처럼 숨통을 조여 왔다.

"그런 감정을 애초에 느낄 수 없었다면 어떤 비극도 일어나지 않았을 거야."

난주는 침대에 걸터앉았다. 그는 침대와 창틀 사이 틈으로 다리를 내려놓았다. 신발을 신고 있는 탓에, 난주는 행여나 이불에 흙이 묻을까 날 선 표정으로 지켜보았다. 한국에서 생활한 지 오래되었지만 그는 여전히 실내에서 신발을 거의 벗지 않았다.

"누군가를 미워한다는 건 정말 고통스러워. 멈출 수도 없고, 스스로를 괴롭히기 적당한 방법이야."

"갑자기 그런 이야기는 왜 하는 거야? 누가 미워지기라도 했어?"

그는 입술 선이 얇아지도록 웃음 지었다.

"그런 인간은 아주 오래전부터 있었어. 네가 태어나기도 전부터."

"이상하네."

"뭐가?"

"그렇게나 미워하는 인간을 아직까지 살려 두고 있다는 거잖아."

"내가 왜 안 죽였다고 생각해?"

"죽였다면 당신이 나한테 이런 이야기를 안 꺼냈겠지."

그가 웃음을 터트렸다. 난주는 그의 웃음이 사그라지기만을 기다리며 물끄러미 쳐다보았다. 그는 오래 지나지 않아 고개를 끄덕이며 입을 열었다.

"맞아. 못 죽였어. 죽이고 싶었는데 못 죽이게 했어."

그는 아쉽다는 듯 씁쓸하게 입맛을 다셨다.

"정말로 죽이고 싶었어. 식욕 때문은 아니었어. 그건 내가 처음으로 느낀, 생생한 살의였어. 누군가를 아프게 하고 싶은 마음. 그런 감정을 느낀 건 살면서 그때가 처음이었어. 그 전까지는 도축한다는 의미뿐이었는데."

"어쩌다 그런 마음이 들었는데?"

난주는 구태여 물었다. 그가 그러기를 원하는 것 같았기 때문이다. 그는 뜸 들이다 입을 열었다. 시선은 난주가 아닌 허공을 향해 있었다.

"195일 동안 창고에서 죽어 가는 엄마와 피부에서 고름이 나오는 누나와 함께 있었을 때, 나는 지금보다 훨씬 어렸어. 성인 하나쯤은 문제없이 죽일 수 있었지만, 수가 많아지면 말이 좀 달라지거든. 도시에 공장이 생기고 건물이 높아지기 시작하면서 사람이 기하급수로 늘었어. 그렇다고 지금 이곳처럼 그늘진 곳이 많지도 않았고. 골목마다 사람이 가득가득 차 있던, 노숙자마저 서로 몸을 부대끼며 살던 시절이었지. 그녀가 아니었으면 나는 그 창고에서 누나의 고름을 받으며 죽었을 거야. 굶어서. 인간들이 짐승의 살을 우아하게 썰어 먹고 있을 때."

그녀.

그에게서 처음 들어 보는 단어였다. 인간을 지칭하는 단어는 아니리라. 그는 단 한 번도 인간을 그런 식으로 다정하게 입에 올린 적이 없었다. 난주를 부를 때에도 마찬가지였다. 그는 다정하려고 노력했지만, 결코 난주를 다정하게 대하지 못했다. 난주는 벽면을 타고 올라가는 거미를 주시했다. 거미는 들어갈 곳을 찾는 듯 멈춰서 벽지를 훑었다. 그러다 이내 벌어진 벽지 틈으로 몸을 숨겼다.

"똑똑하게 살아남으라."

"…."

"그녀가 해 준 말이야. 멍청하게 굴어서 파멸하지 말고 똑똑하게 굴어서 살아남으라고. 살아남아 있다는 것이 강하다는 것을 증명하는 유일한 방법이니까. 너도 그렇게 생각하지? 아무리 지독했던 인간이라도 죽으면 다 끝이잖아. 산 사람의 기억 속에 기생충처럼 들러붙어 존재하는 게 전부잖아."

난주는 대답하지 않았다. 그는 아무렴 상관없다는 듯 말을 이어 나갔다.

"나한테 이걸 알려 준 게 그녀야. 인간은 내버려 둬도 알아서 죽는다는 것도, 우리가 손쓰지 않아도 자기들끼리 죽인다는 것도 전부 그녀가 알려 줬어. 분노는 내 몸을 갉아먹는다는 걸, 그러니 인간보다 더 우월한 우리가 구태여 인간을 분노로 삼아 제 살을 깎을 필요가 없다는 걸 말해 줬어. 얼마나 고마운 말이야. 내가 나락으로 빠지지 않도록 구제해 줬으니까. 은인이지. 은인이야. 정말로 그녀는 내가 여태껏 살아오며 만난 유일한 구원이야. 하지만 그와 동시에 그녀는, 내 삶에서 최악의 존재야. 잊고 싶고, 버리고 싶고, 죽이고 싶은 기억으로. 여러모로 대단한 자야. 나를 살린 자가 나를 죽인 것이나 다름없으니까. 그 두 자리를 혼자서 전부 차지할 수 있다는 게 늘 신기해. 원망은 한 가지에만 골몰하게 만들고, 그렇게 멍청해지고 말겠지. 그럼 결국 파멸을 향해 가는 거니까."

"당신한테 정말 대단한 사람이었나 봐."

그는 망설임 없이 고개를 끄덕였다.

"우리 가족을 구해 주고 보살펴 줬으니까. 우리는 서로에게 피해를 주지 않으려고 노력해. 각자 자리 잡은 터에서 평생 살며 평화롭게 균형을 유지하지. 좋게 말하면 그렇다는 거고, 나쁘게 말하면 각자가 어떤 상황에 부닥쳤든 철저히 외면한다는 말이야. 괜히 끼어들었다가 같이 변이라도 당하면 개체 수가 부족해져서 종족 유지에 불리해지니까. 그런데 그녀는 그런 걸 무시하고 우리를 도와준 유일한 존재야. 왜 못 본 척 지나치지 못했느냐고 물으니까 이렇게 대답을 하더라고. 글쎄. 글쎄…"

단어를 반복해 중얼거리는 목소리에 난주가 고개를 돌려 그의 얼굴을 바라보았다. 그의 시선은 여전히 허공을 향해 있었다.

"남다르다는 것이 좋은 게 아니라는 걸 그때 알았더라면 좋았을 텐데. 왜 다르다는 건 그토록 매혹적일까. 다르다는 건 양날의 검. 나를 지킬 수도, 나를 찌를 수도 있는데. 속수무책으로 그 다름을 끌어안아 버린 거야, 내가. 결국 찔렸어. 중상이야. 아직도 떠올리는 것만으로도 여기가 아파."

그가 자신의 배와 가슴을 크게 문질렀다.

"배신당한 타격이 컸구나."

"그걸 배신이라고 해도 될까? 네가 한번 판단해 볼래?"

"그래. 말해 봐."

난주는 그가 이 이야기를 꺼낸 저의가 궁금해졌다.

"그녀를 따른 지 한 세기 정도가 지났을 무렵이었어. 그사이 인간과 우리 사이에 규율을 만들 거라는 말이 오가기 시작했고 우리는 더 안으로, 더 어둡고 눅눅한 곳으로 들어가고 있었지. 불만이 이만저만이 아니었지만 우리는 서로에게 피해 주지 않기 위해 참았어. 아마 그랬을 거야. 나 역시도 그랬으니까. 이렇게라도 균형을 유지할 수 있으면 된 거라고 그녀가 말했어. 그녀는 우리의 중심이었고, 우리는 모두 그녀의 말을 따랐어. 그녀가 괜찮다고 했기에 우리는 전부, 그 억압과 불합리를 괜찮다고 생각했어. 그녀의 판단이 옳아. 불합리했지만 지켰어야 했지. 그때는 이미 개개인이 집단을 이길 수 없는 상황이었으니까. 우리의 존재가 세상에 밝혀지면 인간들은 겁먹기보단 이용했을 테지. 우린 속박되고 착취되고 이용되며 그렇게 도구로 전락했을 거야. 그러니 그녀도 불합리하다는 걸 알면서도 동의했겠지. 그것이 최선이자 차악이자 마지노선이었으니까. 우리 종족을 지키려는 최후의 수단. 설령 자유를 포기하는 한이 있더라도, 제 손으로 목에 족쇄를 채우는 일이더라도. 더욱이 그녀는 제 손으로 모든 형제의 목에 족쇄를 채운 셈이야. 그래서 나는 말이야, 다른 형제들은 어떻게 되든 솔직히 별 관심 없었어. 오로지 그녀를 따르겠다는 마음뿐이었지."

"그렇게 믿었던 존재라면 큰 타격을 받았다는 게 이해는 가는데. 형제들을 배신했어?"

"죽였어."

난주가 입을 다물었다.

"목을 비틀어 죽였어. 손톱에 가죽이 박힐 정도로 세게 쥐어서."

"그 형제가 잘못한 건 아니고?"

"했지. 인간을 해하려고 했거든. 그녀가 사랑했던."

"사랑?"

입으로 내뱉으면서도 난주는 그 단어가 낯설었다. 그가 고개를 끄덕였다.

"아주 어린 여자애였지. 내 눈에는 갓 태어나 걸어 다니는 기린처럼 보였어. 그냥 내버려 둬도 알아서 도태되고 죽어 버릴 것 같았거든. 버려져 이곳까지 왔으니까. 나는 그런 인간들을 많이 봐 왔어. 뿌리가 불안한 자들은 쉽게 날아가지. 자유로워 보이겠지만 언젠가 말라 비틀어져 죽고 말지. 어떻게 둘이 만났는지는 모르겠어. 하지만 그녀는 그 애를 꽤 많이 아꼈어. 내가 알아. 내가 언제나 그녀의 곁을 지켰으니까. 그래서 나는 가끔 그게 궁금하더라고. 도대체 언제, 어디서 만났을까. 하지만 이런 고민은 늘 늦지. 늦는 건 부질없어. 시간만 까먹을 뿐이야. 어쨌거나 어느 순간 그녀는 그 애를 만나러 갔어. 자주. 나는 알고 있었지만 입을 다물었어. 인간은 우리의 적이 아니야. 가끔 서로 물어뜯을 수는 있지만, 직접 소통이 가능한 몇 안 되는, 어쩌면 서로에게 유일한 종족이지. 모든 인간이 우리에게 적대적인 것도 아니었어. 우리가 안으로 숨어 들어가기 전까지는 협동적인 관계도 많았으니까. 유난스럽지 않았어. 적어도 나는 그렇게 생각하려고 노력했어. 하지만 모두가 나 같지는 않았던 거지. 그게 비극이었던 거야. 이제 인간과 좋은 관계를 맺는 게 이상해진 시대에, 인간을 사랑했다는 게. 모든 건 타이밍인 것 같아. 시대가 어떻게 바뀔지 알 수 없으니까. 분명 잘못된 게 아니었는데 어느 순간 잘못된 게 된다는 거."

"그 사실을 알게 된 자를 죽인 거야?"

"응. 그 애를 죽이자고 했으니까. 그 녀석은 멍청했어. 그녀가 그 애를 죽이기 위해 접근한다고 생각했거든. 그녀는 몇 번 경고했지만 그 녀석은 결국 선을 넘었어. 생생한 인간의 피를 맛보고자 하는 본능적이고 안쓰러운 욕구를 참지 못해서 죽였거든, 결국."

"그 애를?"

"아니, 그 애를 기다리다 만난 다른 인간을."

"다른 인간?"

"응. 다른 인간. 그런데 거기서 느꼈던 거야. 그 애를 정말로 죽이려고 했던 욕망을. 그러니 가만둘 수 없었겠지. 그래서 죽였어. 우리의 형제를. 인간이 열망하는 불사와도 같은 그 기나긴 생명을 단번에 끊어 버렸어."

난주는 '그녀'가 형제를 죽여서 원망하는 것으로 받아들였다. 충분히 그럴 만한 이유라고 생각했다. 하지만 그의 입에서 나온 이유는 전혀 달랐다.

"그래서 그녀가 쫓겨났어. 모두가 그녀를 따랐는데, 한순간에 추방됐어. 누구도 그녀의 이름을 이제 올리지 못해. 나는 내가 가장 아꼈던 이가 쫓겨나고 내 마음이 부정당하는 상황을 겪어야 했지. 고작 인간 여자애 하나 때문에."

그가 원망하는 대상은 그녀가 아니라 '그 애'였다. 자신이 존경하던 그녀를 집단에서 쫓겨나게 만든 아이. 그는 말을 멈추고 한동안 생각에 빠졌다. 그러다 홀로 웃음을 터트렸다. 난주는 왜 웃는지 묻지 않았다. 단지 본인이 느끼고 있는 불안의 형체를 찾으려 골몰했을 뿐이다. 그는 과거를 회상하는 것 같기도 했고 앞으로 일어날 일을 예고하는 것 같기도 했다. 그는 이토록 자세히 자신의 과거를 이야기한 적이 없었다.

"네가 내게 부탁했듯이 강한 증오는 파멸을 원하지. 그것도 우연한 사고가 아니라 철저한 계획하에 이루어진, 파멸하는 자가 그 이유를 정확하게 알 수 있는. 아버지가 죽던 순간에 네가 두 눈을 마주쳤던 것처럼."

"갑자기 그 이야기는 왜 꺼내는 거야?"

난주가 발끈했다. 그는 여유롭게 웃었다.

"그 이야기를 꺼내면 나를 조금 더 잘 이해할 것 같아서?"

그 순간, 난주는 그 애가 살아 있으며 그는 그 애를 죽이고 싶은 충동에 휩싸여 있다는 것을 알 수 있었다. 그 애는 살아 있다. 살아 있다는 걸 원래부터 알고 있었는지, 아니면 이제야 발견했는지는 알 수 없으나 중요한 건 그가 이제 그 애를 죽이려고 한다는 점이었다.

그가 그만 자리에서 일어나 창틀에 올라섰다.

"이제 정리하고 이곳을 떠나야겠어. 한곳에 너무 오래 머물렀어."

난주는 자신은 어찌 되는 거냐고 묻고 싶었다. 당신이 이곳을 떠날 때, 자신도 함께 가는 것인지 묻고 싶었다. 떠날 거라면 으레 상대방에게 정확한 시기를 알려 주어야 하는 법이다. 하지만 그는 지금도 언제 떠날 것인지 난주에게 말하지 않는다. 마치 홀로 떠날 것처럼, 애초에 난주와 함께 이곳을 떠날 생각이 없었다는 것처럼. 그렇다면 난주는 이곳에 남는 걸까? 그는 몇 번이나 그의 종족이 인간에게 정체를 들키기를 꺼리고 자신들의 정체를 아는 인간은 죽여 왔다고 말하지 않았던가. 자신은 어떻게 되는 걸까. 하지만 난주는 이런 불안을 드러내고 싶지 않았다. 그래서 난주는 여느 때와 다름없는 주제를 꺼냈다.

"요구르트 주는 할머니 있잖아. 그 할머니는 건드리지 않는 게 좋겠어."

그가 물끄러미 난주를 쳐다봤다.

"아들이 해외에 있는 건 맞는데 매주 찾아오는 손님이 있어. 근래 병원에 계속 들락날락하는 형사야. 안 그래도 병원을 의심쩍게 생각하고 있는 것 같은데 화를 부르지 말자고."

아무리 그를 도와주고 있다 하더라도 난주는 난주 나름의 확고한 기준이 있었다. 억울한 죽음이 있어서는 안 된다는 것이다. 난주는 마구잡이로 희생자를 고르지 않았다. 찾아오는 사람이 1년 동안 단 한 차례도 없어야 했고 살아가는 것이 괴로운 자들이어야 했다. 주사를 놓을 때도 허공만 바라보고 있는 자들, 입맛이 없어 맨밥만 몇 입 먹고 마는 자들, 낮과 밤의 경계 없이 자고, 잘 때는 마치 죽은 듯이 숨소리도, 아주 작은 미동도 없는 그런 자들. 그러므로 안은심 환자는 애초에 기준에 맞지 않았다. 찾아오는 가족은 없었어도 자신의 삶을 우직하게 이끌고 나갔으므로. 어떻게 남들과 다를 수 있을까 늘 궁금했는데 이제야 이유를 알았다. 그 환자에게는 자식처럼 찾아오는 형사가 있었다. 그 전까지는 난주가 목격하지 못했을 뿐이다.

그는 한참 후 웃으며 대답했다.

"그래?"

그리고 떠났다. 난주는 바닥에 주저앉아 무릎을 끌어안았다. 고개를 숙인 후 천천히 숨을 몰아쉬었다. 온몸을 감싸고 있던 긴장감이 한순간에 풀리며 오한이 들기 시작했다. 몸이 주체할 수 없이 떨렸다. 그가 이곳을 정리하고 떠나려고 한다. 난주에게 남은 시간이 얼마 되지 않는다는 뜻이다. 이럴 줄 알았다면 처음부터 그와 깊은 관계를 맺지 않았을 것이다. 아니, 그것이 가능했던가? 그와 이 정도까지 관계를 맺지 않았다면 난주는 그때 이미 죽었을지도 모른다. 막대한 빚이 있고 혼자 살고 있었던 난주는 삶을 비관한 자살로 위장하기 딱 좋은 먹잇감이었으므로.

완다

경관이 집을 방문했을 때 완다는 자신의 가방을 들고 있을까 봐 마음을 졸였다. 다행히 경관은 완다의 얼굴을 보고도 기억해 내지 못했다. 완다는 2층 계단에 걸터앉아 경관과 모리스가 하는 이야기를 엿들었다. 경관은 아서가 사망한 시간에 모리스는 무엇을 하고 있었느냐고 물었다. 모리스는 여느 때처럼 클리에와 함께 가게에 있었다고 대답했다. 하지만 경관은 모리스에게 20분 동안 가게를 비웠다는 사실을 손님에게 들었다고 말했다. 모리스는 식자재를 구하기 위해 식료품점에 갔다고 대답했지만 경관은 그 말을 귀담아듣지 않는 듯했다.

완다는 두 사람의 대화가 불쾌했다. 모리스는 아서의 친구다. 체스를 두며 미래를 함께 이야기하는 친구였다는 걸 마을 사람들이 모두 알 정도였다. 완다는 종종 두 사람이 체스를 둘 때 그 옆에서 졸기도 했고 초콜릿을 먹으며 지켜보기도 했다. 체스는 대부분 아서가 이겼다. 만일 모리스가 아서를 죽인 거라면 동기는 체스일까. 아무리 생각해도 모리스는 아서를 죽일 사람이 아니었다. 완다는 당장이라도 경관을 내쫓고 싶었다. 슬픔을 온전한 슬픔으로 둘 수 없다는 사실에 화가 났다. 모리스는 왜 자신을 의심하는 경관의 말을 고분고분 듣고 있을까? 둘의 우정을 모함하는 것에 화를 내도 시원찮은 상황에 왜 자기변명을 하고 있을까? 아서가 알았다면 슬퍼했을 거라고 완다는 생각했다. 이대로 가다가는 모리스와 아서가 친구였다는 말이 죽은 단어가 되어 버릴 것만 같았다. 완다는 계단을 쾅쾅 밟고 올라가 방문을 세게 닫으며 들어갔다.

죽은 아서를 보고도 흐르지 않았던 눈물이 이제야 비집고 흘러나왔다. 완다는 침대에 누워 이불을 뒤집어쓴 채 울음소리가 새어 나가지 않도록 입술을 꽉 깨물었다. 경관을 대하던 모리스의 태도가 완다에게 상처로 남았다. 모리스는 범인처럼 굴었다. 물론 모리스가 그렇게 굴었다고 해서 정말 범인일 수도 있겠다고 생각하는 것은 절대 아니나, 완다가 보기에 그 모습은 비굴하고 나약했다. 완다가 알던 모리스가 아니었다.

낯선 모리스의 모습에 완다는 무섭고 서러워졌다. 릴리와 만나기로 한 시간이 다 되었음에도 완다는 여전히 이불 속에 웅크려 있었다. 시간이 그렇게 흘렀다는 것을 알아차리지 못했다. 어느 순간 바깥의 차가운 공기가 방 안으로 훅 들어왔다. 여린 손길이 이불 밑에 감춰진 완다의 등을 어루만졌다. 완다가 깜짝 놀라 이불을 젖혔다. 릴리가 침대에 걸터앉아 완다를 바라보고 있었다.

릴리는 능력을 잃어버린 카멜레온 이야기를 해 주었다. 낙엽층에만 머물던 카멜레온은 오랫동안 몸을 변화시킬 이유가 없어 능력을 쓰지 않다가 그렇게 능력을 잃어버렸다. 능력을 잃어버린 카멜레온에게 바깥세상은 너무 위험했다. 카멜레온은 그래서 낙엽층을 떠날 수 없었다. 죽을 때까지, 영원히. 그러니까 모리스는 경관 앞이었기에 어쩔 수 없이 그렇게 행동했다는 말이었다. 만일 모리스가 완다의 바람처럼 행동했다면 경관은 모리스를 폭력적이고 무례하다고 판단했을 것이고, 그러면 공권력으로 모리스를 체포했을 거라고. 모리스는 최악의 상황을 현명하게 피한 것이다. 릴리의 말을 듣고 나자, 완다는 전신을 뒤덮었던 낯선 두려움이 한 꺼풀 벗겨지는 기분이었다. 그렇다고 모리스를 완전히 이해하는 건 아니었다. 납득과 이해는 다르다. 완다는 모리스를 영원히 이해하지 못할 것만 같았다.

"하지만 아서와 모리스는 정말 친했어. 이 마을 사람들은 다 알 정도로. 모리스에게 그래서는 안 돼. 모리스도 그걸 듣고만 있어서는 안 됐어."

"그렇지만 친하다고 무죄를 증명할 수 있는 건 아니야."

세계를 넓혀 간다는 건 피부에 실을 꿰어 늘리는 과정이다. 피부가 두꺼워 찔러도 피 한 방울 나오지 않는 사람일수록 세계를 넓혀 가는 데 거침이 없다. 그들은 세계를 넓혀 가면서 동시에 빠른 속도로 세상에 적응한다. 세상을 이용하고, 세상을 지배하기도 한다. 많이 넓히려면 세세한 것은 지나쳐야 한다. 황무지나 불모지여도 상관없다. 풀 한 포기 살지 못하는 세계라도 개의치 않는다. 피부가 두꺼운 사람은 전체에서 몇 퍼센트 되지 않는다. 그렇게 큰 비중을 차지하지 않는다는 이야기다.

하지만 세상을 살아가는 어른들은 대부분 피부가 두껍다. 두꺼워졌다. 피를 너무 많이 흘려서 더는 흘릴 게 없어졌거나, 피를 흘리지 않으려고 타인의 가죽을 벗겨 제 몸에 덧발랐기 때문이다. 피부에 실을 꿰매 기이하게 늘어난 살가죽이 싫어 피부를 버린 이들도 있다. 붉은 근육을 적나라하게 드러내 남들이 쉽게 건드리지 못하게 하는 부류다. 이들은 자신을 만지지 못하게 하듯이 타인을 함부로 만지지 않는다. 타인의 피부를 함부로 벗기지 않는다. 세계 바깥에 서서 피와 가죽으로 범벅된 끔찍한 세계를 바라볼 뿐이다. 그러니, 어른이 되려는 소녀와 소년은 피부에 바늘을 찔러야 한다. 한 땀, 한 땀씩 오랜 시간에 걸쳐 아주 천천히. 바늘이 들어가는 순간은 선명하다. 다른 기억보다 오래간다. 세계를 넓힌다는 것은 원래 아픈 것이다.

완다는 단호하게 말하는 릴리가 원망스러웠다. 카멜레온은 그 상황을 피하기 위해 색을 바꿨을 뿐이다. 겉은 속이 아니다. 겉과 속은 다를 수 있다. 속은 본인이 아닌 이상 아무도 알 수 없다. 완다는 바늘 하나를 꿰어야 한다. 모리스가 아서를 죽였을 수도 있다는 가정의 바늘이 아니다. 사람이 사랑하는 사람도 죽일 수 있다는, 믿고 싶지 않은 진실이다.

"사랑은 가장 비열한 변명이야, 완다."

"그런 사람은 아직 본 적이 없어. 사람은 사랑하는 사람이 죽었을 때 슬퍼해."

"자신이 죽이고 슬퍼하기도 해."

"왜?"

"사랑하는 사람이 눈앞에 죽어 있으니까."

"그럼 도대체 왜 죽이는 건데?"

"다 말해 줄 수 없을 만큼 이유가 너무 많아."

사랑은 사랑으로 머물지 않는다. 사랑은 익숙함이 되고, 배신이 되고, 그리움이 되고, 원한이 되고, 편안함이 되고, 증오가 되고, 버팀목이 되고, 파괴자가 된다. 사랑은 이 세계에 존재하는 단어의 개수만큼 그 모습을 바꿀 수 있다. 억압과 자유, 진실과 왜곡, 숭배와 혐오. 이 모든 걸 전부 끌어안는 것이 사랑 그 자체다. 사랑은 사랑이라 혐오마저도 끌어안는다. 완다가 모리스를 믿고 있는 것도 사랑이며, 릴리가 완다에게 사랑의 실체를 알려 주는 것도 사랑이다.

완다는 이불로 몸을 감싼 채 자리에 앉았다. 그렇다면 버린 것도 사랑일까. 너무 싫어서가 아니라 너무 사랑해서가 이유라면 완다는 어쩐지 괴물의 두 얼굴을 이해할 수 있을 것 같았다. 이제 완다가 제 살에 바늘을 꿰어야 하는 차례가 오고 있었다. 모리스가 아서를 죽였을 수도 있다는 실이 매달린 바늘로.

릴리는 완다의 속을 훤히 들여다보고 있는 것처럼 입을 열었다.

"내 말이 그렇다는 거지 정말로 모리스가 아서를 죽였는지는 아직 아무도 몰라. 단지 '절대 그럴 리 없다'는 존재하지 않는다는 말이야."

"그럼 누군가는 내가 죽였을 거라고 생각할 수도 있겠네."

"있을 수도 있겠지만 굳이 그러지는 않을 것 같은데. 그런 걸 시간 낭비라고 하니까. 너는 성인 남자의 목을 잔인하게 찢기에 조금 부족해 보여. 용의선상에 올라간다고 하더라도 맨 마지막쯤에 있겠지. 보이지도 않을 만큼 저 멀리 아래쪽에."

완다는 줄지어 선 용의자들 중 가장 끝에 서 있는 자신을 상상했다. 앞에 선 사람들이 전부 범인이 아니라는 게 밝혀지면 언젠가 자신을 찾아올 수도 있을까. 그때는 경관이 완다의 잃어버린 가방을 증거로 들고 와 아서가 가방을 훔쳐 간 줄 알고 범행을 저지른 거 아니냐고 추궁할지도 모르겠다. 그렇게 생각이 어느새 가볍고 우스꽝스럽게 흘러갔다. 몸을 감쌌던 낯선 불쾌감도 사라졌다. 릴리의 말은 잔인했지만 완다를 빠른 속도로 진정시키는 데 효과적이었다. 완다는 스스로 조금 더 성숙해진 듯한 느낌을 받았다.

1층에서는 아무 소리도 들리지 않았다. 경관의 목소리도, 모리스의 기척도 없었다. 집에는 완다와 릴리뿐이었다. 모리스가 외출 전 자신의 방에 들르지 않았다는 사실이 의아했지만 깊이 생각하지 않았다. 친구를 살해한 범인으로 몰린 상황에 모리스도 힘들 테니까. 완다는 새하얀 릴리의 맨발을 보고자리에서 일어났다. 릴리는 추위를 느끼지 않겠지만 릴리의 맨발을 보고 있는 완다가 추우니까. 서랍에서 짙은 노랑 양말을 꺼냈다. 목이 긴 양말이었다. 양말을 건네받은 릴리는 자신에게 이걸 왜 주는지 도통 모르겠다는 표정이었다. 완다는 선물이라고만 말했다. 너와 잘 어울릴 것 같다는 말도 덧붙였다. 선물을 준다는데 뺄 필요 없으므로 릴리는 곧 웃으며 고맙다고 말했다. 초록색 바지에 노랑 양말을 신으니 릴리는 꼭 먼나라의 요정이 된 것 같다고 웃으며 말했다. 완다는 자신이 제일 아끼는 양말이라는 말은 굳이 하지 않았다. 정말 아껴서 작년에 클리에에게 선물받은 이후로 한 번도 신지 않았다는 것도. 그 말이 릴리에게 부담이 될 것 같았다.

개솔송나무 숲에는 회색늑대 다섯 마리가 살고 있었고 또다시 눈이 오고 있었다. 겨울의 마지막 눈을 쥐어짜는 듯 함박눈이 퍼부었다. 릴리는 회색늑대들이 눈치채지 못하도록

아주 조용히 개솔송나무 가지에 올라섰다. 성당 시계탑보다
도 높은 높이에 완다는 눈을 감고 릴리의 어깨를 더 세게 끌
어안았다. 나무는 바람에도 쉬이 흔들릴 것처럼 위태로웠다.
하지만 릴리는 나무 몸통을 붙잡고 여유롭게 서 있었다. 괜찮
아, 안 떨어져. 릴리가 말했다. 완다가 눈을 감고 있는 걸 안다
는 듯이. 완다는 한쪽씩 천천히 눈을 떴다.

　동그랗고 큰 달과 비죽비죽 솟은 개솔송나무, 그 가지에
얹힌 회색빛 눈. 끝없이 펼쳐진 숲. 완다는 숨을 크게 들이켰
다. 차갑고 투명한 공기가 커다란 기포처럼 삼켜졌다. 와, 하고
탄성을 내지르려다 황급히 입을 다물었다. 다행히 회색늑대
는 귀만 쫑긋 세우며 주변을 둘러볼 뿐 도망가지는 않았다. 완
다가 속삭였다.

　"회색늑대는 사라졌다고 그랬는데."

　회색늑대는 50년 전 프랑스에서 완전히 모습을 감췄다. 그
렇다고 들었다. 동물 사전 속 회색늑대를 가리키며 보고 싶다
고 했을 때 모리스가 말해 주었다. 왜 사라졌느냐고 물었더니
모리스는 프랑스가 마음에 들지 않아서 멀리 떠났나 보다 하
고 두루뭉술하게 대답했다.

　"많이 줄었지만 계속 있어. 인간들에게 들키지 않기 위해
숨어 살고 있는 거야."

　"인간이 싫은 거구나."

　사라졌다고 말하는 것들은 사실 다 저렇게 숨어서 살고

있는 게 아닐까. 인간이 싫어서. 그러니까 그냥 인간들이 볼 수 있는 세상에서만 사라진 것인데 인간은 이 세상을 다 안다고 착각해서 사라졌다고 떠들어 댔던 거 아닐까. 그런 생각이 들자 이 세계에 사는 다른 존재들이 멋있게 느껴졌다. 인간을 피해 숨어서 산다니. 그만큼 똑똑하고 멋지다니. 회색늑대는 인간과의 술래잡기에서 완전히 이긴 셈이었다.

"언젠가 인간들도 회색늑대라는 단어를 잊어버릴까?"

"단 한 사람이라도 기억하고 있다면 잊히지 않을 거야."

회색늑대들은 천천히 걸음을 옮겼다. 펑펑 내리는 눈이 회색늑대들의 발자국을 덮었다. 완다는 회색늑대들이 영원히 인간에게 들키지 않기를 바랐다. 회색늑대가 사라졌다고 인간들이 슬퍼하든 말든 회색늑대들끼리 이 세계 어딘가에서 잘 살고 있기를.

둘은 나란히 숲을 걸었다. 숲은 적막했다. 완다는 릴리에게 거울 속에 사는 괴물 이야기를 해 주었다.

"나는 가끔 거울에서 괴물을 봐. 그렇지만 자주 보이지는 않아. 요새는 거의 나타나지 않았고. 점점 사라지는 이유를 알 것 같아. 내가 조금씩 괴물을 이해하고 있어서야."

그러자 릴리는 완다에게, 한국 이야기를 해 주었다.

완다도 한국에 대해 알고 있다. 한국은 분단국가이고 수도는 서울이다. 전통의상은 한복이고, 국보 1호는 숭례문이고, 땅 모양이 호랑이를 닮았다. 그리고 한글을 쓴다. 유명한 인물로는 세종대왕, 이순신이 있다. 한국이라는 나라에는 관심이 없었지만 완다에게 한국을 알려 줘야 한다는 사명감으로 밤낮없이 공부한 클리에 때문에 어쩔 수 없이 배웠다. 하지만 그렇게 배워 봤자 완다에게 한국은 지도 속 다른 나라들과 별다를 거 없이 납작한 점에 불과했다. 어쩌면 한국을 정말 특별하게 여기는 쪽은 자신이 아닌 클리에라고 완다는 생각했다. 완다는 한국에서의 기억이 없지만 클리에에게는 있었고, 클리에는 그곳에서 완다를 만나지 않았던가. 클리에는 완다가 언젠가 한국에 한 번쯤 가 보기를 소망했지만 완다는 가고 싶지 않았다. 별로일 것 같았다.

"따뜻하고 소란스러워. 뭐랄까 거리에서 온통 고소한 냄새가 나. 어느 집을 들어가든 고소한 냄새가 나는 맛있는 음식을 먹을 수 있을 것 같아."

하지만 릴리가 말하는 한국은 생소하고 흥미로웠다.

"벌써 20년이 지났으니 더 많이 바뀌었을 수도 있지만 기회가 된다면 다시 한번 가고 싶어."

릴리는 프랑스, 독일, 오스트리아, 슬로바키아, 우크라이나, 러시아, 카자흐스탄, 중국, 미얀마, 태국, 캄보디아를 거쳐 베트남으로 갔다. 그 당시 베트남은 내전 중이었다. 폭격과 공습, 포격, 대량 살상 무기, 화학무기 등이 무차별적으로 사용되었던 혼란과 죽음의 땅이었다. 군인과 민간인을 구별하지 않은 공격이었다. 밟는 곳마다 시체와 지뢰가 있던 땅. 완다는 왜 그곳에 갔느냐고 묻지 않았다. 묻지 않아도 이유를 알 것 같았고, 그 말을 직접 듣고 싶지 않았다.

릴리는 그곳에서 한국에서 온 파병군을 만났다. 대열에서 낙오된 한국인 다섯 명. 습지를 돌아다니며 애타게 아군을 찾고 있는 그들을 다른 뱀파이어들과 함께 뒤쫓았다. 그리고 때를 노렸다. 언제 덮쳐도 상관은 없었지만 되도록 힘을 가장 덜 쓸 수 있는 때를. 배고픔과 두려움에 지쳐 비명을 지를 기력도 없어질 때까지. 그래서 죽였느냐고 완다가 묻자, 릴리는 고개를 저었다. 완다는 자기도 모르게 안도의 숨을 훅 뱉었다. 릴리는 뿔뿔이 흩어져 도망간 다섯 명 중 한 명을 쫓아갔다. 그 애는, 그러니까 릴리가 보기에도 너무 앳되어 보였던 그 소년은 바보같이 릴리가 자신들을 덮친 괴물 중 하나라는 걸 알아차리지 못했다.

소년은 바위 뒤에 숨어 있다가 릴리를 발견하고는 얼른 이리 오라고 손짓했다. 소년은 릴리가 근방에 사는 민간인인 줄 알았던 것이다. 근처에 위험한 적군이 있으니 조심하라고 충고하는 모습을 보고, 릴리는 입맛이 떨어졌다고 솔직하게 말했다. 둘은 30분가량을 그곳에 함께 있었다. 소년은 몇 살일까. 인간의 나이는 정말 가늠하기가 힘들다고 릴리가 투덜거렸다. 그렇지만 그 소년은 정말 어려 보였다고, 그곳에 있으면 안 될 만큼 어려 보였다고 릴리는 반복해 말했다.

"그래도 그 애는 너를 만나서 살 수 있었네."

"아냐, 죽었어. 동료를 전부 잃고 혼자 빠져나가다가 총에 맞았어."

한국으로 갈 때에는 남중국해를 가로지르는 밀항선을 탔다고 했다. 혼란한 시기를 틈타 한국으로 밀입국하려는 베트남 사람 30여 명이 탄 배였다. 릴리는 홀로 한국으로 향했다. 만일 그때 그 배에 릴리 외에 다른 뱀파이어가 타고 있었다면 그 배는 텅 빈 채로 한국에 도착했을 거라고 웃으며 말했다.

릴리는 소년의 복주머니를 전해 주기 위해서 한국에 갔다. 30분 남짓한 시간 동안 릴리가 두려움에 떨고 있을까 봐 주절주절 끊임없이 말하던 소년. 소년은 상의에 감춰 두었던 손바닥 크기의 복주머니를 보여 주었다. 릴리는 그것이 무엇인지 어렵지 않게 눈치챌 수 있었다. 어머니가 주신 거구나. 살아서 돌아오라고. 릴리는 그 복주머니를 담장이 없는 집 창틀에 올려 두었다.

"그 집이 그 애 집인 건 어떻게 알았어?"

"그 애에게 붙어 있던 번호를 외웠거든. 그 덕분에 한국 가서 찾아볼 수 있었어."

완다는 창틀에 놓인 복주머니를 발견하는 어머니를 상상했다. 울었을까. 아니면 그제야 웃었을까.

서울은 개미굴 같다고 했다. 거리에는 인력거나 소를 끌고 가는 사람, 가득 깔린 노점상, 시커먼 매연을 내뿜고 가는 자동차가 뒤엉켜 있고 아이들은 끈으로 연결한 판자나 봇짐을 들고 그 사이를 뛰어다닌다고 했다. 시끄럽고 소란스러웠는데 활기차고 정겨웠다. 완다는 릴리가 말하는 한국이, 자신이 태어났다는 그 나라가 어떤 곳인지 도통 상상이 되지 않았다.

"너도 언젠가 기회가 되면 꼭 가 봐."

그러고 싶지 않았다. 기회가 생긴다고 하더라도 굳이 가고 싶지 않았다. 하지만 완다는 한참 뒤에 고개를 끄덕였다. 어쩔 수 없다는 듯이. 릴리가 말했으니 시도라도 해 보겠다는 듯이.

릴리와는 집 앞에서 헤어졌다. 완다는 릴리에게 손을 흔들며 물었다.

"사랑하는 사람이 죽길 바라는 사람이 정말로 세상에 있을까."

사랑하는 사람이 죽는 것은 어떤 기분일까. 아서가 죽었을 때보다 더 슬프겠지. 그런데 어떻게 그 사람을 죽이기까지 할 수 있을까. 그건 아주 작은 유리병에 갇힌 밀도 높은 사랑이었을까. 버티고 버티다 상대방을 깨트려 버리고 마는. 완다는 릴리가 빈말이라도 없다고, 그러니 신경 쓰지 않아도 된다고 말해 주기를 바랐다. 하지만 릴리는 오래 살아서 그런지 고집이 셌다. 클리에가 그랬다. 오래 산 것들은 고집이 세다고. 삶을 버티기 위해 뿌리박힌 아주 강한 무언가를 가지고 있다고.

"응."

완다는 돌아가는 릴리의 모습을 바라보다 집으로 들어갔

다. 옷을 벗고, 샤워를 하고, 잠옷으로 갈아입는 동안에도 완다는 사랑하는 사람이 사랑하는 사람을 죽이는 장면을 상상했다. 하지만 클리에가 모리스를 죽이는 것이나 그 반대의 경우는 상상조차 되지 않았다.

침대에 걸터앉아 잠옷 단추를 채우던 완다는 문득 릴리에게 사냥총을 겨누는 자신을 상상했다. 그림자 하나가 방을 훑었다. 달빛이 만들어 낸 그림자였다. 완다는 웃으며 뒤돌았다. 릴리가 다시 온 것이라 생각했다. 하지만 창문에는 아무도 없었다.

수연

수연을 막은 건 순경들이었다. 떼어 내려고 하면 할수록 그들의 손이 끈질기게 달라붙었다. 울컥 화가 치밀었지만 수연이 할 수 있는 행동이라고는 가까이 닿기 위해 발버둥 치는 일뿐이었다. 그 순간 그들에게 수연은 현장을 관찰하고 파헤쳐야 할 형사가 아니었다. 이 현장에서 가장 보호받아야 하는 위태로운 존재였다. 평소 시체 근처에는 가지도 않고 멀찍이 떨어져 쳐다보기만 하던 찬태가 오늘은 수연 대신 폴리스 라인을 넘었다. 찬태가 수연의 어깨에 묵직한 손을 올렸다가 지나쳤다.

수연은 그곳을 바라봤다. 흰 천을 들어 올리는 찬태의 행동에 질끈 눈을 감았다. 하지만 봐야만 한다. 두 눈으로 봐야만 죽음이 남긴 잔상을 발견할 수 있었다. 수연은 손톱이 살을 파고 들어갈 정도로 주먹을 꽉 쥔 채 눈을 떴다. 시선이 찬태의 등과 애먼 콘크리트 사이를 방황했다. 가슴이 답답해졌고 속이 울렁거렸다. 식은땀 한 줄기가 이마에서 흘러내렸을 때, 수연은 찬태 너머로 콘크리트 위에 누워 있는 은심 할머니를 보았다.

왜 차디찬 바닥에 누워 있을까. 겨울이면 가게 평상에 전기장판을 깔았는데, 은심 할머니는 가장자리가 차갑다며 굳이 전기장판 중앙에 수연을 앉히고는 했다. 추운 데 앉으면 몸이 차가워져 소화도 안 되고 여기저기 결린다고 했던 사람이 당신이지 않느냐고, 아무리 서러워도 밥은 먹고 몸은 따뜻하게 해야 한다고 했으면서 왜 당신은 콘크리트에 누워 생을 마감해야 했느냐고, 떠나는 영혼이라도 붙잡고 묻고 싶었다.

하지만 그럴 수 없다는 걸 수연은 이미 잘 알고 있었다. 누군가를 떠나보낸 사람 중 그 누구도 떠난 이와 대화하지 못하므로. 그러니 수연이 해야 할 일은 은심 할머니가 남긴 흔적을 찾는 것이었다. 수연이 천천히 순경들의 손을 떼어 냈다. 들러붙어 떨어지지 않을 것 같던 손이 쉽게 떨어졌다.

은심 할머니가 늘 곱게 빗어 묶었던 머리칼은 피와 뒤엉켜 덩어리처럼 고여 있었다. 수연의 발 앞까지 검붉은 피가 뻗어 있었다. 콘크리트에 채 스며들지 못할 정도로 많은 피였다.

수연이 시체 옆에 무릎을 꿇고 앉았다. 찬태가 수연의 이름을 불렀지만, 수연은 아랑곳하지 않고 은심 할머니의 눈을 감겨 주었다.

수연은 한동안 그곳에 앉아 있었다. 형사도, 유족도 아닌 자격으로.

캐나다 토론토에 살고 있다는 아들은 곧바로 출발해도 발인 직전에야 도착할 수 있다고 말했다. 그 말은 마치 오지 않아도 된다고 말해 주기를 바라는 것처럼 들렸다. 오기 힘드시냐고 돌려 물었다. 아들은 머뭇거리다가 아니라고 대답했다. 그렇게 통화를 마쳤다. 수연은 쥐고 있던 상주 완장을 곱게 접어 상주 자리에 올려 두었다. 그곳은 수연의 자리가 아니었다.

잠시 밖에 나갔던 찬태가 봉지를 들고 돌아왔다. 봉지 안에는 우유와 빵이 있었다. 찬태는 우유 입구를 개봉해 수연의 앞에 내려놓고는 따라 앉았다. 수연은 향이 조용히 타들어 가는 모습만 멀거니 바라봤다.

"보니까 친할머니는 아니더라."

수연이 고개를 돌려 찬태를 바라봤다. 찬태는 애꿎은 바지 밑단을 매만졌다.

"그래서 저것도 안 차고 있는 거지?"

찬태가 턱으로 완장을 가리켰다.

"저 할머니 그분이지? 은경이도 알던."

수연이 작게 고개를 끄덕였다.

"원래 가장 슬픈 사람이 상주 하는 거다. 젊은 놈이 생각이 너무 고리타분하네. 빨리 저거 차."

찬태가 팔을 툭툭 건드렸지만 수연은 완장을 쳐다보기만 했다. 답답해진 찬태가 기어코 몸을 일으켰다. 수연이 곱게 접어 놓은 완장을 들고 와 우유 옆에 놓았다.

"경조사 휴가 직계가족만 되는 거 알지? 근데 이번에는 내가 힘 좀 써 볼 테니까 할머니 잘 보내 드리고 와."

"감사해요."

수연은 빵 봉지만 만지작거렸다. 수연의 어깨를 두드린 후 몸을 틀었던 찬태는 몇 걸음 가지 못하고 돌아봤다.

"수연아, 그리고 할머니 유서도 발견됐다."

빵 봉지를 만지던 손길이 멈췄다. 수연이 고개를 들어 찬태를 바라봤다. 찬태가 뒷머리를 벅벅 긁었다.

"그러니까 너무 신경 쓰지 말라고. 그게 할머니 뜻이었던 거니까."

편지에 어떤 내용이 쓰여 있었는지, 필체는 은심 할머니의 것이 확실한지 묻고 싶었지만 수연은 입술만 달싹거리다 끝내 입을 다물었다. 찬태는 대답 없는 수연을 지켜보다 말없이 몸을 틀었다. 그렇지만 그때 다시 수연이 입을 연 건, 지금이 아니면 영영 이 관계를 입에 올리지 못할 거라는 생각이 들어서였다.

"제가 다녔던 초등학교 앞에서 가게를 하셨어요."

찬태가 뒤돌았다. 수연이 접어 둔 완장의 주름을 펴며 말했다.

"그때 처음 알았어요. 저를 많이 챙겨 주셨어요. 특별히 저를 예뻐해 주셨던 거 같아요. 가족이랑 사이가 좋지 않아서 나쁜 생각을 했던 적도 많은데 그때마다 할머니가 위로해 줬거든요. 누구한테 인정받을 필요 없고, 어떤 상황에서도 폭력은 답이 될 수 없다는 걸 알려 주신 분이에요."

증명할 수 없는 관계는 이토록 서러웠다. 둘이 있어야만 과시할 수 있었던 깊은 인연 가운데 한쪽이 먼저 사라지고, 수연은 끊어진 끈을 손에 쥔 채 홀로 추억해야 할 거였다. 그러니 이번이 마지막이다. 이 장례식이 끝나면 수연은 어디서도 은심 할머니의 이야기를 꺼낼 수 없으리라.

"매일 요구르트 주면서 먹고 버티라고 했거든요. 버티면서 사는 거라고. 할머니 덕분에 제가 이렇게 컸어요."

"정말 좋은 분이었네."

"사람을 살린 분이죠. 빵 잘 먹을게요. 그리고 이것도 차려고요."

수연이 완장을 들어 보였다. 찬태가 웃으며 고개를 끄덕였다. 장례식장을 빠져나가는 찬태의 뒷모습을 물끄러미 바라보던 수연이 영정 사진으로 고개를 돌렸다. 지금보다 훨씬 젊었을 때 사진이었다. 재활병원에 입원하기 전에 찍었던 것으로,

그 당시 수연은 영정 사진을 왜 그리 성급하게 찍느냐고 은심 할머니를 나무랐다. 수연은 미리 찍어 두는 영정 사진이 께름칙했다. 사자使者를 부르는 부적처럼 느껴졌다. 그렇지만 은심 할머니는 조금이라도 더 젊을 때 영정 사진을 찍어 둬야 한다고 말했다.

'다 늙어 버린 사진 걸어 봤자 뭐 해. 이왕 가는 거 조금이라도 젊을 때 사진 걸어 두면 보는 사람도 좋지 뭐. 영정 사진이 마지막 모습이야. 행복하게 기억돼야지.'

은심 할머니가 옳았다. 고운 한복에 붉은 립스틱을 바른 채 웃고 있는 은심 할머니의 모습이 수연이 보았던 콘크리트 위 붉고 창백했던 모습을 뒤덮었다. 수연이 완장을 손에 쥔 상태로 무릎을 끌어안았다. 슬픔은 후회를 업고 땅거미처럼 조금씩 밀려왔다. 오롯이 혼자 있게 된 후에야 눈물이 쏟아졌다. 다리 사이로 눈물이 속절없이 떨어졌다. 수연은 미뤄 두었던 생각을 꺼내 와 조금씩 짚어 갔다.

은심 할머니는 재활병원의 여섯 번째 사망자가 되었다. 유서 역시 발견됐다. 익히 봐 온 수법이었지만 은심 할머니의 죽음은 이전과 달랐다. 붉고 선명한 혈흔. 으깨진 두개골 사이로 바닥을 흠뻑 적실 만큼 피가 새어 나왔다. 수연은 그 끈적끈적한 피를 밟고 섰다. 몸 어디에도 두 개의 구멍이 보이지 않았다. 지금까지와 다른 완벽한 자살이었다. 남은 자는 떠난 이에게 말을 걸 수 없다는 걸 알면서도 수연은 은심 할머니가 간절했다.

펜 끝을 꾹꾹 눌러쓴 유서들에는 억울하고 무서웠던 마지막 순간이 아니라 드디어 이 삶에서 벗어날 수 있다는 홀연함이 엿보였다. 수연도 그걸 알고 있었다. 알고 있지만 그것이 진실이라 믿지 않았을 뿐이다. 그들에게 죽음은 정말 구원이었을까. 무미건조했던 환자들의 표정을 떠올렸다. 이곳에서 지낸 세월만큼 검버섯이 깃든 얼굴, 탁해진 동공, 소리 내는 법을 잊은 입, 고사목처럼 야윈 몸. 생의 어느 시점에는 활기찼겠으나 이제는 숨 쉬고 있다는 사실 외에 존재 이유를 찾을 수 없게 된 사람들. 정말로 사는 게 고통이 된 자들이었다면 수연은 무엇을 위해 이 사건의 진실을 파헤치고 있는지 이제는 확신할 수 없었다. 괴로움은 쉽게 물러나지 않았다. 온몸을 휘감아 사람을 무기력하게 만들었다. 수연은 손가락 하나 까딱하지 않은 상태로 몇 시간 동안 자리를 지켰다.

아들은 발인이 시작되기 전에 도착했다. 전에는 본 적 없던 어린 자식이 함께였다. 아이들은 영정 사진 속 할머니를 낯선 눈빛으로 쳐다봤다. 그러다 여기가 재미있는 곳이 아니라는 걸 깨달았는지 다른 곳으로 가자며 칭얼거렸다. 아들은 수연에게 고마움의 표시가 담긴 돈 봉투를 내밀면서 아이들에게 조금만 참으라고 달랬다. 수연은 필요 없다며 사양했지만 아들은 마음의 표시라며 수연의 재킷 주머니에 돈 봉투를 넣었다. 죄책감을 덜어 내는 방식이 이토록 쉬워도 되는 것일까. 수연은 목젖까지 올라온 말을 애써 삼켰고, 돌아가는 길에 돈 봉투를 조문함에 조용히 넣어 두고 장례식장을 빠져나왔다.

해가 다 뜬 후에야 집에 도착한 수연은 씻지도 않고 침대에 엎드렸다. 잠은 쉬이 오지 않았다. 수연은 공간의 적막함을 느끼다, 몸을 웅크리며 이불을 끌어안았다. 난 자리가 아주 조금씩 부피를 키워 갔다.

이렇게 평생에 걸쳐 서서히 커질 것이다. 잊고 지내다가 어느 날 문득 버티기 힘들 정도로 서글퍼지는 날이 오겠고, 가끔은 이유도 없이 선명해지는 기억에 밤을 지새우게 될 것이다. 거대한 그리움 앞에서 한없이 작아지고 나약해지리라. 수연은 그 거대한 그리움을 이미 잘 알고 있지 않던가. 은경 선배는 일하다 보면 강해질 거라고 말했지만 선배가 틀렸다. 수연은 강해지지 않았다. 강한 척했던 것뿐이다. 강한 마음은 타고나는 것이지 단련할 수 있는 것이 아니었다. 강하다고 믿거나, 그렇게 착각하고 있을 뿐.

휴대전화 속 완다의 이름 근처를 손가락이 배회했지만 끝내 누르지 않았다. 완다도 알 것이다. 병원에서 또 누군가 죽었다는 것을. 그리고 죽은 이가 수연이 사랑해 마지않는 할머니였다는 것을.

자꾸만 뱀파이어의 손아귀에서 살기 위해 발버둥 치는 은심 할머니의 모습이 떠올랐다. 죽음보다 더 최악이 있을 수 있다는 가정이 괴로웠다. 그리하여 차라리 예사로운 죽음이 위안이 되었다. 모든 살인 사건이 그랬다. 후회를 느끼는 것도 부끄러웠다. 감정이 뒤섞여 마음이 무거웠다. 커튼 사이를 비집고 들어오는 햇빛을 바라보다가 자연스럽게 눈이 감겼다. 다시 눈을 떴을 때는 꿈에서 깬 상태였으면 좋겠다는 부질없는 소원을 빌었다. 두툼하고 거친 손으로 요구르트를 쥐어 주며 얼굴이 많이 야위었다고 잔소리하는 그 목소리가 듣고 싶었다.

침대에 누워 까무룩 잠이 들었다가 깨어나기를 반복했다. 커튼 사이로 비치는 빛이 태양 빛인지 가로등 빛인지 구분되지 않았다. 기력을 차릴 수 없었고 불가항력처럼 얕은 잠에 빠졌다. 슬픔의 무게는 무거웠다. 그것에 형체가 있다면 사람의 모습이었을 것이다. 똑같은 자세로, 발끝부터 손끝까지, 머리카락 한 올 남기지 않고 그대로 포개져 내리누르고 있으리라. 타르처럼 끈끈한 액체가 들러붙어 숨 쉬는 것을 의식하지 않으면 어느새 숨이 멈춰 있을 것 같은 기분…. 수연은 엎드려 잠이 든 순간에도 콧구멍에서 새어 나오는 뜨뜻미지근한 숨결을 손등으로 느끼고 있었다. 이 끈끈한 액체가 방 안을 다 채우기 전에는 일어나야지, 일어나야지 했다.

이렇게 있다가는 언제까지나 누워 있을 것만 같았고, 무기력으로 형태를 바꾼 슬픔에 완전히 잠식될 것 같았다. 누군가는 수연에게 며칠 더 쉬라고 말할 테지만 수연은 그럴 수 없었다. 할머니의 짐을 챙기러 가야 했다.

환자들의 시선이 전부 수연에게 꽂혔다. 수연은 상자를 고쳐 들며 잰걸음으로 병실로 들어갔다. 병실은 어두웠고 아무도 없었다. 창가 바로 옆자리였던 은심 할머니의 침대는 이미 시트를 전부 벗겨 놓은 상태였다. 수연이 침대에 걸터앉았다. 우체국에서 가져온 4호 상자가 무색할 정도로 은심 할머니의 짐은 초라했다. 겨울을 나기 위한 외투 몇 벌과 양말, 돋보기, 손수건 따위가 은심 할머니가 세상에 남긴 전부였다. 수연은 그것들을 차곡차곡 상자 안에 담았다. 유품을 챙겨 어디에 보관해야 할지는 아직 생각해 보지 않았다. 마땅히 아들에게 줘야겠지만 아들은 어영부영 유품을 받았다가 캐나다에 돌아가기 전에 전부 태울 것 같았다. 아들이 허락한다면 수연은 유품을 자신이 간직하고 싶었다. 좁은 집 한편에 놓아 뒀다가 시간이 지나면 집에 이 상자가 있다는 것도 어느 순간 잊겠지만 언젠가 사무치는 그리움이 밀려왔을 때 꺼내 보고 싶었다. 사물에 밴 채취가 전부 사라질 때까지.

짐을 다 챙긴 후에도 수연은 침대에 우두커니 앉아 있었다. 그 슈퍼만큼은 아닐 거라고 생각했는데 이 병실에도 어느새 추억이 깃들었다. 좋을 거라고는 하나 없는 이곳마저도 수연이 그리워할 공간이 된 것이다. 더 머물렀다가는 영원히 붙들릴 것 같아 수연은 양손으로 상자를 쥐고 자리에서 일어났다. 발에 무언가 밟혔다. 주홍색 털실과 줄바늘이었다. 수연이 상자를 침대 위에 올려놓고 무릎을 굽혔다. 침대 밑에는 반쯤 뜬 목도리와 털실이 있었다. 목도리를 쥐고 자리에서 일어났다.

'이번 겨울에 보니까 네 목도리가 다 상했더라. 예쁜 거 떠 주려고 하는데 내가 요즘 눈이 더 안 보여서 큰일이다. 지금부터 떠야 겨울 전에 끝내겠더라.'

"이번 겨울…."

수연은 촘촘하게 얽힌 털실을 한참 동안 매만졌다. 병실로 환자와 간병인이 들어왔다. 환자의 손에는 종이로 접은 해바라기가 들려 있었다. 환자를 침대에 눕힌 간병인이 환자의 손에서 종이 해바라기를 빼 선반 위에 올렸다. 수연의 집요한 시선을 느꼈는지 간병인이 힐끔힐끔 수연을 쳐다봤다. 수연이 문득 침대 아래를 살펴봤다. 이번에는 종이꽃이 보이지 않았다. 몸을 일으킨 뒤 간병인에게 물었다.

"그 해바라기요, 어디서 만들었는지 알 수 있을까요?"

"방금 수업에서요."

상자를 침대 위에 올려 두고 병실을 빠져나갔다. 7층 로비 벽면에 게시판이 붙어 있었다. 수연은 홀린 듯이 그 게시판으로 향했다. 게시판에는 이달의 식단과 전염병 방역 수칙, 면회 시간과 긴급 연락망, 그리고 귀퉁이에 '이달의 수업' 안내가 붙어 있었다. 노래 배우기, 그림 그리기, 성경 읽기….

"종이접기."

수업 시간표를 손가락으로 차례대로 훑다 종이접기 위에

서 멈췄다. 이번에는 손가락을 우측으로 이동시켰다.

"서… 난주."

담당 간호사 서난주.

자꾸 돌부리처럼 걸려 넘어지게 만드는 이름이다.

수연이 서둘러 상자를 챙긴 뒤 병원을 빠져나갔다. 주차된 자동차 뒷좌석 문을 열어 상자를 넣었다. 수연은 곧바로 운전대에 올랐다. 휴대전화를 켜 사진첩에 들어갔다. 찍어 둔 유서들을 훑었다. 은심 할머니의 유서를 제외한 다섯 장의 유서는 꽃이 핀 어떤 공간을 가리켰다. 천국과 저승을 묘사한다고 생각했다. 자살을 앞둔 사람들이 죽은 후의 세계를 끔찍하게 상상하지는 않을 것 같았으므로. 찬태에게 전화를 걸었다. 찬태는 어울리지 않는 나긋한 목소리로 수연의 이름을 부르며 전화를 받았다. 수연은 거두절미하고 본론부터 던졌다.

"은심 할머니 유서 찍어 둔 거 있죠? 그것 좀 저한테 보내 주세요."

"굳이 지금 봐서 뭐 해. 조금 더 찬찬히 시간 가지다가…."

"그런 거 아니니까 얼른 보내 줘요. 찍어 뒀죠? 설마 안 찍은 거 아니죠?"

"설마 내가 안 찍었을까!"

"그럼 얼른 보내 주세요. 확인할 게 있어서 그래요."

하지만 찬태에게서 보내 주겠다는 답이 바로 들려오지 않았다. 수연이 찬태를 다시금 불렀다. 수화기 너머로 찬태의 한

숨 소리가 들렸다.

"사진만 보내 주면 돼?"

"네."

"더 필요한 건?"

"없어요."

하지만 수연은 곧바로 말을 번복했다.

"아니, 혹시 며칠 더 쉴 수 있을까요? 이틀이나 사흘이면 되는데."

찬태는 난감한 듯 "사흘씩이나?" 하고 되물었다. 직계가족의 경조사도 아니었으므로 사실상 수연에게 줄 수 있는 휴가의 명목이 없었다. 수연도 그걸 알고 있었다. 그런데도 며칠 더 쉴 수 있겠느냐고 물은 것은 이런 방면으로 찬태의 마음이 약하다는 것을 잘 알고 있었기 때문이다.

"힘들면 괜찮고요."

"그럼 이렇게 하자. 재택근무로 하고, 무슨 일 생겨서 내가 연락하면 바로 출동하는 걸로. 이 정도는 해 줄 수 있지?"

"네, 당연히요. 감사해요, 선배."

"내가 너랑 일하면서 감사하다는 말을 다 듣네."

"그동안 선배가 감사할 짓을 안 했잖아요."

"끊어, 인마. 푹 쉬고."

통화가 끝나고 얼마 있지 않아 찬태에게서 사진 한 장이 도착했다. 수연이 휴대전화를 꼭 붙잡았다. 사진을 보려고 하자 덜컥 겁이 났기 때문이다. 운전대를 붙잡은 채 고개를 숙였다. 은심 할머니의 유서가 아니라 사건 증거자료일 뿐이라고 끊임없이 되뇌었다. 한편으로는 정말 증거자료일까 봐 두려웠다. 이것이 유서가 아니고 증거로 치환될 때, 그리하여 은심 할머니의 죽음이 자살이 아니고 살해로 판명된다면 수연은 분노를 조절할 수 없을 것만 같았다.

그렇지만 봐야 한다. 설령 분노가 몸을 휘감고 끝내 주체할 수 없어 스스로 목을 벤다고 해도 수연은 은심 할머니가 남긴 마지막 말을 봐야만 했다. 그것이 수연이 할 일이다. 남은 자들이 해야 할 몫이었다. 해가 기울어 붉은빛이 길게 늘어졌다. 그 빛에 수연의 정수리가 뜨거워질 때쯤 수연은 고개를 들었다. 찬태의 문자는 16분 전에 도착했다고 되어 있었다.

수연이 은심 할머니의 유서를 열었다.

요즘 정신이 몽롱했다.

살아 있다는 감각이 점점 희미해져서인 것 같다.

어렸을 적에 어머니가 잠에서 잘 깨어나라고 흑설탕을 물에 풀어 줬던 기억이 난다.

그 달달한 게 혀에 들러붙어 입맛이 싹 돌면 눈이 번쩍 뜨이고는 했다.

그러고 보니 한 십수 년간 그렇게 입맛 도는 음식을 먹어 본 적이 없는 것 같다.

먹는 즐거움이 살아가는 이유의 반이라고 했는데,

아무래도 그게 없어져서 내 삶이 의미를 잃은 것 같다.

그래도 요즘 꿈에는 어머니도 잘 나오고 맛있는 것도 많이 먹었다.

간호사 선생님 말이 틀린 것 같지 않다. 어머니가 자꾸 기다리고 있으니까

빨리 오라고, 보고 싶다고 막 손짓을 해 대신다.

아들은 장성해서 해외에 나가 살림도 꾸리고, 나는 더 바라는 것도 없다.

그래도 자식처럼 눈에 걸리는 딸애는 조금 걱정이기는 하다.

키도 크고 얼굴도 반반하게 생겼는데 여태 결혼 소식이 없다.

그 딸애까지 결혼하고 나면 마음 편히 갈 수 있을 것 같은데.

꼭 결혼이 아니더라도 맘 맞는 좋은 짝을 만나야 할 텐데.

그래도 마음이 단단한 애라 살아가는 게 걱정은 안 된다.

추위를 많이 타니 튼튼한 목도리 하나 떠 주고 가야지.

그 애랑 언니 덕분에 남은 삶이 재미있다.

정말 다행이지 싶다.

삶이 늘 제멋대로 흘러가서 쫓아가기 바빴는데,

마지막 죽음만큼은 내가 결정할 수 있어서 얼마나 다행인지 모른다.

어머니한테 드릴 꽃도 잔뜩 만들어 뒀다.

그곳에 가면 어머니도 있고, 흑설탕 푼 물도 있다는

생각으로 많이 버텼다. 좋아하는 사람도 만나고, 자식도 낳았지만

나는 왜 이 세월이 지나도록 어머니가 깨워 주던 아침이 가장 좋을까.

열심히 살다 가니, 끝이 좀 심심하고 외롭더라도 어머니는 잘했다고

해 주겠지.

어머니한테 은경 언니랑 수연이 얘기를 꼭 해 주어야지.

난주

한때 잠깐 사랑이었던 순간이 있었다. 오래가지는 않았다. 사랑으로 끌어안기에는 그의 뾰족한 손톱이 너무 거슬렸다. 다 잘라 버리지 않으면 언젠가 난주를 할퀼 것 같았다.

그래도 사랑이라 믿었던 순간만큼은, 사랑을 하는 여타의 인간들만큼 행복했다. 아니, 더 행복했을 것이다. 난주에게 찾아온 사랑은 인간들과 달랐으니까 조금 더 특별했으리라. 난주의 분노를 공감할 줄 아는 사람이었다. 잘해 왔으니 앞으로도 잘해 갈 것이라는 시답잖은 위로와 격려를 보냈던 인간과 달리 그는 난주를 괴롭히는 자들의 죽음을 원하느냐고 물었다. 그의 입에서 나온 '죽음'은 가벼웠다. 굳이 무거울 필요가 있겠느냐는 듯이.

그는 살아 있다는 것은 동시에 언제나 죽을 수 있다는 의미이며 때때로 어떤 삶은 죽음이 더 가치 있다고 말했다. 살아 있다는 이유만으로 삶을 이어 나가 타인을 괴롭히고 힘들게 하는 쓰레기 같은 사람들. 그런 자들은 오히려 자신의 숨으로 타인의 삶을 죽은 것처럼 만든다고. 꼭 자신의 친부를 콕 집어 말하는 것 같았다.

친부가 끼고 있는 산소호흡기의 끝은 난주에게 연결되어 있었다. 친부는 난주의 숨을 끌어다 쉬고 있었다. 친부가 있는 병실의 창문을 통해 들어가 아주 잠시 산소호흡기를 빼고 오겠노라고, 친부는 꿈을 꾸다 죽은 줄도 모른 채로 영원히 잠들 것이고, 의료진은 아무도 찾지 않는 병실에서 친부가 외롭게 죽었다고 사망선고를 내릴 것이라고. 그의 말은 포근하고 평화로웠다. 그가 떠났던 새벽, 난주는 침대에 누워 몸을 계속 뒤척였다. 그가 약속을 지키지 않을까 봐 불안했다. 그러다 까무룩 잠이 들었을 때, 난주의 꿈에 실로 오랜만에 친부가 나왔다. 까마득히 잊고 지냈던, 그래도 제 자식새끼라고 한 번쯤은 잘해 줬던 친부의 모습이 나왔다. 난주는 눈을 번뜩 떴다. 어느새 아침이었고 머지않아 휴대전화가 울렸다. 친부의 사망 소식을 들었다. 잠시 멍하니 창밖을 바라보던 난주는 넋을 놓고 웃었다. 친부는 잠든 것처럼 죽었다. 그가 피를 빨아들인 자국은 어디에도 없었다.

그는 왜 친부의 피를 원하지 않았을까. 이 생각이 점점 더 난주의 숨통을 조여 왔다. 그가 인간을 심심풀이로 죽일 수 있는 박쥐 새끼라는 것을 깨달았으니 바로 발을 뺐어야 했는데 그러지 못했다. 친부가 벗은 산소호흡기의 끝은 그가 쥐고 있었다. 사랑이라 믿었던, 너무 사랑해서 뭐든지 다 해 줄 수 있으리라 믿었던 것은 그가 내뿜은 고압의 숨을 들이마시는 바람에 나타난 질소중독 증세일 뿐이었다.

난주가 대부업체에게 시달리고 있는 걸 알았을 때에도 그는 또다시 다정하게, 그들의 죽음을 원하느냐고 물었다. 원했다. 강렬하게 원했지만 그때 난주가 거절했던 건 두 가지 이유였다. 하나는 그와의 관계가 복수를 대신해 주는 관계로 전락하지 않기를 원해서였고 또 하나는 그들 정도는 빠른 시일 내에 이겨 낼 수 있을 거라는 자신의 강인함을 믿어서였다. 이제는 아니다. 공포. 언젠가 그가 자신에게 끔찍한 무언가를 요구할 것만 같았다.

난주는 다시금 자신이 안일했음을 깨달았다. 그는 피를 원하지 않아도 사람을 죽일 수 있는 존재였다. 하지만 왜일까. 왜 하필 그 할머니였을까. 늙고 외로운⋯. 난주는 문득 그가 한 말을 떠올렸다. 그가 원망했던 인간. 그 인간이 그 할머니였을까? 그는 오래 사는 존재이니 인간이라면 벌써 그만큼 늙었을지도 모른다. 하지만 석연치 않다. 그는 그때까지 그 할머니를 더 유심히 지켜보지도, 무언가 이상한 행동을 하지도 않았다. 그에게 할머니는 없는 존재나 마찬가지였다. 그렇다면 대체 뭘까. 그는 왜 갑자기 할머니를 죽였을까.

찬바람이 계속 들어온다고 했다. 카디건을 껴입은 환자는 그 할머니와 같은 병실을 쓰고 있었다. 나이 든 환자들은 일이 생기면 간호사를 제일 먼저 찾았다. 찬바람이 들면 창문을 닫을 생각을 하지 않고 간호사에게 창문이 열려 있다고 말했다. 난주는 별 의심 없이 병실로 향했다. 병실은 확연히 느껴질 정도로 추웠다. 창가 자리 커튼이 움직이는 것을 보고, 난주는 환자가 또 창문을 열어 놓은 채 잠들었다고 생각했다. 하지만 그 자리에는 아무도 없었다. 화장실을 갔을 거라 생각하며 창문을 닫던 난주는, 창틀에 놓인 인조 카네이션 화분이 엎어져 있는 것을 보았다. 그곳이 안은심 환자의 자리라는 걸 깨달은 난주는, 창문을 닫고 스테이션으로 돌아가 옥상 열쇠를 챙겼다. 평소와 다름없이 차분한 행동이었지만 그 할머니의 자리라는 것을 깨달은 순간부터 난주의 심장은 세차게 뛰었다. 그럴 리 없다. 그에게 분명 그 할머니는 건드리지 않는 게 좋겠다고 말하지 않았던가. 난주는 화장실 불이 전부 꺼져 있는 것을 눈으로 확인하고는 옥상으로 향했다. 그리고 보았다. 식욕도, 탐욕도, 분노도, 증오도 존재하지 않는 얼굴로 한 생명의 숨을 끊는 모습을. 벌레였을 뿐이구나. 그에게 인간이란.

옥상에서 보았던 그의 얼굴을 떠올리자 의구심은 더욱 커졌다. 그의 표정에는 아무런 감정도 없었다. 오랫동안 원망했던 대상을 손에 쥐었는데, 그 순간이 드디어 왔는데 그토록 차분한 표정일 수 있을까. 만일 그자가 원망했던 대상이 할머니가 아니라면 도대체 왜 그런 선택을 했을까. 혹시 그 형사 때문일까….

경찰이 출동했을 때 그 형사는 보이지 않았다. 피해자의 측근이란 이유로 이번 사건에서는 빠졌을 거라고 추측했다. 남자 형사는 당직이었던 난주를 불러와 형식적인 질문을 했다. 왜 옥상으로 갔느냐는 말에, 난주는 근래 뒤숭숭한 일이 많아 혹시나 하는 마음으로 가 보았다고 말했다. 남자 형사는 지쳐 보였고 착잡해 보였고 열의가 없어 보였다. 남자 형사는 물어볼 게 있으면 다시 연락을 주겠다고 했지만, 난주는 그런 일이 없으리라는 걸 알았다. 그래서 난주는 고민했다. 남자 형사에게라도 말을 꺼내 봐야 할까. 모든 걸 다 까발릴 순 없더라도 무언가 이상한 점들을. 이 병원에서 일하는 직원이 느끼는 석연치 않은 점들을. 하지만 난주는 입술을 달싹거리다 자리에서 일어났다. 입을 잘못 놀렸다가는 더 큰일이 날 수도 있었다. 이미 사람을 죽이는 데 거리낌 없는 괴물이지 않은가. 불리해지면 이 일을 아는 사람들을 모두 죽이고 달아날 수도 있었다.

무릎을 끌어안은 채 앉아 있는 난주의 모습은 말라 죽어 버린 달팽이 같았고 고목 같았다. 신이 있다면 묻고 싶었다. 구원은 왜 때를 맞춰 오지 않는지에 대해.

사랑이었던 때를 떠올렸다. 그는 해가 지면 난주를 찾아왔다. 그로 인해 난주는 해가 진 세상이 아름답다는 걸 알게 됐다. 운영이 끝난 놀이동산의 밤이 판타지영화 속 세상 같다는 걸, 텅 빈 해안가 도로는 바다의 길이 될 수 있다는 걸, 63빌딩은 옥상이 가장 아름답고, 도시여도 불빛 없는 거리에서는 은하수가 보인다는 걸 그를 통해 알았다. 그것은 한때 완벽한 사랑이었다. 악을 쓰며 살아왔던 난주에게 처음으로

'악!'이 아닌 '음…' 하는 낮은 감탄사를 내뱉게 했던, 낮보다 밤이 더 환하다는 걸 알게 했던.

전부 한때였고 환각에 지나지 않는다는 걸 알고 있지만 난주는 두려웠다. 환각에서 벗어나면 직면해야 할 지루하고, 지겹고, 따분한 세상이 말이다. 너무 오랫동안 답답한 삶을 살았다. 이 고비가 끝나면 저 고비가 기다리고 있었고, 온몸이 긁혀도 아픈 줄 몰라야 하는 가시밭길을 걸어야 했다.

난주는 그런 생각도 했다. 머지않아 이곳을 떠난다는 그가 자신과 함께하는 미래를 꿈꾸고 있는 것은 아닐까. 그러니 자신이 섣부른 판단과 행동으로 잘될 일을 그르치는 것일지도 모른다. 그는 단 한 번도 자신에게 내색한 적이 없지 않은가. 고로 전부 상상에서 비롯된 불길함일 뿐이다.

그렇게 생각하자 거짓말처럼 마음이 잠잠해졌다. 막혔던 숨통이 트였고, 긴장했던 몸이 스르르 풀렸다. 난주는 이불을 덮고 누웠다. 몸이 하염없이 밑으로 가라앉았다.

다시 눈을 뜬 것은 손바닥을 어루만지는 손길 때문이었다. 침대에 그가 걸터앉아 있었다. 그는 난주를 쳐다보지 않고도 일어난 걸 알아차렸는지 깼느냐고 물었다. 난주가 몸을 일으켰다. 그의 금빛 눈동자가 난주를 따라 움직였다. 쌍꺼풀이 진 얇고 긴 눈매, 머리카락처럼 부드러운 연갈색의 풍성한 속눈썹. 그는 언제나 이런 식으로 난주를 다정하게 보았다. 다정한 눈빛이 무엇인지 아는 것처럼.

난주가 옥상에 올라와 목격한 것을 그는 알고 있었다. 당연했다. 눈이 마주쳤으니까. 하지만 그는 난주를 보고서도 인사 한번 하지 않고 자리를 피했다. 도망간 것이다. 떠오르는 해를 피해.

"다른 이유가 있었어?"

난주가 물었다. 그는 머뭇거리다가 고개를 끄덕였다. 제 잘못을 알고 있다는 듯 눈치를 보고 있었다. 난주는 순간 웃음이 터지려는 걸 꾹 참았다. 그는 연기를 하고 있다. 난주가 아무런 위협이 되지 않는다는 걸 알면서도 일부러 저러는 것이다. 이유가 무엇일까. 사랑해서 그러는 것이 아니라면 다른 속셈이 있는 것이다. 난주는 둘 중 어느 쪽인지 파악되지 않았다. 그가 난주의 품에 안기며 말했다.

"분명 내 얼굴을 알고 나를 봤는데도 아무런 반응도 없어. 시간이 오래 지나서 잊은 건가 싶었어."

"…"

"많이 변했다고 생각했는데 하나도 안 변했어. 싸가지 없는 눈도 똑같아."

"그 애?"

그가 고개를 끄덕였다. 그는 아이처럼 난주의 품에 더 파고들었다.

"인간은 너무 빨리 늙어. 나이 든 인간은 쉽게 흔들리지 않아. 내가 원하는 만큼 반응해 주지 않아. 나는 그게 어제 일

같은데."

　그러니까 결국 반응이 궁금했다는 이야기였다. 단지 그 이유로 사람을 죽였다는 말인가. 난주는 비집고 나오려는 웃음을 애써 참았다. 안겨 있는 그의 목을 당장이라도 비틀고 싶었다. 그렇게 해서 그의 숨을 끊을 수만 있었다면 망설이지 않았을 것이다.

　"하지만 너를 너무 노출한 거 아니야?"

　"괜찮아. 그 여자도 그 형사도 다 죽일 거니까."

　"…."

　"그 인간들도 다 혼자야."

　그 순간 난주는 생각했다. 그 형사에게 연락해야 한다고. 그는 자신을 죽일 것이다. 그가 자신과 함께 이곳을 떠나는 일은 없으리라. 난주는 확신할 수 있었다. 난주도 혼자였으므로.

　그를 배웅할 때, 난주는 그 여자를 보았다. 골목에 서 있는 사람을 위에서 내려다보고 육안으로만 단정 지을 수는 없겠지만 그래도 그 여자가 분명했다. 13층 창문에서 뛰어내리는 사람을 보고 비명을 지르지 않을 수 있는 사람은. 지난번 병원에서도 난주를 지그시 쳐다보다 떠났던 여자. 형사와 함께 움직이는 그 여자였다.

　보지 못한 척 커튼을 쳤던 난주는 몇 분 버티지 못하고 결국 커튼을 다시 걷어 바깥을 쳐다봤다. 여자가 서 있던 자리는 텅 비어 있었다. 난주는 서둘러 외투를 챙겨 입었다. 바로 뒤쫓아 나가면 여자를 발견할 수 있을지도 모른다. 난주는 여자가 필요했다. 다급하게 현관문을 열었다. 다행히 여자를 찾는 수고를 덜었다. 여자가 먼저 난주를 찾아왔으므로.

여자는 제일 먼저 창문을 걸어 잠그고 커튼을 쳤다. 난주는 신발도 벗지 않고 제집을 멋대로 활보하는 여자를 그저 주시하기만 했다. 그 여자는 어쩐지 사람 같지 않았다. 그렇다고 그와 같아 보이는 것도 아니었다. 여자의 움직임에는 소리가 없었다. 눈을 감으면 여자가 한 공간에 있다고 믿지 못하리라.

여자는 말없이 난주를 응시했다. 난주는 애써 그 눈을 피하지 않았다. 모든 걸 다 알고 찾아왔다는 것을 자연스럽게 깨달았다. 그가 사람의 피를 빨아 먹고 사는 존재라는 것도, 그가 사냥할 수 있도록 자신이 도와주고 있다는 것도. 난주는 저 여자가 어디까지 알고 있는지 궁금했다. 그가 본인과 그 형사를 죽이고 떠나려는 것도 알고 있을까. 저 여자도 그걸 알고 그를 막기 위해 찾아온 건 아닐까 생각했다. 저 여자에게는 뾰족한 수가 있을 것만 같았다. 여자가 입을 열었다. 절로 웃음이 터져 나올 정도로 난주에게 반가운 말이었다. 난주가 도와준다면 그를 죽일 수 있다고 했다.

하지만 그 기쁨은 오래가지 못했다. 그를 죽일 수 있다는 말에는 자신을 살린다는 말이 포함되어 있지 않았다. 자신이 살 수 있는 것과 그를 죽일 수 있다는 것은 별개였다.

여자는 그자에게서 약속받은 것이 있느냐고 물었다. 난주가 그와 나눈 약속은 누구를 죽여 주겠다는 것, 어느 인간을 먹을 수 있도록 하게 해 준다는 것밖에 없었다. 사랑도 약속일까. 아무리 곱씹어도 사랑은 약속이 될 수 없었다. 사랑은 언제나 현재에 머물렀다. 그는 난주에게 미래를 약속한 적이 없었다. 난주가 아무런 대답도 하지 않자 여자도 더 이상 말을 꺼내지 않았다. 여자는 볼일을 마쳤다는 듯 걸음을 옮겼다. 난주가 다급하게 여자를 붙잡았지만 여자는 매몰찼다. 여자는 자신에게 일말의 동정심도 없었다.

"살고 싶은 눈빛이네."

"…"

"네가 죽지 않을 수 있는 방법이 궁금해?"

"…"

"네가 죽지 않을 수 있는 방법은 하나였어. 그들이 죽지 않는 거였지."

난주의 몸이 파르르 떨렸다. 부릅뜬 눈은 자신에게 닥칠 현실을 부정하고 있었고, 분노는 눈물로 응축되어 떨어졌다. 난주는 단어 하나하나를 짓밟는다는 마음으로 여자에게 말했다.

"내가 죽지 않는 방법은 애초에 태어나지도 않는 거였어."

"하지만 너는 어쨌든 태어나서 이 나이가 되도록 살아왔고 너한테는 분명 그들을 죽게 하지 않을 수 있는 선택지도 있었지."

"그건…."

"죄를 저지르면 변명이 붙고."

삶에 어떻게 변명이 따르지 않을 수 있겠는가. 여태껏 살면서 타인의 변명을 지긋지긋하게 들어 왔다. 삶은 난주의 편이었던 적이 단 한 번도 없었다. 인간 뒤에 숨어 치사하게 변명이나 내뱉게 했지. 변명 없는 삶이 정녕 존재한다는 말인가.

"사랑이었다고?"

완다가 웃으며 물었다.

"네가 잘못 알고 있어."

완다가 난주의 귓가에 속삭였다.

"걔네도 사랑을 할 줄 알아. 사랑하는 인간을 지키기 위해 동족을 죽이기도 해."

난주는 믿을 수 없었다. 믿을 수 없었기에 자신의 변명을 나무라는 여자의 태도도 참을 수 없었다. 여자는 자신을 붙잡고 있는 난주의 손을 떼어 놓으며 말했다.

"그래도 살고 싶다는 이기적인 마음이 든다면 그자가 네 피를 빨려고 해도 가만히 내버려 둬. 반항하지 말고 싸우려고 하지 말고. 그가 내뱉는 어떤 말에도 현혹되지 말고 그자를 위해 네 피를 줄 수 있다는 믿음이나 줘."

그게 전부였다. 여자의 말은 순순히 죽으라는 말처럼 들렸다.

완다

낮에 뜬 구름보다 밤에 뜬 구름이 더 예쁘다. 해는 바라볼 수 없지만 달은 바라볼 수 있고, 해는 별을 감추지만 달은 별과 함께 뜬다. 밤에 듣는 새소리는 귀가 아닌 마음을 두드리고, 낮 동안 움직이지 않던 나무들은 그제야 부스스, 몸을 털어 낸다. 고양이 눈치를 보느라 움직이지 못했던 들쥐와 그들을 노리는 맹금류의 눈이 소란스럽게 지나가고, 그것들이 스쳐 지나간 자리에는 계절이 내려앉는다. 새싹과 꽃잎은 사람들의 눈을 피해 자랐다. 부끄러움이 많아서 그렇다. 부끄러움이 많은 것들은 낮이 아니라 밤에 움직였다. 누군가 지켜보고 있으면, 주변이 너무 환하면 제 역량을 발휘하지 못하는 것들이 있다. 완다도 그랬다. 스스로도 알아차리지 못할 만큼 조용히 자랐다. 키가 자랐다는 것도 릴리를 통해 알았다. 여느 때처럼 완다를 업고 2층으로 올라가던 릴리는, 예전보다 무거워졌다는 말을 했다. 살이 쪘을 수도 있겠지만 그보다 다리가 길어졌다. 업고 있으면 완다의 발이 릴리의 정강이쯤 왔었는데 이제는 복사뼈 근처를 맴돌았다.

인간이 강아지나 고양이의 삶이 짧다고 느끼듯이 그들에게도 인간의 삶은 짧다고 말했다. 개가 살아 있는 동안 성탄절을 고작 평균 열두 번밖에 맞이하지 못한다고 인간이 느끼는 것처럼, 인간도 살아 있는 동안 성탄절을 고작 일흔 번밖에 맞이하지 못한다고 릴리는 여겼다. 성탄절이 일흔 번이라는 건 성탄절 케이크를 일흔 번밖에 먹지 못한다는 뜻이다. 아이가 태어나자마자 만났던 강아지는 아이가 성인이 되기 전에 세상을 뜬다. 그들이 만나는 인간은 그보다 더 짧은 한때, 마치 한 계절이나 한 시절 같은 존재다. 그래서 뱀파이어는 강아지나 고양이를 키우지 않는다고 했다. 고작 며칠을 같이했을 뿐인데 평생 그리워하는 건 별이나 다름없다고. 모든 관계는 처음부터 불평등하다. 더 오래 사는 쪽이 불리했다. 언제나.

완다는 그리움에 대해 생각했다. 그립다는 것은 돌아가고 싶다는 것이고, 돌아가고 싶다는 것은 현재에 없다는 것이고, 현재에 없다는 것은 있어야 할 공간이 텅 비어 있다는 것이고, 텅 비어 있다는 것은 그 자리가 춥고 쓸쓸하다는 것이다. 그리운 것들이 많으면 그만큼 현재는 춥고 쓸쓸해질까. 그렇다면 누군가의 세상은 겨울뿐일 것이다. 언제나 춥고 쓸쓸하니까. 완다는 뱀파이어가 추위를 느끼지 못하는 것이, 그 피부가 얼음처럼 차가운 것이 그리워할 대상이 많아서일지도 모른다고 생각했다. 뱀파이어는 홀로 켜진 전구 밑에 쌓인 죽은 날벌레만큼이나 많은 것들을 떠나보냈을 것이다. 완다는 문득 슬퍼졌다. 언젠가는 릴리의 기억에서 저렇게 쌓인 날벌레 중 하나가 될 거라는 생각 때문이었다. 누군가에게 특별하게 기억될 수 있는 방법으로 무엇이 있을까. 완다는 곰곰이 생각했다. 그것이 자신의 어리석고 이기적인 욕심이라는 걸 그때는 알지 못했다.

그때쯤 완다는 릴리에 대해 많은 걸 알게 되었다. 여름이 되었을 때 둘은 함께 밤바다에 갔고, 가을에는 축제에 갔으며, 때때로 도서관에서 밤새 책 읽기 대결을 펼치기도 했다. 하지만 바다를 가고, 축제를 즐기고, 책을 함께 읽었다는 것보다 더 중요한 것은 릴리가 바다를 보며 어떤 생각을 하는지, 바다에 대한 첫 기억은 무엇인지, 수영을 언제 처음 배웠는지, 즐겨 먹는 음식이 무엇이고 못 먹는 음식이 무엇인지, 어떤 종류의 책을 좋아하는지, 어떤 책에서 무슨 감정을 느꼈는지 같은 것들이었다. 릴리의 삶은 길고, 넓고, 깊었다. 가끔 릴리의 말이 전부 거짓말처럼 느껴지기도 했다. 언젠가 함께 미술관에 갔을 때 릴리는 반 고흐 자화상 앞에 서서 얘 이 그림보다 조금 더 잘생겼어, 하고 말했다.

'본 적 있어?'

'응. 네덜란드에서 기숙학교 다녔을 때 한 번, 아주 나중에 정신병원에 있었을 때 한 번.'

'신기하다.'

'때를 놓치면 아무것도 아니게 되는 세상이 참 징그럽지 않니?'

릴리는 한동안 그림 앞을 떠나지 못했다. 친했을까. 떠난 사람의 흔적을 발견한다는 건 대체 어떤 기분일까. 그런 고민을 하다가도 어쩌면 릴리가 거짓말을 하고 있는지도 모른다고 단정 짓기도 했다. 확인할 수 없는 일들은 쉽게 사실이 되기도 하니까.

완다의 세상보다 릴리의 세상이 넓다. 릴리는 아니라고, 각자의 세상은 비교할 수 있는 것이 아니라고 했지만 그 말조차 릴리의 세상이 넓기 때문에 할 수 있는 말이었다. 그 넓은 세상 곳곳에는 릴리보다 먼저 떠난 이들의 묘지가 있다. 세상을 넓힌다는 건 결국 그리움을 둘 자리를 마련하는 것이구나. 끌어안아 주고 싶었지만 완다의 좁은 품으로는 릴리의 세상을 전부 안아 줄 수 없었다. 그렇다고 포기하고 싶지 않았다. 어떻게 해야 할까. 완다는 고민하고 또 고민하다 어느 날 문득 그런 생각을 했다. 묘지가 가득한 세상에 커다란 극장을 만들어 주자. 그래서 춥고 쓸쓸할 때마다 극장을 찾아가 좋았던 기억을 계속 돌려 볼 수 있도록, 그런 극장과 그런 장면을 만들어 주면 되겠구나.

완다는 그 계획을 오래도록 간직하며 틈을 노렸다. 하지만 기회가 생각보다 쉽게 오지 않았다. 학교를 다니는 동안에는 뭘 제대로 할 수 없었고, 여름방학 동안에는 짧은 여행도 다녀와야 했기 때문이다. 릴리에게 은근슬쩍 함께하자고 권했지만 단칼에 거절당했다. 그렇게 시간이 흘러 릴리와 처음 맞는 성탄절이 다가왔을 때, 릴리에게 말했다.

"이번 성탄절에 우리 집에 올래?"

놀란 표정을 지어 보이던 릴리가 이내 고개를 끄덕였다. 어떻게 가면 되느냐고 묻는 릴리에게 완다는 다른 건 다 괜찮고 양말과 신발을 꼭 신고 오라고 당부했다.

클리에와 모리스는 릴리보다 더 놀란 표정이었다. 우스꽝스럽게 보일 정도로 말이다. 두 사람이 싫다면 데리고 오지 않겠다고 완다가 말한 다음에야 클리에와 모리스는 고개를 저으며 좋다고 반복해 말했다. 그때부터 두 사람은 바빠졌다. 보름이나 남은 성탄절을 준비하느라 말이다. 완다에게 그 애가 좋아하는 음식이 무엇인지 알아 오라는 미션도 주었다. 두 사람이 그때까지, 그러니까 1년 남짓 완다가 언급하는 '친구'를 몹시 궁금해하면서도 때가 되면 소개해 주겠거니 하는 마음으로 참아 왔음을 깨달았다. 친구를 사귄 것은 완다인데 두 사람은 마치 자신들에게 새 친구가 생긴 것처럼 좋아했다. 그 전까지 친구가 없었던 것도 아니었다. 남들이 생각하는 것만큼 마음을 나누는 친구가 없었을 뿐이었다.

"으음, 좋아하는 음식이라."

오랜만에 사이프러스 아래에서 만난 두 사람은, 달빛으로 금가루를 뿌려 놓은 것처럼 빛나는 밀밭을 보며 이야기를 나누었다. 릴리는 좋아하는 음식을 생각해 내느라 꽤 골머리를 썩고 있었다. 릴리의 미각은 완다만큼 섬세하지 못했다. 릴리는 미각이 발달했다면 오래 살아남지 못했을 거라고 말했다. 가끔은 음식 같지 않은 것을 먹어야 할 때도 있으니까. 살아가는 건 치열하고 서글픈, 뻑뻑한 빵을 물 없이 삼키는 것과 같으므로 미각이 발달하면 버티지 못했을 거라고 말이다. 이유야 어찌 됐건 릴리는 모든 음식을 이냥저냥 먹었다. 화이트 초콜릿과 밀크초콜릿, 바게트와 크루아상, 양송이수프와 감자 수프, 토마토 파스타와 로제 파스타의 맛 차이를 알지 못했다. 전부 똑같은 초콜릿, 빵, 수프, 파스타일 뿐이었다.

"좋아하는 음식보다 꼭 보고 싶은 음식은 있어."

"보고 싶은?"

"응. 부쉬드노엘."

부쉬드노엘은 통나무 모양으로 꾸민 초코 롤케이크로, 성탄절을 맞이해 특별히 만드는 디저트다. 클리에도 매해 성탄절이면 부쉬드노엘을 빼놓지 않고 만들었다.

완다는 그때부터 성탄절만 생각하면 발이라도 달린 것처럼 심장이 뛰었다. 트리를 꺼내 장식할 때도, 클리에와 모리스는 몰랐겠지만 릴리도 함께했다. 릴리는 창밖에서 트리를 살펴보고 2층으로 올라와 완다에게 어디에 어떤 장식을 달아 달라고 부탁했다. 완다는 1층과 2층을 바쁘게 오가며 트리를 꾸몄다. 그리하여 지난 성탄절 트리보다 훨씬 풍성하게 완성되었다.

릴리는 벨벳 소재의 검은색 정장을 입고 왔다. 손에는 호두파이와 와인 한 병이 들려 있었다. 부모님이 전해 주시라고 했다는 거짓말을 하며 환히 웃었다. 클리에와 모리스는 그런 릴리를 보자마자 마음에 들어 했을 것이다. 두 사람은 음식이 다 차려진 식탁으로 릴리를 안내했다. 통나무 모양의 롤케이

크는 지난해보다 더 길었고 요리도 더 다양했다. 아침부터 클리에와 모리스가 주방에서 나오지를 않더니 열 명이 먹어도 거뜬한 양의 음식이 차려져 있었다. 완다는 내심 릴리에게 이 음식들이 부담스럽지 않을까 걱정했다. 입에 맞지 않거나 억지로 많이 먹어서 탈이 날 수도 있으니 말이다.

하지만 릴리는 그런 기색 하나 없이 대화를 나누며 음식을 먹었다. 누가 말할 때면 대화 상대와 꼭 눈을 맞추었고 포크와 나이프를 자연스럽게 두 손으로 쥐고 있었고 적절한 타이밍에 대답을 하고 음식을 먹었다. 그런 릴리의 모습은 어른 같았다. 타인과의 대화가 낯설지 않고 익숙한. 오히려 그 안에서 낯설고 어색해진 건 완다였다. 완다는 세 사람 사이에 파고들 틈을 찾지 못했다. 클리에와 모리스는 완다가 데려온 친구에게 온통 관심이 쏠려 있었고, 릴리는 그들의 질문에 대답하느라 아까부터 완다는 쳐다보지도 않았다. 하나 낯설고 어색하다는 것이 반드시 싫다는 의미는 아니었다.

완다는 한 발자국 물러나 바라보는 세 사람의 모습이 좋았다. 그날 식탁이 다른 때보다 넓어진 느낌이었다. 클리에와 모리스의 표정은 다른 때보다 더 행복해 보였고, 릴리는…

정말 인간 같았다.

다음에 또 오겠다는 인사를 남기고 현관을 나섰던 릴리는 창문을 통해 완다의 방으로 들어왔을 것이다. 완다가 두 사람과 함께 뒷정리를 마치고 돌아왔을 때, 릴리는 완다의 침대에 누워 옅은 잠을 자고 있었다. 완다는 소리가 나지 않게 끔 조심히 움직였지만 릴리는 기어코 잠에서 깼다.

이제 나란히 눕기에는 1인용 침대가 비좁았다. 1년 사이 완다가 훌쩍 컸기 때문이다. 어깨와 골반이 넓어지고 다리도 길어졌다. 그래서 두 사람은 무릎 아래가 침대 밖으로 빠지도록 가로로 누웠다. 음식이 어땠냐고 묻자, 릴리는 인간이 한 음식 중에서 가장 맛있었다고 대답했다. 그 말이 진심인지 아니면 완다를 위한 거짓말인지 구별할 수 없었지만 완다는 굳이 진실을 파헤치지 않기로 했다. 아무렴 상관없었기 때문이다. 릴리의 진심이 무엇이든 그 순간 완다가 행복했던 것은 변치 않으므로. 릴리는 완다에게 자신이 실수했거나 잘못한 게 있는지 물었다. 실수한 것도 잘못한 것도 없었다. 도리어 너무 능숙해서 완다가 낯설 정도였으니까.

"너는⋯."

완다는 머뭇거리다 말을 이었다.

"정말 인간 같았어."

릴리는 아무런 대꾸도 하지 않았다. 둘 사이에 침묵과, 뱉지 못한 말과, 어떤 감정들이 차분히 쌓였다. 릴리가 몸을 일으켰다. 완다는 릴리를 보지 않고 꿋꿋하게 천장만 응시했다. 오늘 초대해 줘서 고맙다고, 정말 즐거웠다는 말을 남기며 릴리는 완다의 이마에 입술을 맞추고 떠났다. 완다는 침대에 누워 울었다. 이유를 알 수 없는 눈물이 하염없이 쏟아졌다. 그래도 한 가지 확실한 건 자신이 릴리에게 상처를 줬다는 것이었다.

소설 속에서는 뱀파이어에게 물리면 따라서 뱀파이어가 된다. 지난가을, 도서관에 나란히 앉아 책을 읽을 때 완다는 릴리에게 그 대목을 보여 주며 사실이냐고 물었다. 옅은 기대감이 묻은 질문이었다. 만일 그때 릴리가 사실이라고 했다면 완다는 자신을 물어 달라 부탁했을 것이다. 하지만 지금도 완다는 인간이다. 릴리는 웃으며 고개를 저었다. 자신들은 전염성을 가진 병이 아니라고 말하는 릴리에게, 완다는 홧홧해진 얼굴로 다급하게 미안하다고 사과했다.

작가들은 왜 이런 설정을 했을까.

일평생 함께하고 싶다는 열망을 담아낸 로맨틱한 설정이었을까.

완다는 릴리의 대답을 곱씹다가 인정했다. 서로의 피를 나누어 같은 존재가 될 수 있다는 건 가히 로맨틱한 설정이라 할 수 있다. 개나 고양이가 소설을 썼다면 그들도 이런 내용을 쓰지 않았을까. 주인을 물면 주인과 수명이 같아질 수 있어. 주인을 물어서 오래도록 함께 살자, 하는.

릴리가 한동안 자신을 찾지 않을 거라 생각했다. 하지만 완다의 예상을 깨고 릴리는 그다음 날 아침 일찍 완다를 찾아왔다. 클리에와 모리스가 출근하기도 전인 오전에 말이다. 구름이 가득한 하늘에서는 눈인지 비인지 모를 것이 비죽비죽 내렸고, 릴리는 우산을 쓴 채 두 사람에게 인사했다. 완다는 허겁지겁 옷을 갈아입고 1층으로 내려갔다. 산발로 릴리를 바라보다가 인사도 하지 않고 다시 2층으로 뛰어 올라갔다. 씻는 내내 왜 왔지, 하는 생각밖에 들지 않았다. 릴리가 낮에 찾아온 건 오늘이 처음이었다.

뱀파이어만 낮을 피하는 게 아니다. 인간도 똑같다. 인간은 밤을 피하니까. 뱀파이어가 낮을 피해 집에 있는 것처럼 인간도 밤을 피해 집으로 들어간다. 단지 그 빛이 점점 만연하고 인간이 사는 곳곳을 전부 밝히고 있으니 인간은 밤에 대한 두려움을 잠시 잊었을 뿐이다. 밤을 정복했다고 믿는다. 오만이다. 한순간 세상의 빛이 전부 사라지고 밤을 맞이한다면 인간은 두려움에 미칠 것이다. 그리고 지구의 다른 생명들은 인간에게 빼앗긴 밤을 되찾겠지.

릴리는 빛만 가릴 수 있다면 낮에 다니는 것쯤은 아무 문제가 되지 않는다고 말했다. 특히나 오늘처럼 구름이 가득 껴태양이 비집고 들어올 틈이 없는 날은, 모자를 쓰고 돌아다녀도 될 정도라고 말이다. 그간 돌아다니지 않았던 건 인간이 낮에 활동하고 밤에 자듯, 자신도 밤에 활동하고 낮에 쉰 것뿐이라고 말했다.

클리에와 모리스는 릴리가 온 지 얼마 지나지 않아 가게로 출근했다. 둘이 먹으라며 어제 먹다 남은 케이크와 시리얼을 식탁에 가득 올려 두었지만 릴리는 손도 대지 않았다. 어제

보았던 모습이 거짓말처럼 느껴졌다. 완다가 눈치를 보며 빵 한 조각을 입에 물자, 릴리는 그제야 가방에서 유리병을 꺼냈다. 꼭 포도주가 든 것 같았다.

"인간의 피야. 내 아침."

릴리가 덤덤히 말했다. 완다는 씹는 걸 멈추고 릴리를 바라보았다.

"안 마시면 병에 걸려. 끊으면 처음에는 극심한 피로감을 느끼다가 열흘 정도 지나면 침대에서 일어나지도 못 해. 열이 펄펄 끓고 지독한 감기에 걸린 것처럼 앓아. 그 상태에서 하루 자고 일어나면 베개 위에 수북이 쌓일 정도로 머리카락이 죄다 빠지지. 숨도 차서 제대로 쉬지 못하고, 온몸에 염증이 올라와 누워 있기만 해도 괴로워. 그렇게 온몸이 곪다가 심장이 멈춰서 죽어. 열흘을 채 넘기지 못하고. 이거. 너희 아버지는 어제 하루에 포도주를 이만큼이나 마셨지만 이건 내 한 달 치 식량이야. 일주일에 한 번씩, 한 컵 정도 마셔. 어때? 생각보다 적지?"

완다가 고개를 끄덕였다.

"피를 마시지만 피가 주식은 아니니까. 맛은 인간보다 못 느껴도 음식을 먹어. 그렇지만 음식에는 우리가 제일 필요로 하는 것들이 없어. 그래서 피를 마시는 거야. 돼지나 소의 피도 돼. 그런데 우리가 잡을 수 있는 들짐승들이 점점 줄어들고 사육장에 갇히기 시작했어. 그리고 피의 질도 떨어졌어. 짐승들을 살찌우는 데 급급해서 쓰레기 같은 걸 먹이거든. 좋은 건 인간이 다 먹어. 그래서 소 피보다 인간 피가 더 좋아."

"…."

"우리가 필요로 하는 양은 인간의 목숨을 빼앗을 만큼도 아니야. 하지만 가끔 살려 두면 횃불을 들고 찾아오는 인간들이 있어. 마을 사람들을 죄다 데리고. 불에 태워 죽이고 가슴에 말뚝을 박아 죽이고 머리를 잘라 죽이고… 장식처럼 매달려 있는 친구의 머리를 챙긴 적이 있어. 몸은 못 찾았어. 죽이는 걸 좋아하는 게 아니야. 살기 위해 어쩔 수 없이 그러는 거야. 어때, 그래도 내가 너와 같이 식탁에서 이런 음식을 먹으면 인간처럼 느껴져? 내가 인간이 될 수 있을 거 같아?"

"인간이 되라는 말은 아니었어."

"알아. 하지만 완다, 분명히 알아야 해. 네가 나를 친근하게 느낄 때, 네가 나를 더없이 좋은 친구라고 생각할 때, 나와 오래도록 함께하고 싶다는 마음이 들 때, 그때 내가 인간처럼 느껴져서가 아니라 그냥 내가 좋아서 그런 거라는 걸 분명히 알아야 해. 우리는 달라. 서로의 모습을 상대방에게 원하면 안 돼. 그래야 서로에게 상처 주지 않을 수 있어. 그러니까 나랑 약속해 줘. 내 존재가 버겁고 무서워지면 솔직하게 말하기로. 그럼 네 곁을 떠날게."

완다는 릴리가 치사하게 행동한다고 생각했다. 곁을 떠나겠다고 하면 완다는 약속하겠다는 말밖에 할 수 없지 않은가.

완다는 어쩔 수 없이 한 가지 조건을 덧붙였다.

"한 번은 봐 줘야 돼. 실수든 아니든, 내가 그런 말을 하더라도 네가 한 번은 다시 찾아와 줘야 돼."

둘은 약속했다. 하지 않았으면 더 좋았을 약속이었다.

그날 밤, 창문을 두드리는 소리에 다급하게 달려가던 완다는 문득 발을 멈췄다. 릴리가 떠난 지 두 시간도 지나지 않았다. 다시 찾아올 이유가 있나. 아무리 생각해도 떠난 지 몇 시간도 되지 않아 릴리가 다시 올 이유는 없어 보였다. 완다는 최대한 기척 없이 움직여 방문 옆에 있는 스위치를 눌러 불을 껐다. 그러자 창문 난간에 웅크려 앉아 있는 실루엣이 보였다. 단언컨대 릴리는 아니었다. 완다는 천천히 다가가며 누구세요 하고 물었다. 실루엣은 아무런 대답도 하지 않았다. 마침내 창문 앞에 멈춰 섰다. 완다가 손잡이를 잡았다. 밖에 있는 저것이 인간이 아니라는 점만은 확실했다. 망설이다 창문을 벌컥 열자, 앞에 있던 무언가가 빠른 속도로 뛰어내리더니 어둠 속으로 사라졌다. 시선으로나마 그것의 뒤를 쫓던 완다는 문득 대문 앞에 서 있는 소년을 발견했다. 하지만 소년이라기에는 성숙했고, 그렇다고 청년이라기에는 앳된 얼굴이었다. 달처럼 밝게 빛나는 눈동자였다. 창백한 얼굴로 완다를 쳐다보던 소년은 유유히 마당을 빠져나갔다.

릴리에게 말해 주려고 했다. 네 친구 같은 존재들이 자신을 찾아왔다고. 그렇지만 다음 날 올 줄 알았던 릴리는 오지 않았다. 그다음 날도 오지 않았다.

릴리는 딱 일주일 만에 돌아왔다. 걱정되었던 마음과 화가 났던 마음이 지나간 곳에 슬픔만 남아 있었다. 릴리가 돌아오면 아무것도 묻지 않고 끌어안아 줄 생각이었지만, 릴리는 완다가 팔을 벌리기도 전에 방바닥에 쓰러졌다. 온몸에서 열이 펄펄 끓었고 식은땀을 어찌나 흘렸는지 옷까지 축축했다. 지독한 감기에 걸린 듯했다. 아니 릴리는, 열흘 넘게 피를 마시지 못한 것 같았다.

릴리와 함께 지난해에 갔던 미술관이 떠올랐다. 양산을 쓴 여인이 햇빛을 등지고 서 있다. 왼쪽 얼굴이 보이지만 그림은 얼굴을 자세히 묘사하지 않았다. 푸른 하늘에 가득 낀 구름과, 툭툭 수놓은 풀잎, 바람에 흩날리는 하늘색 스카프와 흰 치맛자락. 캡션에 적힌 그림의 제목과 작가를 확인했다.

Essai de figure en plein air : femme à l'ombrelle tournée vers la gauche
—Claude Monet.

비슷한 그림들 중에서 왜 하필 이 작품 앞에서 걸음이 멈췄을까. 완다는 표현할 수 없는 끌림에 그림을 주시하다, 양옆에 놓인 화가의 다른 작품들을 한 번씩 더 살폈다. 다르다. 그림을 볼 줄 모르는 완다는 도저히 이 느낌을 뭐라 표현할 수 없었다. 릴리에게 말했다.

'이 그림은 좀 다른 것 같아.'

그러자 릴리는 왜 그렇게 생각하느냐고 물었다. 완다는 고민에 빠져 몇 분씩 그림을 응시하며 고민했다.

'아꼈던 모델이래.'

릴리가 말했다.

'모네가 가장 아꼈던 수잔. 두 번째 부인인 알리스 오슈데와 전 남편 에르네스트 오슈데 사이에서 낳은 딸이야. 이 그림 말고도 수잔이 모델인 그림 많아.'

릴리의 말을 가만 듣던 완다는 역시 그럴 줄 알았다고 고개를 끄덕였다.

'아껴서 더 특별하게 그린 걸까, 다른 그림이랑 조금 다르잖아.'

완다의 말에 릴리는 의도하지 않았을 거라고 대답했다.

'그런 건 의도한다고 해서 나타나는 게 아니야. 어쩔 수 없이 나오는 거지. 누군가를 아낀다는 마음은 이런 식으로 허락도 없이 마구 새어 나와. 눈빛으로, 손끝으로, 혀끝으로…'

완다는 다홍색 벽지에 그려진 보라색과 노란색 잎사귀 패턴을 응시했다. 일정한 규칙이 정해져 있는 패턴은 보라색 잎사귀 두 개에 노란색 잎사귀 하나꼴로 이어져 있었다. 침대 헤드에 걸려 있는 아이보리 담요에는 초록색 잎사귀가 수놓여 있었다. 완다의 방은 클리에와 모리스의 손끝으로 만들어졌다. 모네의 그림처럼 묻지 않아도 몸으로 알게 되었다. 무언가를 아낀다는 마음은 릴리의 말처럼 손가락 끝에서 나온다. 완다는 두 팔로 릴리의 어깨를 끌어안으며, 자신의 손끝에서도 전해지기를 바라는 마음으로 릴리의 등을 톡, 톡 두드렸다. 릴리는 아플 거라고 했지만, 문틈에 손가락을 찧었을 때보다 아프지 않았다. 완다가 살면서 가장 크게 다친 순간 중 하나였다. 바람에 현관문이 세게 닫힌 탓에 오른쪽 중지 손톱이 빠지고 그 자리에 피가 맺혔다. 고통은 아주 천천히 밀려왔다. 처음에는 다친 줄도 몰랐다가, 뚝뚝 흐르는 피를 보고 나서야 손가락이 얼얼해지고 뜨거워졌다. 완다는 그때의 끔찍했던 고통을 떠올리며 잠시 눈살을 찌푸렸다. 그러니까 그때에 비하면 릴리가 주는 고통은 고통이라 할 수 없었다. 따갑지만 따뜻하고, 아리지만 간지러운 느낌이었다.

릴리의 마음은 송곳니 끝에서 나왔다. 아프지 않게 하려는, 겁먹지 않게 하려는 릴리의 다정함이었다.

침대에 릴리를 눕혔다. 방바닥에는 릴리의 머리카락이 한 움큼 빠져 있었다. 그것은 죽음의 전조였다. 완다는 펄펄 끓는 릴리를 끌어안고 울었다. 당장 숨이 멎어도 이상하지 않은 상태였다. 릴리는 눈조차 뜨지 못했다. 당연히 완다에게 말을 걸지도 못했다. 릴리는 살기 위해 이곳에 왔다. 무언가로부터 도망쳐 완다를 찾아온 것이다. 자신을 공격하지 않고 지켜 줄 온전한 누군가를 찾아. 완다는 릴리를 살려야 한다는 사명감을 느꼈다. 그리고 릴리를 살리려면 피가 필요하다는 것도 알았다. 하지만 완다에게는 피를 담은 유리병이 없었다. 완다가 선택할 수 있는 것은 세 가지였다. 하나, 이대로 릴리를 죽게 내버려 둔다. 둘, 밖에 나가 짐승이든 인간이든 피가 있는 것을 잡아 온다. 그리고 마지막, 자신의 피를 준다. 첫 번째는 절대 선택할 수 없었고, 두 번째는 범죄였다. 사랑을 방패로 쓸 수는 없었다. 완다는 오래 고민하지 않고 릴리를 끌어안은 채 속삭였다.

'내 피를 마셔.'

릴리도 그래서 오지 않았을까. 완다는 확신했다. 피를 마셔야 하는데, 죽이지 않고 피만 얻을 수 있는 유일한 존재로 자신을 떠올렸을 것이라고. 아무런 반응도 하지 않는 릴리를 보고, 완다는 스스로 목깃을 끌어내렸다. 릴리의 몸에 올라탄 완다는 자신을 뿌리치지 못하게 릴리를 더 세게 끌어안았다. 릴리는 완다의 허리를 꽉 붙잡았다. 손끝에서 느껴지는 망설임. 그것은 아낀다는 말과 같았다. 완다는 단호하게 말했다.

'네가 나를 죽이지 않을 거라는 걸 알아, 나는 네가 죽는 게 더 두려워.'

릴리는 아플 수도 있다고 말했다. 완다는 아파도 괜찮다고 했다.

사실 얼마나 아플지 몰랐으므로 정말 괜찮은지는 확실하지 않았다. 하지만 그 어떤 고통도 릴리가 죽는 것보다는 나았다. 기어코 뾰족한 것이 살을 뚫고 들어왔을 때, 완다는 그런 생각을 했다. 이 경험은 평생 누구에게도 말할 수 없겠지. 말해도 아무도 안 믿을 거야. 세상 어딘가에 뱀파이어에게 물린 사람들의 모임 같은 게 있지 않을까. 릴리는 입술마저도 차갑구나. 릴리의 손이 허공을 배회하다 완다의 머리를 감싸 쥐었고, 릴리의 뾰족한 손톱이 완다의 눈 옆을 스쳐 상처가 났음에도 둘 중 누구도 그 사실을 알지 못했다.

꽃잎이 그려진 벽지를 바라보다 잠들었고 눈을 떴을 땐 릴리가 평소와 같은 모습으로 창틀에 앉아 먼 곳을 바라보고 있었다. 완다는 깨어났는데도 릴리에게 말을 붙이지 못했다. 릴리는 무언가를 깊이 생각하고 있는 듯했고, 도통 감정을 읽을 수 없는 표정이었다.

완다는 종종 숨어 사는 회색늑대 무리를 생각했다. 릴리에게 부탁해 회색늑대를 만났던 곳을 다시 찾아갔지만 그날 이후로는 볼 수 없었다. 분명 어딘가에 있는 존재를 다시 볼 수 없다는 것을 머리로 이해하기가 힘들었다. 하지만 회색늑대를 떠올릴 때마다 이따금 마음 한편이 싸늘해지고는 했는데, 릴리는 세상에 없어 볼 수 없다는 것과 세상 어딘가에 있지만 만날 수 없다는 것의 차이라고 했다. 세상에서 사라진 것을 그리워한다는 건 머리와 마음이 일치해 마음껏 슬퍼할 수 있다는 의미이지만, 세상에 존재하지만 다시는 만날 수 없다는 것은 그 둘의 불일치를 뜻한다. 마음을 머리가 이해하지 못한다. 그러면 슬픔을 부정하고 외면하게 되다가 어느 순간 마음이 곪아 버린다고….

완다는 어쩌다 그 감정을 알게 되었느냐고 묻고 싶었지만 참았다. 묻지 않아도 알 것 같았다. 친구였던 인간의 죽음을 언제나 곁에서 지켜보지는 않았을 테니까. 릴리가 만나 온 인간 중에는 여전히 살아 있지만 다시 보지 못하는 이들도 분명 있을 것이다. 완다는 릴리가 느낄 감정을 이해해 보려 했지만 회색늑대로 그 마음을 짐작하기란 턱없이 부족했다. 하지만 더 노력하지는 않았다. 영원히 몰라도 좋으니 그런 상황은 오지 않았으면 했다.

그런데 왜 창틀에 앉아 있는 릴리를 지켜보는데 그 감정이 무엇인지 어렴풋이 느껴질까. 릴리는 그날 완다에게 목걸이를 돌려주었다. 천사 페브가 달린 목걸이였다.

"잠시 네가 하고 있는 게 좋겠어."

완다는 이유도 묻지 못하고 목걸이를 넘겨받았다. 릴리가 금방이라도 사라질 것 같았다. 그리고 영영 돌아오지 않을 것 같았다.

클리에는 완다가 감기에 걸렸다고 생각했다. 피가 빨려 힘이 없었을 뿐이지만 완다는 감기인 척 이불 속에 몸을 숨겼다. 모리스가 완다를 위해 출근을 미뤘다. 모리스는 해열제와 수프를 들고 찾아왔다. 어쩐지 모리스를 마주할 수 없어 완다는 이불 속에서 잠든 척 눈을 감았다. 모리스는 완다의 이름을 몇 번 부르다 가지고 온 음식과 약을 책상 위에 올려 두었다. 곧바로 나갈 줄 알았던 모리스는 침대에 살며시 걸터앉았다. 모리스는 완다가 잠들지 않았다는 걸 알고 있었다. 잠든 완다는 이렇게 얌전히 이불을 뒤집어쓰고 있지 않는다고 하면서 말이다. 모리스의 말에 완다는 아차, 싶으면서도 이불을 치우지는 않았다. 모리스도 일어나기를 강요하지 않았다.

"사람은 누구나 잘 지내다가도 싸우기도 하고 그래. 너희나 어른들이나 똑같다."

모리스는 완다가 릴리와 싸워서 그런 것이라 추측한 모양이었다. 완다는 지난 열흘간 릴리를 기다리던 자신의 모습을 떠올리고는 충분히 그런 오해를 할 수 있겠다고 납득했다. 하지만 굳이 몸을 일으켜 아니라고 정정하지 않았다.

"그럴 때는 시간이 지나면서 자연스럽게 풀리는 경우도 있고, 아니면 누가 용기를 내서 푸는 방법도 있어. 그렇지만 만일 그 일이 너를 너무 괴롭히고 상대방이 너를 너무 힘들게 한다면 굳이 노력하지 않고 떠나보내도 돼."

"…"

"그 사람을 떠나보내도 살면서 누군가를 또 만나게 될 테니까. 한 사람에게 너무 의지하는 것은 좋지 않아. 누군가를 좋아하고 의지하고 싶은 마음 바닥에는 외로움이 깔려 있으니까. 누구에게나. 모두가 각자 외로움을 깔아 두고 있기 때문에 자신의 외로움을 타인으로 치유할 수는 없단다. 다만 누군가를 만나면서 나 하나만 외로운 게 아니라는 위안을 받을 뿐이지."

완다는 모리스가 왜 자신에게 이런 이야기를 하는지 어렴

풋이 알 것 같았다. 클리에와 모리스는 완다가 줄곧 외로웠다는 걸 알면서도 묵묵히 지켜보고만 있었던 것이다. 모리스가 말했듯이 각자의 외로움은 타인이 치유해 줄 수 있는 것이 아니므로. 스스로 그 외로움을 잘 다스릴 수 있도록 기다린 것이다.

"사람은 1이 아니라 0이야. 0과 0은 만나서 아무것도 되지 못하지. 단지 0 옆에 또 다른 0이 있을 뿐이야. 그러니까 인정은 하되, 그 외로움에 지지 않으면 돼. 언제나 네 안에서 치열하게 싸우면서 외로움을 잘 끌어안아 주면 된다."

"…"

"아, 내가 또 말이 너무 멀리까지 나갔나?"

하마터면 고개를 끄덕일 뻔했다. 완다는 두 눈을 더 꽉 감았다. 그러지 않으면 당장이라도 모리스를 끌어안고 전부 다 털어놓을 것 같았기 때문이다. 모리스의 말이 전부 다 맞았다. 완다는 그것을 두려워하고 있었다. 어느 날 갑자기 릴리가 오지 않을 수 있음을, 릴리는 언제나 헤어질 생각을 하고 있음을. 그래서 창틀에 앉아 있던 릴리에게 아무런 말도 붙일 수 없었다. 참 이상한 일이었다. 송곳니 끝으로 릴리의 마음을 확인했는데도 왜 떠날까 봐 두려워하고 있을까. 예정된 미래를 바라보고 있는 것처럼.

모리스는 완다에게 푹 자라는 인사를 남겼다. 오늘 퇴근할 때 맛있는 음식을 사 오겠다고 약속도 했다. 완다는 그때라도 일어나 모리스를 배웅할까 생각했지만 그만 타이밍을 놓쳤다. 마당을 지나는 모리스의 뒷모습을 보며 완다는 고맙다는 말을 홀로 속삭였다. 그 모습이 마지막이었다.

그날, 모리스는 세상에서 사라져 영영 만날 수 없는 사람이 되었다.

수연

"사는 게 못 견디게 힘든 적도 많았고 지긋지긋하고 고통스러운 적도 많았지만 그래도 살아 있는 거였다고. 그래도 살아 있으니까 이제 지나면 또 좋은 일이 있겠지 생각하게 됐어. 인생에 희로애락이 있잖아. 그것들이 있어야지만 인생이라는 말인 거야, 결국에는. 그게 없으면 안 돼. 하나라도 없으면 균형이 안 맞고, 넷 다 없으면 죽은 거지. 그러니까 슬프다, 웃기다, 힘들다, 화난다, 뭐 그런 걸 다 느껴야 하는데 여기 있으면 없어져. 옛날에는 연속극을 참 재미있게 봤단 말이야? 얼마나 재미있던지 한 편 보고 나면 이렇게 전화기 붙들고 두 시간은 떠들었어. 어찌나 할 얘기가 많았다고. 그리고 다음 날 만나서 또 떠들고 그랬다니까. 내가 예전에 화곡동 살았을 때 친했던 재봉틀 돌리는 아줌마가 있었거든. 내가 마포구 빌딩에서 청소하고 그랬을 때였어. 그때도 매일 대걸레질하면서도 전날 봤던 연속극 곱씹다가 퇴근하자마자 달려가는 거야. 그 아줌마한테. 그래서 둘이 고구마나 옥수수 까먹으면서 얼마나 재미있게 떠들었다고. 그랬던 게 분명히 기억나는데 도통 뭐가 그렇게 재미있었는지만 기억나지 않는 거야. 미쳐 버리겠더라고. 가슴도 갑갑해지고. 그런데 이제는 그런 것도 없어. 그런 걸 느낄 이 마음도 안 남아 있는 거야. 죽은 거지. 여기가. 이 마음이. 응? 그러니까 종일 밥 나오면 몇 숟가락 뜨다 말고, 테레비 나오는 거 아무 생각도 없이 보고. 살 만큼 살았으니까 그만 가고 싶은 거야. 자식들이 얼굴 한번 안 비치는 곳에서 오래 숨 붙어 봤자 뭐 하겠어. 애들한테 짐만 얹어 주는 거지. 병원비만 나가고. 여기 있는 늙은이들은 자식들 원망 안 해. 그래서 입 닫고 있는 거야. 자기들 먹고살기도 힘든데 우리까지 힘들게 하면 안 되잖아. 세상이 점점 살기 어려워지는 걸 어쩌겠어. 우리 때도 전쟁도 있고 나라도 망하고 다 했지만 그래도 자식들 고통이 제일 커 보이고 싫은 법이야. 걔들도 마음에 여유가 있으면 그러지 않았을 거라고. 그러니 걔들 탓이 아니야. 되도록 빨리 눈감고 싶어. 누구든 나를 좀 데려가 주소, 주소. 먼저 간 이 양반아, 치사하게 거기서 혼자 있지 말고 네 마누라 좀 데리고 가쇼…. 이 병원에서 먼저 간 노인네들이 죽기 전에 꼭 그렇게 행복하게 웃었어. 곧 죽을 거라고 생각해서 그랬던 건지, 잠도 잘 자고 밥도 잘 먹고 웃기도 얼마나 많이 웃던지. 그게 지금 생각해 보면 진짜 죽을 날을 정해 놔서 그런 거지 뭐. 어디서 그런 용기가 생겼는지 몰라. 나는 아직도 뭐가 무섭다고 그런 용기가 없는데. 부러워. 정말이지 그렇게 부러울 수 없어. 그래도 젊은 형사님이 이렇게 나랑 수다 떨어 주니 오늘은 좀 신이 나네. 나도 여전히 수다 떠는 걸 좋아해. 늙는다고 사람이 바뀌는 게 아니거든. 늙었다는 건 살아온 시간이 길다는 것뿐인데 사람들은 옛날 사람이라고들 생각해. 옛날에 사는 사람. 나도 그이들이랑 다를 거 없이 현재를 사는 사람인데. 안 그런가, 형사님?"

할머니는 손에 꼭 쥐고 있던 장미꽃을 수연에게 선물했다. 종이접기 시간에 자신이 직접 접은 꽃이라며, 시들지 않으니 오래도록 간직해 줬으면 좋겠다고 말했다.

"사람도 시들지 않으면 얼마나 좋겠어. 그렇지만 어쩔 수 없지. 시드는 건 막을 수 없지 않은가. 내가 피었기에 저문다는 것을 아름답게 받아들여야지. 그렇지?"

수연은 고개를 끄덕였다. 종이꽃을 손에 쥐고 병원을 빠져나왔다. 저 할머니도 표적이었을까. 몸에 멍이 있고, 종이접기 수업을 들었으니…. 하지만 그들을 지켜 주겠다는 건 자신의 안일하고 건방진 생각처럼 느껴졌다. 그들은 수연보다 강했다. 각자의 삶을 마지막까지 지탱하고 있는, 대들보 같은 강함을 지니고 있었다.

병원 앞에서 완다가 수연을 기다리고 있었다. 평소처럼 담배를 피우고 있을 줄 알았으나 완다는 아무것도 들려 있지 않은 손을 수연에게 작게 흔들며 인사를 해 왔다. 둘은 골목에 차를 세워 두고 나란히 앉았다.

은심 할머니가 남긴 문장들은 생각보다 크고 날카롭게 수연을 찔렀고, 찔린 틈으로 잊고 있었던 기억들이 빠져나왔다. 삶을 버틸 수 있게 해 준 사람들이 있었다. 사람에게 상처받았지만, 그래도 또다시 사람을 믿어 보려는 안타까운 몸부림을 기꺼이 끌어안아 준 사람들이 있었다. 다 컸다는 말을, 혼자 잘 살 수 있다는 말을 장난으로라도 내뱉는 게 아니었다. 당신들이 없으면 안 된다고 매일매일 그렇게 말하며 울었어야 하는데. 그랬다면 마지막 순간, 그 울음이 계속 생각나 초인적인 힘을 발휘할 수 있지 않았을까. 살아야겠다는, 살아남아서 그 애 곁에 있어 줘야겠다는. 한동안 잊고 있던 감각이 살을 에는 듯이 감싸 왔다. 혼자라는 느낌. 이 세상에 또다시 혼자라는, 설산을 홀로 걸어가는 듯한.

수연은 차분하게 말했다. 할머니의 죽음과 유서에 관해.

"할머니는 겨울을 대비하고 계셨어요. 물론 이것만으로는 부족하다는 거 알아요. 세상을 등진다는 건, 설계해 두었던 자신의 세계를 스스로 무너트리는 일이니까요. 그렇지만 그냥 감이 그래요. 할머니가 저를 위해 뜨던 목도리를 완성하지 않고 떠났을 거 같지 않아요. 그리고 그때 말했던 의심 가는 간호사. 아무래도 만나 봐야 할 것 같아요. 사망자들은 전부 그 간호사가 하는 종이접기 수업을 들었거든요."

수연은 완다에게 서난주에 대해 이야기했다. 말을 듣는

내내 고개만 끄덕이던 완다는 수연이 말을 마쳤는데도 별다른 말을 하지 않았다. 완다가 창문을 열어 찬 공기를 크게 들이켰다. 생각에 빠진 듯 한동안 침묵을 지켰다. 완다의 왼쪽 관자놀이에는 긴 흉터가 있었다. 조금만 더 갔더라도 눈에 큰 치명상을 입혔을 상처였다. 하지만 그것이 가장 눈에 띄는 상처였을 뿐, 얼굴과 목에 무언가에 긁힌 듯한 상처들이 많았다. 눈 주위, 광대, 뺨, 귓불, 그리고 목덜미. 칼에 베인 상처일까. 그렇다기엔 상처의 크기가 너무 짧고 깊어 보였다. 어떤 무기가 저런 상처를 낼 수 있을까. 뾰족하고 날카롭지만, 두께가 있는 무기여야 가능했다. 수연은 지난 몇 년간 겪었던 기상천외한 무기들을 전부 떠올렸다. 젓가락, 구둣주걱, 형광등, 샴푸통, 장식용 램프, 옷걸이… 일상의 모든 것은 악의를 만난 순간 살인 흉기로 변했다. 생일 케이크용 칼도 흉기가 될 수 있다는 걸 겪은 이후로, 수연은 흉기에 예외를 두지 않았다. 가장 강력한 흉기는 마음이다. 다른 것들은 단순한 도구에 불과했다.

하지만 완다의 얼굴에 난 상처는 좀처럼 짐작하기가 쉽지 않다. 작은 흉기로 여러 곳에 상처를 내기란 역시 쉽지 않은 일이었고, 상처가 만들어진 시기도 각각 달라 보였기 때문이다. 더 자세히 살펴보면 알 수 있을 것 같았다. 더 가까이 들여다보고, 만져 본다면. 하지만 그건 개인적인 욕심이라는 걸 알았다.

시간은 차분하게 흘러 어느덧 해가 완전히 저물었다. 구름이 짙었다. 달을 완전히 가린 먹구름 탓에 밤은 그 어느 때보다 더 어두웠다. 천둥이 나지막이 울렸다. 앞 유리창에 빗방울이 투둑투둑 떨어졌다. 수연은 그 빗방울을 가만히 바라보다 완다에게 물었다.

"어쩌다 이 일을 시작하게 된 거예요?"

"먹고살려고."

"저는 할머니가 되라고 해서 됐어요."

차 안이었는데 차가운 빗방울이 느껴졌다.

"마음이 여리니까 경찰을 해야겠다고 했어요. 경찰은 세상 그 누구보다 약자 편에 서야 하는 직업이니까, 살고 싶지 않다는 저한테 경찰을 하라고 하더라고요. 경찰이 돼서 나처럼 소외되고 힘든 사람들을 도와주라고. 나한테 상처 준 사람과 같은 사람은 되고 싶지 않을 테니까, 그렇게 폭력과 차별로부터 방패가 되라고요."

"그 할머니가 정말 특별하구나, 너한테."

수연이 고개를 끄덕였다. 몇 번씩이나, 크게. 수연에게 경찰이 되라고 제안한 사람은 은심 할머니였다. 어느 것도 쉽게 지나치지 못해서 기어코 한 번 더 쳐다보는 사람이 경찰이 되어야 세상에 억울한 사람이 없어진다는 말로 수연을 꼬드겼다. 그 당시 수연에게 꿈 같은 건 사치였는데 은심 할머니의 말을 듣고 나니 정말 경찰이 되어야겠다는 생각이 들었다. 목소리가 작은 사람들의 말까지 전부 귀 기울여 들어야지. 내가 외쳤을 때 누구도 들은 척하지 않아 없는 말이 되어 버린 그 고백까지 전부 듣는 경찰이 되어야지. 수연은 그렇게 다짐했다. 그래서 살아남았다. 세상이 지워 버린 사람이었지만, 끝내 지워지지 않고 버텼다.

"당신은 왜 그 별난 직업을 가진 거예요? 하필."

수연이 물었다. 완다는 한참 후에야 입을 열었다.

"약속을 했거든."

완다의 표정이 서글프게 느껴졌다.

"분명 한 번은 봐주기로 했는데 약속을 지키지 않네. 하염없이 기다리다가 안 되겠다 싶었어. 금방 만날 줄 알았는데 시간이 너무 많이 지났네? 봐도 모를 거야. 그 애는 나를."

그 말에는 상대방에 대한 정보가 아무것도 들어 있지 않았지만 수연은 어쩐지 알 것 같았다. 완다가 기다리다 지쳐 찾아 나서게 만든 상대가 어떤 존재인지. 하지만 놀랍지 않았다. 완다와의 첫 만남부터 범상치 않았으니까.

"알아볼 거예요."

"그렇게 생각해?"

수연이 고개를 끄덕였다. 완다가 옅은 웃음을 지었다. 수연은 완다에게 함께 서난주를 만나자고 요청했지만 완다는 거절하고 자리를 떴다. 어쩐지 생각이 많아 보여 붙잡지 못했다.

자정이 가깝도록 서난주는 나타나지 않았다. 전화를 걸어도 신호가 길게 연결되다 끊겼다. 근무 중이라 받지 않는 것일까. 수연은 손목시계로 몇 번이나 시간을 확인했다. 어쩌면 서난주가 출근하는 걸 자신이 놓쳤을 수도 있다고 생각하며, 수연은 자동차 시동을 끄고 곧장 7층으로 향했다. 간호사 한 명뿐이었다. 그녀는 짜증과 피곤이 뒤섞인 얼굴로 서난주가 무단결근을 했고 연락조차 되지 않고 있다고 말했다. 수연은 서둘러 병원을 빠져나왔다. 운전석에 타자마자 조수석에 쌓여 있는 파일에서 서난주의 정보가 적힌 종이를 찾아냈다.

창백한 초록빛이 강렬한 승강기 안. 수연은 13층에 닿기를 기다리며 초조하게 서 있었다. 승강기는 다른 곳보다 느렸고 소음이 컸다. 그러다 이내 승강기가 13층에 덜컹, 하며 멈춰 섰다. 문이 열렸다. 집들이 다닥다닥 붙어 있는 긴 복도가 나타났다. 오피스텔 복도에는 창문 하나 없었고 벽면은 최근 페인트를 덧칠한 듯 깨끗했다. 복도 등은 침침했고 몇 개는 아예 꺼져 있었다. 수연은 현관문에 붙은 번호를 확인하며 1310호를 찾아 발을 움직였다. 아무 일도 없어야 한다. 아무 일도, 그 어떤 일도. 하지만 수연이 1310호를 찾아 걸음을 멈췄을 때, 뭔가 끈적한 것이 신발 밑창에 들러붙었다. 수연은 정면을 응시하며 숨을 크게 들이마셨다. 고개와 시선이 천천히 아래로 떨어졌다. 수연이 발을 들었다. 검붉은 액체가 끈적하게 떨어졌다. 뒷걸음질 쳤다. 그제야 현관문 틈에서 새어 나온 피가 복도에 가득 퍼져 있는 모습이 보였다.

옆집 문을 열고 담뱃갑을 들고 나오던 여자가 수연과 바닥을 번갈아 바라보다 비명을 질렀다.

완다

"그러지 마."

고개를 저으며 완다가 낮게 중얼거렸다. 더 크게 말할까. 들리지 않았을지도 모르겠다. 한 발자국 걸어가며 다시 입을 열었지만 늦었다. 역시 너무 작게 말했다. 던지라는 뜻이 아니었는데. 던지지 말라는 의미였는데. 인간은 거기서 던지면 죽는다고 말했어야 했는데. 날개가 돋았으면 좋겠다. 갑자기. 모리스의 등에서. 땅에 닿기 전에 몸이 알이 되었으면 좋겠다. 깨지지 않는. 하지만 몸은 살기 위한 진화를 하지 못했다. 날개도 없고, 떨어지면 깨지는 인간의 몸은 목걸이에 걸린 조그만 도자기 인형보다도 약하다. 지겨울 정도로. 숨은 왜 뜨거울까. 내뱉을 때 화상을 입을 것만 같다. 기도와 입안이 전부 타버리는 기분이었다. 열이 소리도 태울 수 있을까. 그럴 수 있을 것 같다. 얼음을 내리칠 때는 소리가 나지만 열을 토해 낼 때는 소리가 나지 않으니까.

펑펑 쏟아지는 눈은 모리스를 세상에서 감추기 위해 차분히 쌓였다. 흘러내리던 피도 어느새 눈에 감춰져, 모리스는 눈밭에 천사를 만들기 위해 누워 있는 것 같았다. 완다는 그 옆에 선 개솔송나무였다. 몸에 눈이 잔뜩 쌓인. 눈을 치켜떠 굴뚝을 바라봤다. 지평선에 뜬 달이 너무 커다랗고 붉었다. 해가 뜨는 밤 같았다. 어쩌면 정말 해가 뜬 밤일지도 모르겠다. 그러니 이건 꿈이다. 저토록 붉고 선명한 해가 뜨는 밤의 세계로 잘못 흘러 들어온 것이다. 이곳의 일은 현실이 아니다. 그 반대다. 그 모든 게. 그 모든 감정이.

완다의 눈은 굴뚝 위에 선 형체를 응시했다. 지상으로 내려와 자신에게 다가온 남자는 착각했다고 말했다. 피가 좀 텁텁한 걸 보니 와인을 많이 마셨던 것 같다고 아쉬운 소리를 했다. 들고 있던 봉지에 샌드위치가 있던데 그런 걸 많이 먹으면 지방이 많이 껴서 피가 좀 느끼하다는 정보도 알려 주었다. 완다는 자신에게 다가오는 남자를 물끄러미 바라보다 그 너머에 있는 모리스를 쳐다보았다. 도망가야겠다는 생각이 들지 않았다. 모리스가 왜 저기 누워 있는지만 생각했다. 떨어지는 장면을 두 눈으로 보았음에도 자꾸만 까먹었다. 눈으로 뒤덮인 모리스는 추워 보였다. 침대에 눕혀 이불을 덮어 주고 싶었다. 남자가 완다에게 손을 뻗었지만 닿지 않았다. 그 대신 남자는 저 멀리 날아갔다. 날아가 벽돌에 부딪힌 뒤 바닥에 떨어졌다. 숲을 건너 달려왔을 릴리는 뱀파이어가 아니라 꼭 회색늑대 같았다. 날카롭고 위협적인 이와 손톱을 드러낸 채 사냥하듯 매서운 눈으로 남자를 노려보며 숨을 몰아쉬었다.

릴리는 완다를 쳐다보지 않았다. 그래서 해가 뜬 밤이 더욱 꿈 같았다. 남자는 눈을 털고 일어나 릴리에게 달려들었다. 릴리는 남자의 얼굴을 움켜쥐고 바닥에 내리꽂았다. 남자는 어이없다는 듯이 웃으며 그렇게 화낼 일이냐고 물었다. 장난 그만 치라고 우리끼리 힘 빼 봤자 뭐 하냐고 친근하게 말을 붙였다. 릴리의 친구로구나. 그런데 왜 릴리는 남자처럼 친근하게 말을 붙이지 않을까. 릴리는 남자의 머리카락을 움켜쥐고 또다시 벽으로 패대기쳤다. 완다가 아는 릴리가 아니었다.

팔 하나로 무언가를 날릴 수 있는 존재였다는 것을 잊고 있었구나. 인간의 목숨 하나쯤 가볍게 죽일 수 있는 힘을 가진 존재에게 무엇을 바랐던 것일까. 남자는 이마에 흐르는 피를 닦았다. 자신에게 걸어오는 릴리를 바라보다 모리스가 언 수도관을 깰 때 쓰던 망치를 쥐었다. 망치는 아무것도 때리지 못했다. 망치를 쥔 남자의 손이 릴리의 손아귀에서 비틀리고 꺾였다. 남자의 비명은 길게 이어지지 못했다. 릴리는 남자의 머리카락을 붙잡고 그의 얼굴을 벽에 몇 번이고 박았다. 릴리의 뒷모습을 바라보던 완다는 다시 모리스에게 시선을 돌렸다. 피로 엉망이 된 남자에 비해 모리스는 깨끗하고 평온해 보였다. 완다는 그제야 모리스에게 다가갔다. 모리스의 머리를 들어 무릎에 올렸다.

아직 따뜻하다. 따뜻한데 눈 때문에 아주 빠르게 차가워지고 있다.

모리스의 몸을 끌어 보았지만 물에 젖은 것처럼 무거웠다. 땅에 뿌리라도 내린 걸까. 땅과 얽힌 뿌리가 모리스의 몸을 붙잡고 있는 것 같았다. 담장 너머로 쳐다보던 소년과 눈이 마주쳤다. 소년은 아까부터 그곳에 있었다. 모리스가 이곳에 오기 전에, 저 남자가 찾아오기 전에. 그보다 더 오래전부터 완다의 집 근처를 배회하고 있었다. 완다는 소년에게 말했다. 도와줘. 모리스를 병원까지 데리고 가 줘. 지금 가면 살 수 있을지도 몰라. 피는 조금밖에 빨리지 않았으니까. 떨어진 충격은 있겠지만 몇 달이면 다 나을 수 있을지도 몰라. 점점 차가워지고 있어. 완전히 얼어 버리기 전에, 뿌리가 다 박히기 전에 병원에 가야 해. 그런데 모든 걸 지켜보고 있던 소년이 돌연 웃었다. 송곳니가 뾰족하고 눈동자가 밝은 소년이었다.

어디선가 뭔가 끊어지는 소리가 들렸다. 나무가 부러지는 소리 같기도 했고 목이 뒤틀리는 소리 같기도 했다. 생명이 사라지는 소리다. 완다는 뒤돌지 않았다. 잠시 눈을 감았다. 눈꺼풀이 파르르 떨렸고 눈물이 흘렀다. 발소리가 들렸다. 이곳을 향해 오는 소리였고, 그건 릴리였다. 보지 않아도 알 수 있었다. 해가 세상의 모든 소리를 끌고 사라지면 그 적막을 뚫고 다가오는 발소리였으므로.

다시 눈을 떴을 때 소년은 그 자리에 없었다. 완다는 생각했다. 그 소년처럼 릴리도 사라졌으면 좋겠다고. 그렇게 생각하고 정말로 말을 뱉었던가. 기억나지 않는다. 차가운 모리스를 끌어안았다. 간절히 빌었다. 세상에서 사라지지 마. 죽은 단어가 되지 마. 해가 머무는 숲에 있어 줘. 얼지 마. 체온을 잃지 마. 가지 마. 약속을 어기지 마. 혼자 두지 마.

인간을 피해 사는 회색늑대가 되지 마.

수연

서난주의 집을 훑어보던 찬태가 뒷짐을 지고 수연이 있는 복도로 나왔다. 찬태의 손에는 서난주의 신분증이 들려 있었다. 찬태가 신분을 조회하기 위해 휴대전화를 든 순간, 그보다 먼저 수연이 입을 열었다.

"이름은 서난주. 1986년생으로 노원구 출생이에요. 경기도 소재 대학 간호학과를 졸업했고 3년 전 그 재활병원에 입사했어요. 그 전에는 노원구 성형외과에서 일했고요. 원래 이름은 서영은. 노원구에서 일어났던 모르핀 사건에 연루되어 있었고 그 사건 때문에 개명한 모양이에요. 아마 병원 환자들에게 돈 받고 모르핀을 투여했을 거예요. 제 추측이기는 해요. 죽지 않았다면 오늘 서난주의 입을 통해 들을 수 있었을 거예요."

수연은 흰 천이 씌워진 서난주에게 다가갔다. 문에 등을 기대어 앉은 채 죽었다. 흉기는 식칼. 복부를 관통해 장기를 전부 뒤튼 후 칼을 뺐다. 장기 손상이 컸지만 직접적인 사인은 과다 출혈이었다. 현장에 출동한 경찰과 구급대원이 문을 열었을 때 서난주는 사후경직이 끝나 앉은 채로 굳어 있었다. 몸의 상태로 보아 사망한 지 5~6시간 정도 되었다. 수연이 서난주의 집 앞에 온 것이 00시 21분. 그러므로 서난주는 전날 18시에서 19시 사이에 사망한 것이다. 해가 진 시각이었다. 천을 거두자 감지 못한 두 눈과 마주쳤다. 수연은 라텍스 장갑을 끼고 서난주의 얼굴과 목덜미를 살폈다. 없다. 목덜미, 쇄골, 팔, 손목, 전부 없다. 두 개의 구멍. 한 생명의 피를 전부 빨아들였을 그 흔적이 서난주의 몸에는 없었다. 붙잡고 있던 서난주의 손을 놓으려던 순간, 끝이 꺾인 손톱이 수연의 눈에 들어왔다. 피가 딱딱하게 굳어 있었다. 저항의 흔적이었다.

주방용 식칼이 떨어져 있던 자리는 스프레이로 표시되었다. 서난주의 오른쪽 허벅지 옆. 발견 당시 서난주의 손은 식칼 손잡이를 잡은 상태였고 칼끝은 서난주의 배를 향해 있었다. 위장일 뿐이다. 식칼로 제 배를 찌른 사람이 칼을 도로 뽑는 경우는 적으며 동맥을 끊는 것 외에 흉기로 자신의 몸을 찌르는 경우는 더 드물다. 거의 없다고 봐도 무방했다. 그러니 이 모든 것은 일부러 어설프게 흉내를 낸 것이다. 누구라도 눈치챌 수 있도록. 현장에 온 인원은 모두 이것이 자살이 아님을 곧바로 알아차렸다. 하지만 살인도 아니었다. 서난주의 집은 13층이었고, 복도에 설치된 CCTV 기록에 따르면 사건 발생 시각을 기점으로 열 시간 전까지 아무도 서난주의 집을 방문하지 않았다. 아무도, 그 누구도. 서난주를 제외하고 그 집을 드나든 사람은 CCTV를 아무리 돌려도 나타나지 않았다. 그러니 이 사건은 미스터리 살인 사건이 되거나 서난주의 끔찍한 자살이 된다. 어느 쪽도 현실감이 없었다.

하지만 수연은 이 모든 정황에 딱 맞는 범인을 알고 있다. 현관을 이용하지 않아도 집으로 들어갈 수 있는 존재, 해가 저물어야만 방문할 수 있는 살인자. 바람이 불어왔다. 흩날리는 커튼 자락을 보고서야 수연은 창문이 열려 있다는 것을 깨달았다. 수연이 걸음을 옮겼다. 커튼을 옆으로 밀자 창틀에 묻은 핏자국이 보였다. 서난주를 죽인 것은 뱀파이어가 확실하다. 하지만 왜 흡혈하지 않고 말 그대로 '살인'을 저지른 것일까. 찬태가 옆으로 다가왔다. 커튼을 완전히 열어젖히는 찬태를 바라보다, 수연이 덤덤하게 입을 열었다.

"선배는 만약 범인이 말도 안 되는 존재라면 어떨 거 같으세요?"

"차라리 귀신 짓이었으면 좋겠다."

"만약 진짜 귀신 짓이라면요?"

수연의 목소리가 진지하자 찬태의 표정도 덩달아 진지해졌다. 하지만 잠깐이었다. 찬태가 수연의 어깨를 주먹으로 가볍게 쳤다.

"이제 너도 현장에서 농담을 다 하네."

찬태는 곧바로 현장의 다른 단서들을 줄줄이 꺼내 놓았다. 아무래도 불가능했다. 타인에게 뱀파이어라는 단어를 올린다는 건. 완다에게 처음 그 이야기를 들었을 때의 수연처럼, 혹은 그보다 더 경멸할지도 모른다. 수연에게 완다의 첫인상이 미친 사람이었듯이.

"여기가 사람 사는 집 같으냐."

찬태가 물었다.

"냉장고에 아무것도 없어. 물도 없어, 어떻게 된 게. 아무리 혼자 사는 집이라고 하더라도 뭐 치킨 조각 하나 없잖아. 쓰레기통도 텅 비어 있고 짐도 조금밖에 없고. 떠나려고 했던 거겠지. 뭘 피해서 급하게 도주하려고 했거나. 그렇다면 그 상대는 범인일 확률이 제일 높고. 일단 서난주의 원한 관계를 먼저 살펴봐야겠어. 범인이 잡히면 수법을 알아낼 수 있겠지. 뭐, 범인이 있다는 것도 감식 결과가 나와 봐야 아는 거지만. 피해자 가족한테 연락하는 중인데, 되면 부검까지 갈 것 같으니 차차 파헤쳐 보자고. 지금은 돌아가자. 여기에는 아무것도 없다. 귀신이 살던 집 같아. 사람 흔적이 없네."

찬태가 먼저 발을 뗐다. 찬태를 따라 걸음을 옮기던 수연이 커튼 자락이 움직이는 소리에 창문으로 고개를 돌렸다. 바람은 불지 않았다.

찬태와 함께 차를 타고 경찰서로 돌아가며 수연은 완다에게 문자를 남겼다.

[서난주가 죽었어요. 뱀파이어 짓 같은데 이번에는 현장에 가지 마요. 살인 사건으로 보고 있어서 현장 근처에 계시면 오해 살 수 있어요.]

그날 오후까지 완다에게서는 답이 오지 않았다.

법의학자 지선은 칼의 위치, 들어간 깊이로 보아 스스로 찌른 것은 아니라 판단했다. 손잡이 부분이 살에 파묻힐 정도로 찔러 넣었다. 칼끝이 등을 꿰뚫기 직전까지 밀어 넣은 셈인데, 혼자서는 이렇게 찌를 수 없으며 성인 남성이 힘을 다해 찔렀을 확률이 가장 크다고 말했다. 찬태는 스스로 이만큼 찔러 넣는 것이 불가능하냐고 물었다. 돌아온 대답은 불가능하지 않지만 과연 누가 이토록 큰 고통을 삶의 마지막에 본인에게 주느냐는 것이었다. 저항하는 과정에서 무언가를 강하게 움켜쥐며 손톱이 망가졌지만 범인의 살점이 발견되지는 않았으며 마지막으로 위에서 수면제가 검출되었다고 말했다. 죽으려는 목적은 아닌 듯했고 단지 불면증이 심해 꾸준히 복용한 것 같다고 지선은 추측했다.

과학수사팀 조사관은 흉기에서 발견된 건 서난주의 지문뿐이고 집 안에서 서난주의 것이 아닌 족적 두 개가 발견되었다고 말했다. 특이한 건 둘 다 집 안에서 신발을 신은 채 돌아다닌 흔적이었는데, 서난주의 사망 추정 시간에 그 집을 들른 사람은 없다는 점이다. 이 흔적은 무용지물이었다. 속이 답답한 듯 주위를 맴돌던 찬태가 헛기침을 하며 수연의 옆에 앉았다. 상체를 숙여 느슨해진 신발 끈을 묶었다.

"너 처음부터 이런 방향으로 의심하고 그 병원 잡고 있었던 거야? 간호사가 약물을 투여해 주고 있을 거라 생각하고?"

잔뜩 구부러진 상체 탓에 찬태의 말은 꿍얼거리는 것처럼 들렸다.

"뭐, 비슷해요."

"왜 그런 생각을 했어?"

"이상했으니까요. 한 병원에서 사람이 그렇게 많이 죽는다는 게. 만일 노인분들이 계신 재활병원이 아니라 일반 병동이었다면 충분히 수사에 들어갔을 상황이잖아요."

"그런데 사건에는 적합성이라는 게 있잖냐. 일이 일어날 만한 상황. 그걸 빼놓으면 안 되지. 네 말대로 일반 병동이었다면 이 적합성이 없으니 수사에 들어갔겠지. 하지만 그 병원은 너도 잘 알다시피…."

찬태가 말을 끝까지 잇지 못했다. '그럴 만한 곳'이라는 말을 차마 뱉을 수 없는 모양이었다.

"물론 이 문제는 내가 틀렸고 네가 맞아. 의심이 가면 거두절미하고 조사를 해야지, 형사라면. 네가 제대로 배운 게 맞다."

"은경 선배한테 배웠어요."

"은경이. 그래, 은경이가 그랬지 참…. 너 근데 그 사건 아냐? 은경이가 쫓던 용의자 한 명이 자살했던 거. 결과적으로 범인은 맞는데 은경이의 수사 과정이 강압적이었나 봐. 그 범인이 원래도 분열증이 좀 심했던 모양인데 겁을 많이 먹은 거지, 뭐. 본인은 어쩔 수 없었다, 나쁜 의도가 아니었다, 이런 말만 늘어놓았겠지. 아무튼 그 범인 집에서 은경이 이름이랑 전화번호, 소속 뭐 이런 것들이 적힌 게 발견됐거든. 자신을 뒤쫓던 형사에게 보복하기 위해서였는지 아니면 증거를 남겨 둔 건지는 몰라도 범인 가족들이 은경이 상대로 고소하겠다고 난리였어. 고소는 취하했지만 은경이도 한동안 일 쉬고 그랬다. 뭐, 사람을 사람으로 대하지 않았다는 명목으로 자숙한 거지. 그래서 그때 이후로 용의자로 지목받던 사람이나 범인이 형사 신상 정보를 가지고 있는 게 영 탐탁지 않아. 나뿐만 아니라 같이 일하는 애들도."

처음 듣는 이야기였지만 수연은 그다지 놀라지 않았다. 은경 선배라면 충분히 그러고도 남을 사람이었다. 어쩌면 동료들이 추측하는 것보다 더 과격하게 용의자를 대했을지도 모른다. 찬태는 목소리를 가다듬었다.

"서난주의 집에서 네 번호가 적힌 종이가 발견됐다. 좀 전에 연락받았어."

"…."

"근데 너는 아까 나한테 서난주가 죽지 않았다면 그날 물어보려고 했다고 했잖아. 그럼 서난주는 네가 자신을 의심하고 있는지 몰랐던 거 아니냐?"

수연은 아무 말도 하지 않았다. 어떤 말로도 찬태의 의심 섞인 의문을 풀어 줄 수 없기 때문이었다.

"말 안 할 거야?"

찬태가 물었다. 수연이 짧게 고개를 끄덕였다.

"그래, 들어가 봐. 근데 이 사건, 네가 수사하고 있었다고 하더라도 너한테 안 갈 거야. 조금 있다가 지원 나온다고 했으니까 그때 만나서 내용 인수인계하고 물어보는 거에 다 대답하고. 나는 CCTV나 더 돌려 보러 가련다."

이번에도 수연은 고개만 끄덕였다. 찬태는 먼저 걸음을 돌렸다.

지선마저 자리를 비우자, 부검실에는 수연과 서난주만이 남았다. 서난주가 자신의 번호를 적어 두었다. 그 말은 서난주가 자신에게 먼저 연락하려고 했다는 뜻이다. 서난주는 무슨 말을 하려고 했을까. 세상을 등진 자는 고요하고 편안해 보였다. 어떤 세상이었든 돌아서면 아무것도 아니게 된다고, 남아 있는 자에게 말해 주는 것 같았다. 하지만 이대로 가면 안 되는 사람이다. 수연은 서난주에게 물어야 할 것이 많았다. 왜 혼자 편안하게 누워 있느냐고, 뒤늦게야 소리치고 싶었다. 입을 열면 바깥으로 튀어나올 것 같은 분노를 꾸역꾸역 삼켰다. 떨리는 숨을 크게 들이켠 후에야 간신히 입을 열었다. 답을 들을 수 없는 질문을 계속 던졌다. 무슨 일이 있었는지, 자신에게 무슨 말을 하려고 했는데, 누구에게 살해를 당했는지, 당신도 뱀파이어를 만났는지, 그리고 정말로 뱀파이어를 도와줬는지.

"왜 그랬어요. 왜 같은 사람의 외로움을 이용했어요."

사건의 진상을 밝히고 범인을 잡을 수 있다고 해도 영원히 알 수 없는 것들이 있다. 죽은 자의 목소리. 사건 해결과는 전혀 다른 영역의 일이었다. 가해자가 잡혀도 피해자의 목소리는 불러올 수 없으므로, 모든 사건은 해결되지 않는 부분이 반드시 있었다.

　　완다에게서는 아직도 연락이 오지 않았다. 수연이 문자를 보낸 지 다섯 시간이 지난 때였다. 완다가 그때처럼 현장을 마구잡이로 파헤칠까 걱정이 됐다. 자살로 판명 나는 사건과 달리 살인 사건은 무게감 자체가 달랐다. 오피스텔에 사는 사람이 전부 용의자가 될 것이고 그 근처를 지나갔던 이들 모두 수사선상에 오를 것이며 서난주의 전화번호 목록에 있는 사람들, 그리고 직장 동료에게는 이미 연락이 갔을 것이다. 이런 상태에서 완다가 경찰 눈에 띄면 좋을 것이 없다. 완다는 형사가 아닌 신분으로 형사인 척 병원을 들락날락하지 않았던가. 수연은 결국 초조한 마음에 전화를 걸었다. 역시나 완다는 전화를 받지 않았다.

　　오후 8시가 되도록 지원 나온다는 팀은 소식이 없었다. 찬태는 힐끔힐끔 수연을 지켜보다 어느새 책상에 엎드려 잠을 청했다. 수연은 일부러 큰 소리로 기침을 하고 서랍을 세게 닫았다. 깊이 잠들었는지 찬태는 미동조차 없었다. 그것을 확인한 후에야 수연은 권총을 챙겨 자리에서 일어났다.

　　오피스텔에 도착했을 때부터 비가 내리기 시작했다. 누

군가 죽었다는 이유만으로 오피스텔은 주변의 다른 건물보다 초라하고 으스스했다. 건물 자체가 텅 빈 것처럼 조용했는데 단지 기분 탓은 아닐 것이다. 살인 사건이 일어난 건물이다. 입주민의 대부분이 하룻밤이라도 다른 곳에 머물려고 할 것이고 개중에는 빠르게 집을 내놓은 사람도 있을 것이다. 수연이 1층으로 들어서자, 아침에 보았던 경비가 꾸벅꾸벅 졸다 화들짝 놀란 얼굴로 수연을 쳐다보았다. 수연이 형사라는 걸 알아보고는 황급히 자리에서 일어났다. 사건과 관련해 뭔가 물으러 왔다고 생각한 모양이었다. 지레 겁먹은 표정이었다. 수연이 가볍게 눈인사하고 지나가자, 그제야 경비의 낯빛이 편안해졌다. 찬태가 일어나면 수연을 찾을 것이다. 수연이 사건 현장에 다시 왔다는 걸 알면 노파심에 화를 낼지도 모른다. 수연은 이 살인 사건의 용의자가 될 수 없었지만, 만에 하나 자살일 경우 사망자를 죽음으로 내몬 형사가 될 수는 있었으므로.

13층 복도는 폐허처럼 적막했다. 발을 뗄 때마다 복도에 가득 퍼져 있던 찐득찐득한 피의 점성이 느껴지는 듯했다. 서난주의 현관 앞에서 밟았던 검은 피가 진액처럼 신발에 달라붙고 있다. 서난주의 집 입구는 마치 괴수의 동굴처럼 입을 벌린 채 수연이 오기를 애타게 기다리고 있었다. 사람이 죽은 공간에는 한기가 돈다. 동료들끼리는 우스갯소리로 귀신이 함께 머물고 있기 때문이라고 말했다. 등골을 오싹하게 만드는 말이었지만 수연은 그 어느 때보다 이곳에 머물고 있을지도 모르는 서난주의 영혼을 만나고 싶었다. 자신을 찾아오려고 했던 이유가 무엇인지, 난주가 그를 도와주고 있었던 것이 맞는지. 아까 물었던 질문의 대답을 간절히 듣고 싶었다. 하지만 안타깝게도 수연은 이 일을 하면서 그 어떤 영혼도 마주친 적이 없었다. 죽은 사람은 떠났다. 떠난 이가 남긴 흔적으로만 대화할 수 있었다. 그것이 이 세계에 걸린 저주다. 존재하는 이상 존재하지 않는 것들을 만날 수 없는, 이 세계에 갇힌 육신의 저주.

커튼이 펄럭였다. 창문이 여전히 열려 있었다. 하지만 수연은 창문이 원래 열려 있던 것이 아님을 알아차렸다. 누군가가 창문을 다시 열었다. 수연은 부질없다는 걸 알면서도 재킷 안주머니에 넣어 둔 권총 손잡이를 움켜잡았다. 총은 일종의 공포탄이다. 총성이 울리면 근방에 있던 누군가가 신고를 할 것이다. 아무리 수연에게 본 모습을 드러낸다고 한들, 인간 앞에서 자신을 완전히 까발리지는 못하리라. 그럴 수 있었다면 살인의 흔적을 전부 남기고 가지 않고 인간 앞에 모습을 드러냈을 테니. 수연이 침대를 지나쳐 커튼을 붙잡아 한순간에 젖혔다. 창틀에는 아무도 서 있지 않았다. 그 대신 바로 뒤편에서 웃음소리가 들려왔다. 어두컴컴한 곳에 홀로 서 있는 것은, 그다. 이 모든 일의 진범. 기다란 그림자가 뻗어 수연에게 먼저 닿았다. 수연은 천천히 모습을 드러내는 남자를 보며 완다의 말을 떠올렸다.

신이 사랑으로 넣은 금빛 눈동자, 희고 창백한 피부. 검붉은 입술과 곧고 아름다운 육체. 그래서 한번 보면 잊을 수 없고, 눈을 감아도 자꾸만 생각나는 존재. 한번 뱀파이어를 알아보면 그다음부터는 수만 명 속에서도 뱀파이어를 찾을 수 있게 되는, 그런 존재.

머리끝에서 발끝까지 젖은 상태였지만 남자는 웃음 띤 얼굴로 수연의 앞에 섰다. 금빛 눈동자가 이채를 반짝이며 수연을 옭아매는 듯했다. 남자의 검붉은 입술이 열렸다. 아름답고 차가운 얼굴이었다. 뱀파이어를 한번 알아보면 군중 속에서도 뱀파이어를 찾아낼 수 있다는 완다의 말을 이 자를 마주친 순간 실감했다. 창백한 달빛 아래 빛나는 연꽃 같은 얼굴로 수연을 보며 웃었다. 날카롭게 뻗은 콧날과 선명한 입술, 기다란 속눈썹 아래로 환히 빛나고 있는 눈동자가 차례로 눈에 들어왔다. 그자는 수연에게 먼저 손을 내밀며 악수를 청했다. 수연은 바싹 긴장한 상태로 총구를 그에게 들이밀었다. 그는 총을 보고도 아무런 동요도 하지 않았다.

"드 파요르 울란. 그냥 울란이라고 부르시면 돼요."

울란의 웃음은 부드러웠다. 상냥하다거나 다정하다는 말도 잘 어울렸다.

"저를 찾고 있다는 거 알아요. 제가 어떤 흉악한 짓을 하고 있다고 생각하고 있다는 것도 알아요."

말을 해야 하는데 입술이 떨어지지 않았다. 그레타가 뱀파이어임을 확인했을 때와는 전혀 다른 느낌이었다. 저자는 언제라도 손쉽게 자신을 죽일 것 같았다.

"그들이 원했어요. 나를."

울란의 눈빛과 목소리는 무언가를 갈구하는 듯이 애처로웠다.

"그들은 선택받은 자들이에요. 나 역시 그들에게 선택받았고요. 우리는 서로에게 원하는 걸 줬을 뿐이에요. 구원이라는 축복을."

"…."

"그들은 피로, 나는 고통 없는 죽음으로."

지금 무슨 말을 하려는 걸까. 수연은 울란의 행동에서 의도와 진위를 파악할 수 없었다. 그는 자신의 범죄를 인정하고 있었다.

"그저 내게는 그들을 구원할 힘이 있는 것뿐이에요. 그들의 신과 다르게, 나는 지상의 고통을 못 본 체할 수 없어요. 그들의 신은 아무것도 해 주는 게 없어요. 지옥과 다름없는 이 세계를 창조해 놓고 손끝 하나 건드리지 않잖아요. 이 세계를 멸할 수도 있는 힘을 가지고서도 고작 개인의 비극도 치유해 주지 않는 매정한 존재니까요. 그들을 구원한 건 나예요. 그들에게 내가 말했죠."

"…."

"나 외에 다른 신을 두지 말라. 나는 너희의 슬픔과 고독을 외면하지 않겠느니."

"헛소리하지 마요."

수연은 목소리가 떨리지 않았다는 사실에 감사했다.

"나는 절대 나를 원하지 않는 인간에게 찾아가지 않아요. 고독한 인간만이 나를 절실하게 바라죠. 혼자이지만 혼자가 되고 싶지 않은. 살아가지만 삶에서 의미를 찾을 수 없는. 숨쉬는 하루하루가 날마다 버거운 인간들. 어제와 오늘의 구분이 없고, 가진 거라고는 어디서도 환영하지 않는 육신뿐이죠. 나를 잘 봐요. 우리는 인간보다 긴 세월을 살며 이 세계에 만연한 굶주림과 외로움의 균형을 맞춰 왔어요. 죽음은 두려운 것이 아니라 끔찍한 세계에서 벗어날 수 있는 가장 안온한 피난처이자 완벽한 구원이죠."

울란은 창틀에 몸을 기댄 채 수연을 주시했다. 옅은 웃음을 입가에 머금었다. 그러고는 곧 무언가 석연치 않다는 듯이, 이 상황이 마음에 들지 않는다는 듯이 미간을 구겼다. 창틀에 기대어 있던 몸을 일으켜 수연에게 한 발자국 다가왔다.

"이상하다. 왜 겁을 안 먹지?"

수연은 뒤로 물러났지만 이제 도망갈 수 있는 공간이 몇 걸음 남지 않았다는 것을, 아니 애초에 이곳에서 도망갈 수 없다는 것쯤은 알고 있었다. 싱크대 수도꼭지에서 물방울이 일정한 간격으로 떨어졌다. 버석하게 마른 수세미, 거의 다 쓴 주방 세제, 식기가 있어야 할 자리를 차지한 일회용 수저. 그런 것들이 수연의 눈에 밟혔다. 울란은 자신의 뺨을 손바닥으로 천천히 문지르며 말했다.

"왜 인간은 죽음을 무서워하면서도 제 발로 걸어 들어오는 걸까요. 죽을 걸 알면서도. 너무 모순투성이에요."

수연 역시 제 발로 죽음을 향해 걸어왔음을 부정할 수 없었다. 하지만 그걸 알면서도 오지 않았던가. 범인은 반드시 사건 현장에 다시 나타나게 되어 있고. 수연은 그 범인을 만나러 기꺼이 찾아온 셈이다. 알고 있었다. 사무실에서 권총을 챙길 때부터 이까짓 총으로는 범인을 죽일 수 없다는 것을 알았다. 그럼에도 왔다. 저 뱀파이어의 말처럼 인간은 모순된 존재라, 어차피 죽을 걸 알면서도 뛰어들 때가 있다. 그렇게 하지 않으면 죽은 것이나 다름없는 삶이었기에. 은경 선배는 그날 자신이 죽으리란 걸 알고 있었다. 선배도 인식할 수 없는 죽음에 대한 본능, 그것을 두려워하는 유전자의 기억, 죽음을 인지하는 몸의 장치. 말로 설명할 수 없는 어떤 것들이 선배에게 끊임없이 알렸을 것이다.

'나는 왜 이렇게 태어났는지에 대한 고민을 많이 해. 왜 이런 성격을 타고나서 남들이 하지 말라는 걸 굳이 하지 않으면 죽을 만큼 괴로운지 모르겠어. 이제는 그냥 받아들이기로 했어. 나는 이러려고 태어났구나 하고. 수연아, 궁금한 거 참지 말고 살아. 그래야 살아갈 수 있는 사람들이 있더라.'

하필이면 은경 선배가 수연에게 한 마지막 말이었다. 얼마나 원망했는지 모른다. 본인처럼 되지 않으려면 때로 어떤 일들은 피해야만 한다고 말해 줬어야 했다. 하지만 선배는 인간이란 죽음을 앞에 두고도 지키고 싶은 무언가가 있고, 죽음을 각오하고서라도 이뤄 내고 싶은 무언가가 있는 존재라는 것을 알려 줬다. 그러니 수연은 이제 궁금증을 풀어야 했다. 왜 이 병원이었는가. 왜 할머니를 죽였는가. 왜 서난주를 죽였는가. 두려움이 차츰 가라앉았다. 자신을 보고 있는 것은 무수히 마주쳤던 범인들과 다를 바 없는 존재다. 인간인지 아닌지는 중요하지 않았다. 원래도 인간성은 범죄 앞에 무의미했다.

"서난주 씨를 죽인 거 당신 맞죠."

울란이 고개를 끄덕였다.

"왜 죽였나요."

"겁에 질려 있었어요. 나를 죽이려고 했고. 칼을 들이밀어서 진정시키려다가 그만."

울란이 두 팔을 들어 올리며 고개를 저었다. 진지한 태도가 아니었다.

"어쩔 수 없었어요."

"둘이 무슨 관계였길래…"

"공생관계였죠. 나는 그녀를 위해 사람을 죽였고, 그녀도 나를 위해 일해 줬어요. 병원에 있는 사람들 중 누가 삶을 지겨워하는지를 알려 줬죠."

울란은 기억을 곱씹다, 아쉬운 듯 입맛을 다셨다.

"이런 관계는 신뢰가 깨지면 끝이잖아요. 나는 그녀를 죽일 생각이 없었는데 그녀는 내가 자신을 죽일 거라고 생각했나 봐요. 어제는 갑자기 저를 보더니 칼을 들이밀더라고요. 너무 겁을 먹은 거죠. 아니라고 말리다가 그만."

수연은 울란의 눈을 응시했다.

"할머니는… 왜 죽였어요?"

물었지만 답을 듣고 싶지 않았다. 보잘것없는 이유리란 걸 직감했으므로. 한 인간의 죽음이 숭고하거나 위대하지 않을 수 있다는 것을 확인받고 싶지 않았다. 하지만 알아야만 한다. 영원히 괴로울지라도 수연은 자신만이라도 할머니가 죽은 이유를 알고 있어야 한다고 생각했다.

"그 여자가 무시하는 느낌이 들어서 좀 화가 났거든요. 그래도 너무 원망하지 마요. 할머니 죽고 싶어 했어요. 유서 봤잖아요. 그거 할머니가 직접 쓴 거 맞아요."

울란의 말투는 덤덤했다. 낯설지 않다. 은경 선배를 죽였던 그 남자도 그랬다. 그 남자도 살인의 이유를 '화가 나서'라고 말했다. 저런 표정으로. 지루한 수업을 듣고 있는 듯한 따분한 표정으로…. 울란은 실내를 천천히 걸으며 말을 이었다.

"당신이랑 같이 다니는 그 여자, 나를 못 잡는 게 아니에요. 안 잡는 거예요. 내가 여기 있으면 그 여자가 줄곧 찾아 헤맸던 그녀가 올지도 모른다는 기대감에 그냥 지켜보고 있는

거야. 사람들 죽든 말든. 그래서 화가 났어. 나를 이용하려고
하니까요. 예전에도 이런 비슷한 일이 있었어요. 그 여자의 아
빠도 그렇게 죽었거든요. 아, 물론 할머니처럼 그냥 죽은 건 아
니고 피를 빨렸어요. 그리고 높은 곳에서 던져졌어요. 그럼 더
참지 못할 줄 알았는데."

수연은 완다의 말을 곱씹었다.

'절대 내 말을 잊지 마. 뱀파이어 말에 현혹되면 안 돼.'

자신을 자극하기 위해 저러는 것이다. 쉽게 넘어가지 않으
리라. 절대 흥분하지 않으리라. 절대로, 원하는 대로 되게 하지
않으리라. 울란이 수연의 표정을 살폈다. 표정 하나 없는 그
얼굴을 보고 실망이라는 듯 미간을 구겼다.

"생각보다 냉정한 인간이네."

"내가 당신 말에…."

"할머니는 아니던데."

울란이 웃었고, 오피스텔에 총성 두 발이 울렸다. 한 발은
공포탄이었다. 한 발은 울란의 어깨를 관통했다. 울란이 인상
을 찌푸리다 제 어깨에 손을 올렸다. 총알이 박힌 어깨를 손
바닥으로 매만졌다. 현혹되지 않는다고 달라질 게 있을까. 수
연이 사랑했던 사람은 이미 이 세상에 존재하지 않는다. 무슨
수를 써도 돌아오지 않는다. 그것은 변치 않는다. 무슨 수를
쓰든….

수연은 또다시 방아쇠를 당겼다. 이번에는 심장을 향해

쐈다. 울란이 반동에 뒷걸음질 쳤다. 하지만 그뿐이었다. 울란
은 총알이 박힌 자신의 왼쪽 가슴을, 무언가에 긁힌 것처럼
인상을 찌푸리며 쓰다듬을 뿐이었다. 울란이 요동치는 심장
을 애써 진정시키며 입을 열었다.

"이건 맞을 때마다 너무 불쾌해. 최악이야. 죽이기 위해
만든 거잖아요. 악마도 이런 건 만들지 않겠어."

아무런 타격을 주지 못하리라는 건 예상했기에 수연도
아무렇지 않았다. 당황하지 않고 연이어 방아쇠를 당겼다. 몸
에 구멍이 많아지면, 생명체라면 어쩔 수 없이 영향을 받을 테
니까. 하지만 그것마저도 수연의 얄팍한 바람이었다는 것을,
울란에게 권총을 빼앗기며 확인했다. 속절없이 권총을 빼앗긴
수연이 할 수 있는 일은 이마에 겨누어진 총구를 노려보는 것
밖에 없었다.

"진짜 겁이 없네. 나는 그런 눈빛 싫어해요. 우리 이런 건
쓰지 마요. 반칙이잖아."

울란이 권총을 자신의 코트 주머니에 넣었다. 시선이 창
밖으로 향했다.

"오늘 비가 오다가 밤안개가 낀다더니 벌써 안개가 짙네
요. 저는 안개 낀 날을 좋아해요. 숨기도 좋고, 누군가를 죽이
기에도 딱 좋으니까."

목을 움켜쥔 손에 몸이 속절없이 끌려갔고 저항은 곤충
의 날갯짓처럼 애처롭고 연약했다. 울란이 수연의 몸을 그대

로 내던졌다. 날아간 몸은 선반에 부딪힌 후 바닥으로 떨어졌다. 선반 모서리에 갈비뼈가 부딪히며 소리를 내지를 수도 없는 고통이 뒤따랐다. 수연이 바닥을 짚으며 몸을 일으키려고 할 때마다 뼈에 찌르르한 통증이 밀려왔다. 다가오는 구둣발 소리가 들렸지만 수연은 몸을 일으킬 수도, 도망갈 수도 없었다. 할 수 있는 것이라고는 울란의 발목을 세게 붙잡는 것뿐이었다. 버텨야 한다. 할 수 있는 한 최대한 버텨야 했다. 이 괴물이 잡힐 수 있도록.

울란이 수연의 턱을 붙잡아 몸을 일으켰다. 검고 긴 손톱이 칼날처럼 수연의 목과 뺨을 파고들었다. 손아귀 힘에 턱뼈가 으스러지는 기분이었다. 울란을 떨어트리기 위해 발버둥쳤다. 하지만 울란은 수연의 오른팔을 가볍게 붙잡아 그대로 꺾었다. 수연의 비명이 찢어질 듯 날카롭게 퍼졌다. 수연이 입술을 세게 깨물었다. 새하얗게 질린 입술을 파르르 떨며, 눈을 내리깔았다. 울란의 얼굴은 평온했다.

"나도 한 인간을 이렇게 오랫동안 미워할 생각 없었어요. 잊고 지낸다고도 믿었어요. 그런데 얼굴을 보니까, 그렇게나 많이 변했는데도 단번에 알아보겠더라고. 나도 알아봤는데 그 여자가 나를 어떻게 못 알아볼 수가 있어. 알고 있을 거야. 알면서도 일부러 피한 거겠지. 그때처럼 피할 수 있을 줄 알고."

홀로 북받치는 울란의 말을 수연은 알아들을 수 없었지

만 한 가지는 확신할 수 있었다. 이 뱀파이어는 아주 긴 생의 일부를 우매하게 살고 있다. 인간으로 치자면 생의 반절에 가까운 시간을. 수연은 짓눌린 목에서 힘겹게 목소리를 끄집어냈다.

"인간은… 당신처럼 그렇게 오래 담아 두지… 않아. 그래야 계속… 살아갈 수 있으니까…."

뱀파이어의 반세기는 인간의 5년 같을 수도 있다. 인간에게는 아득히 먼일이 되어 버린 이야기가 저 뱀파이어에게는 어제 일처럼 생생할지도 모른다. 하지만 분명한 건 살아가는 동안 인간은 과거에 묶여 있지 않는다는 점이다. 인간은 반드시 벗어난다. 잊고, 묻고, 달래며 나아간다. 그리하여 또 다른 세계를 만난다.

울란이 수연의 머리를 뒤로 젖혔다. 수연은 이 상황에서조차 완다를 여간 믿는 게 아니구나 싶었다. 만난 지 얼마나 됐다고 완다를 이렇게나 믿는 걸까. 하지만 수연은 자신의 감을 믿는다. 저 사람은 믿을 수 있겠다는, 세상을 살아가기 위해 곤두세울 수밖에 없었던 초월적인 감각. 그리고 이번에도 맞았다. 수연의 반쯤 감긴 눈꺼풀 사이로 익숙한 사람이 보였으니까. 완다는 활짝 열린 현관에 서서 둘을 바라보고 있었다. 역시 왔다. 수연이 완다를 향해 웃었다. 초점이 흐려져서 완다가 따라 웃고 있는지는 알 수 없었다.

먹잇감의 살점을 뚫을 생각에 빠져 있던 탓에 울란은 완다의 기척을 느끼지 못했을까. 어쩌면 완다는 울란이 느끼지 못할 정도로 기척 없이 움직이고 있는 것일지도 모른다. 수연 역시 완다를 발견하기 전까지 완다가 왔다는 것을 알아차리지 못했으므로. 완다의 손에는 칼이 들려 있었다. 양날이 날카로운 칼이었다. 중세 시대 기사들이 썼던 단검처럼 보였지만, 손잡이가 멋스럽게 장식되어 있는 대신 낡은 천으로 둘둘 감겨 골동품에 가까운 느낌이었다. 완다는 수연을 구해 줄 생각도 없이 지켜보기만 할 뿐이었다.

완다는 기다리고 있다. 울란이 정신없이 수연을 뜯기를. 지금 수연이 완다를 부르면 울란은 수연을 놓고 완다에게 달려갈 것이다. 수연에게는 선택권이 없었다. 완다를 믿고 싶지 않아도, 지금은 완다를 따를 수밖에 없었다. 그래서 울란이 목덜미를 물었을 때, 뭉툭한 무언가가 살을 뚫고 들어오는 걸 느꼈을 때, 그리하여 한순간 눈앞이 하얘지고 온몸에 힘이 전부 빠져나가는 걸 느끼던 순간에도 수연은 울란의 몸을 두 팔로 세게 끌어안았다. 완다의 칼이 빗겨 나가지 않고 제대로 들어갈 수 있도록. 한 번에 많은 피가 빠져나가자 구역질이 났고 식은땀이 흘렀다. 눈앞이 하얗게 되었다가 돌아오기를 반복하다 어느 순간부터는 하얀 막이 거둬지지 않았다. 어디선가 천둥이 치는 듯한 소리가 들렸다. 총성이었다. 하지만 수연은 눈을 뜰 수 없었다.

정신이 돌아왔을 때도 여전히 밤이었다.

얼마나 기절해 있었는지 알 수 없었으나, 그리 오랜 시간은 아니었을 거라고 수연은 생각했다. 여전히 차가운 마룻바닥 위였다. 한기가 느껴졌다. 입을 벌리자 미약한 신음이 터졌다. 멀지 않은 곳에서 기척이 들렸다. 무거운 눈꺼풀을 뜨는 것조차 곤욕이었다. 수연은 살을 가르듯 힘겹게 눈을 떴다. 두 사람일까. 몸이 분열 중인 괴물 같기도 했다. 하지만 저 형체는 분명히 두 사람이다. 초점이 맞지 않아 시야가 흐렸다. 미간에 마지막 힘을 줬다. 수연은 늘어진 팔에 힘을 주기 위해 노력했지만 손가락 끝만 간신히 움직일 수 있었다. 그리고 또 한 번, 몸에 있던 영혼이 아래로 쑥 빠져나가는 느낌을 받았다. 일정한 간격으로 요동치는 박동이 느껴졌다. 피를 쥐어짜기 위한 심장의 힘겨운 운동이다. 시야에 걸린 손가락이 창백했다. 욱신거리는 왼쪽 어깨만이 수연이 아직 살아 있음을 알려 주고 있었다. 짙은 안개가 집 안까지 밀려들어 오는 듯했다. 어둠이 시야를 조금씩 덮쳐 오기 시작했고, 수연은 분열 중인 두 사람을 다시 바라봤다.

울란의 배를 깔고 앉은 완다가 칼을 더 깊숙이 꽂았다. 서로의 숨소리가 부딪힐 정도로 가깝게 맞닿은 완다와 울란의 얼굴이 보였다. 피로 범벅이 된 울란의 손이 완다의 손을 감쌌다. 떨리는 울란의 손이 애처롭다. 수연은 무거운 눈꺼풀을 감지 않기 위해 애썼다.

울란은 검붉은 피를 쏟아 내며 완다에게 말했다. 언어가 마구 뒤섞여 있어, 수연은 온전히 알아듣기가 힘들었다. 울란은 그때 자신은 아무것도 하지 않았음을 이야기하고 있는 듯했다. 너는 나를 원망할 수 없다, 네게 지은 죄가 없으므로. 완다는 그대로 체중을 실어 칼을 깊숙이 찔러 넣었다. 칼끝이 울란의 몸통을 뚫고 나올 정도로. 울란의 몸부림이 커졌다. 울란이 짐승의 괴성 같은 소리를 내질렀다. 완다는 그 비명에도 아랑곳하지 않고 입을 열었다.

"살해당한 사람이 살아날 수 있는 구원에는 세 가지 종류가 있어."

차분하고 시린 목소리였다.

"살인마가 살해하지 않을 때, 누군가 그 살인을 막을 때, 그리고 다시 살아날 수 있는 마지막 기회를 놓치지 않을 때."

완다가 칼을 비틀자 울란의 고함이 어두운 밤하늘로 퍼져 나갔다. 두껍고 날카로운 울란의 손톱이 완다의 팔뚝을 붙잡았다. 손톱이 가죽 재킷을 뚫고 들어가 완다의 살을 파고들었지만 완다는 일말의 비명도 없이 칼을 붙잡은 채 버텼다.

"너는 그날 그 괴물이 우리 집에 올 거라는 걸 알고 있었어. 그래서 지켜보고 있었지. 내가 죽는 걸 보고 싶었으니까. 그럼 그 괴물이 애꿎은 사람을 죽이려고 했을 때 말렸어야 했어. 아직 정신이 있는 사람을 떨어트릴 때라도 너는 말렸어야 했고, 내가 도와 달라고 소리쳤을 때라도 너는 나를 도와줬어야 했어. 어디서부터 다시 말해 줄까. 네가 웃고 있었던 것도 말해 줘야 너의 억울함이 좀 풀릴까."

완다의 손등까지 타고 흘러 내려온 저것은 피일까. 완다는 오래 버티지 못하고 곧 무너져 내릴 것만 같았다.

"도대체 왜 그랬어. 왜 그 모든 걸 지켜보기만 했어. 내가 사랑하는 사람이 죽고, 그 애가 내 곁을 떠나는 걸 너는 왜 즐거워했어."

울란은 대답하지 못했다. 완다의 팔을 붙잡고 있던 울란의 손이 떨어졌다. 힘없이 떨어진 손에서는 그 어떤 미세한 움직임도 없었다.

죽었다. 인간 수십 명을 먹어 치웠던 그 강인한 생명이 완다의 칼끝에 죽었다.

당신이 이겼다고 말해 주고 싶었지만 수연은 완다를 향해 웃어 줄 힘조차 남아 있지 않았다. 건물 전체가 흔들리는 듯한 어지러움을 느꼈고 구역감이 밀려왔다. 완다가 칼을 놓고 울란의 몸에서 내려왔지만 차마 일어서지 못하고 그대로 바닥에 쓰러졌다. 수연이 완다에게 손을 뻗었다. 잡으려 했지만 손이 닿지 않았다. 그 대신 따뜻하고 매끈한 피가 손에 닿았다. 수연은 퍼져 오는 피를 따라 시선을 움직였다. 울란의 피이기를 간절히 바랐건만, 시선이 닿은 곳은 완다의 복부였다.

짙은 안개. 쓰러져 있는 사람. 검붉은 피. 그 모든 것이 뒤섞였지만 밤은 조용했다. 안개가 모든 소리를 집어삼키고 있었다. 아무 일도 일어나지 않는 고요한 밤처럼 굴었다. 꿈에서도 보고 싶지 않았던 장면이 겹쳐 떠올랐다. 돌이킬 수 없던 차가운 체온이 떠올랐다. 그 사람처럼 완다도 식기 전에 붙잡고 싶은데 몸이 말을 듣지 않았다. 왜 늘 이렇게 한 발 느린 것일까.

완다를 불렀다.

완다는 수연을 쳐다보지 않았다.

규칙적으로 오르락내리락하는 완다의 몸은 여전히 숨이 붙어 있다는 것을 알려 주고 있었지만, 완다는 살아날 의지가 없는 듯 천장만 바라보고 있었다. 공허한 눈. 아무것도 담지 않는 텅 빈 눈. 수연은 그 눈이 미친 듯이 싫었다. 은심 할머니도, 서난주도, 그리고 은경 선배도 전부 그런 눈이었다. 왜 죽은 이의 눈에는 아무것도 들어 있지 않을까. 그래서 그 눈을 마주치는 순간, 저승의 헛헛한 바람이 산 자에게도 느껴지는 걸까.

살기 위해 몸부림치라고 외치고 싶다. 구급차를 부르라고, 끝없이 새어 나오는 피를 지혈하라고. 때를 기다린 사람처럼 죽음을 맞이하지 말라고 외치고 싶다.

그렇지만 완다는 끝내 손끝 하나 움직이지 않았다.

안개가 조금씩 걷히며 붉게 뜬 달이 보였다. 수연은 자신의 눈을 뒤덮은 피를 닦아 냈다. 그러자 창틀에 선 한 여자가 보였다.

열린 창문으로 들어온 저 사람은 누구일까. 사람이 맞기는 할까. 여자는 완다에게 다가갔다. 수연은 저 여자도 울란과 같다는 것을 안다. 하지만 다르다. 완다가 울란을 마주쳤을 때와 다르다. 여자는 완다 옆에 무릎을 꿇고 앉았다. 검고 긴 생머리. 창백한 피부. 검붉은 입술. 파란 구두에 노랑 양말…. 이상한 여자다, 라고 생각했다.

수연은 시야가 완전히 차단될 때까지 둘을 지켜봤다. 여자는 피에 엉킨 완다의 머리카락을 쓸어내렸고, 가까이 다가가 완다와 눈을 맞췄으며, 완다의 목걸이를 움켜쥐었다. 여자가 입을 열어 완다에게 무어라 말했지만 수연은 알아들을 수 없었다. 완다는 목걸이를 쥐고 있는 여자의 손을 감싸 목걸이를 툭 끊었다. 여자에게 목걸이를 넘겨주며 무어라 말했지만,

역시나 수연은 들을 수 없었다.

자신을 형사라고 소개한 여자의 오른팔에는 길이 15센티미터 정도의 흉터가 있었다. 날카로운, 이를테면 칼 같은 흉기로 깊게 긁힌 흔적이었다. 곧바로 꿰매거나 소독하지 못한 채 오래 내버려 두었는지 흉터는 시간이 꽤 흐른 것 같았음에도 선명했다. 여자의 팔에는 그 외에도 자잘한 흉터가 많았지만, 수연의 시선을 붙잡은 것은 그것뿐이었다. 칼. 수연은 병실 침대에 누워 심장을 짓이겼던 칼을 잠시 떠올렸다. 여자는 헛기침 소리로 다른 생각에 빠진 수연을 불렀다. 수연은 그제야 여자의 얼굴을 바라보며 대화로 돌아왔다.

"어디 불편하시면 조금 있다가 다시 오겠습니다. 조금 더 주무셔도 됩니다."

수연은 괜찮다며 고개를 저었다. 수연이 다시 눈을 떴을 때는 오래된 건물의 시멘트 위가 아닌 1인 병실 침대였다. 침대에서 이틀을 잠들어 있었다는 건 병실을 지키고 있던 찬태에게서 들었다. 이틀이 지났는지도 모르게 잠들어 있던 사이, 수연은 한 차례 수술대 위에 올랐고 끔찍한 악몽이라도 꾸는 듯 땀을 흘려 네 번이나 침대 시트를 갈았다고 했다. 찬태는 입술을 달싹이며 수연에게 무언가를 물으려 했지만 말을 꺼내기 전에 이 여자가 병실을 찾아왔다. 여자는 인천 서부 경찰서 수사부 형사과 소속 형사라고 소개했다. 그리고 곧바로 지금 이 시각 이후로, 지금껏 수연이 독단적으로 수사했던 '철마재활병원 모르핀 중독 및 자살' 사건의 모든 권한을 자신이 위임할 것이라고 덧붙였다.

수연이 깁스를 한 자신의 오른팔을 확인했다. 뼈가 으깨진 것일까. 깁스를 두드려 봤지만 두껍게 말린 붕대 탓에 아무것도 느껴지지 않았다. 여자가 병실 구석에 있던 바퀴 달린 의자를 끌고 와 침대 옆에 앉았다. 녹음기를 꺼내 녹음 버튼을 누르고는 서랍장 위에 올려놓았다. 사건 경위를 들을 때에는 녹취를 해도 되는지 먼저 허락을 받는 것이 절차였으나 굳이 묻지 않아도 수연이 동의할 것으로 생각했는지 여자는 자질구레한 멘트를 전부 생략하고 곧바로 본론으로 들어갔다.

"형사님은 지금부터 제게 모든 일을 빠짐없이 보고할 의무가 있습니다. 동의하십니까?"

수연이 고개를 끄덕였다.

"일단 저희 측에서 정리한 사건 요약을 먼저 들으신 후에 사건 경위가 맞는지, 다르다면 어떤 부분이 다른지 말씀해 주시면 되겠습니다."

"예, 알겠습니다."

대답하는데 목이 까슬까슬했다. 물이 필요했지만 차마 달라고 부탁하기가 애매해 수연이 마른 혀로 입술만 훑었다. 여자가 손에 들고 있던 파일을 열었다. A4용지 한 장에 빼곡하게 적힌 내용을 묵묵히 읽어 내려가기 시작했다.

"철마재활병원에서 2월 14일부터 4월 25일까지 총 여섯 차례의 자살 사건이 일어났고, 형사님이 집단자살에 의문을 품

은 것이 4월 11일, 네 번째 자살이 일어났을 때라고 나와 있는
데요.”

여자가 확인을 바라는 눈빛으로 수연을 쳐다봤다. 수연이
고개를 끄덕였다. 여자는 자질구레한 문장들을 눈으로 훑고
는 중요한 부분부터 이어 읽기 시작했다.

“그러니까 형사님은 집단자살이 심리적 우울감이나 주변
영향이 아니고 누군가가 자살을 유도한다고 보신 거고요. 그
래서 ‘서난주’라는 재활병원 7층 간호사가 돈을 받고 환자들에
게 불법으로 모르핀을 투여해 주고 있었던 사실까지 밝혀내
셨습니다. 그래서 이 사건은 약물에 의한 환자들의 환각 증세
로 집단자살이 일어났다는 건데…”

여자가 말끝을 흐리고는 파일을 들춰 사진 한 장을 수연
에게 건넸다.

“죽었죠. 피의자가.”

수연은 죽어 있는 서난주의 사진을 보았다. 참혹한 시체
를 보고도 표정에는 어떠한 동요도 일지 않았다. 수연은 여자
가 자신의 표정을 유심히 살핀다는 것을 알아차렸다. 자신에
게 심문자의 태도를 보인다는 걸 깨달았다. 단순히 사건을 인
계받기 위해 자신에게 질문하고 있는 것이 아니다. 여자는 이
참혹한 사건을 왜 수연 혼자 수사했는지에 대한 의문과 서난
주가 왜 죽었는지에 대한 진실을 수연에게 묻고 있다. 또 다른
용의선상에 올려 두고서 말이다.

"형사님은 서난주의 오피스텔에서 홀로 발견되셨습니다."

홀로.

수연은 그 단어를 곱씹었다.

"형사님이 이 병원에 도착했을 때 어떤 상태로 오셨는지 의사한테 이야기 들었어요. 제가 궁금한 것은 두 가지인데, 하나는 왜 그날 밤에 서난주의 집을 다시 찾아갔는지. 다른 형사님한테 말을 안 하셨더라고요. 물론 수사 차 살펴보시려고 갔다는 것도 충분히 염두에 두고 있습니다만 아닐 경우도 생각을 해 봐야 하지 않겠습니까."

수연은 여자의 의심을 충분히 이해한다는 의미로 고개를 끄덕였다.

"그리고 또 하나는 형사님 상태인데요. 오른팔과 갈비뼈가 골절된 데다 출혈 과다였어요. 조금만 늦었다면 그대로 영영 눈을 뜨지 못하셨을 거예요."

여자는 또다시 말을 멈췄다. 진실을 갈구하는 눈은 먹잇감을 놓치지 않는 매의 눈과 비슷했다. 자신이 말하고도 믿을 수 없는 그 말을 내뱉기 전에, 수연이 사실을 토해 내기를 바라는 눈이었다. 하지만 수연은 그럴 수 없다. 여자가 하는 말이 얼토당토않아도 그 말이 진실이리라는 걸 알고 있었다.

"출혈 부위가 없는 과다 출혈. 형사님이 쓰러져 있던 바닥에도 유혈 흔적이 남아 있지 않았고요. 저는 이게 무슨 소리인지 이해가 안 됩니다."

어떤 반응을 취해야 할까. 가장 적절한 반응은 무슨 소리냐며 되묻거나 놀라는 것이겠으나 수연은 아무런 미동 없이 여자를 쳐다보기만 했다.

"그리고 현장에서 형사님 피 외에 또 다른 피가 검출되었습니다."

여자가 사진 한 장을 내밀었다. 마룻바닥에 묻은 핏자국이 보였다. 수연의 피가 아니었다. 수연은 저렇게 피를 흘리지 않았다.

"형사님. 인근에서 총성이 몇 번 들렸다고 했고, 현장에는 형사님 외에 다른 피가 검출됐습니다. 그런데 발견된 건 형사님의 총뿐이에요. 지문 역시 형사님 지문뿐이었습니다. 현장에서 발견된 사람도 형사님, 한 분이었습니다. 비슷한 시각에 복도 CCTV에 그곳으로 향하는 여자가 찍히기는 했는데요. 이상하게도 빠져나오는 모습이 없습니다. 그 집에서 사라진 것처럼 아무도 나오지 않았어요. 그리고 방금 말씀드렸던 그 여자 말입니다. 서난주 씨 사망 하루 전에 그 집에 찾아갔던 게 CCTV에 찍혔습니다. 사건 당일에 찾아간 게 아니라서 꽤 나중에 발견됐는데, 이 여자 형사님이랑 같이 움직였더라고요. 같이 수사를 했다고 증언한 병원 관계자가 있었습니다. 파트너처럼요."

여자의 눈은 매서웠다. 형사가 아닌 여자와 수사를 진행했고, 그 여자는 사망한 피해자의 집을 찾아간 적이 있었다.

그리고 어젯밤에도 그 오피스텔을 찾았으나 빠져나간 모습은 찍혀 있지 않았다. 수연은 아무런 대답도 해 줄 수 없었다. 그들이 벽을 타고 밖으로 나갔을 거란 말을 차마 내뱉을 수 없어서였다. 그저 완다가 서난주를 알고 있었다는 사실만 맴돌았다.

수연의 반응을 기대했던 모양인지 여자는 긴장했던 어깨를 풀며 조금 허탈하게 웃었다. 뒤이어 한숨 섞인 탄식을 내뱉고는 가지고 왔던 자료들을 챙기며 엉덩이를 뗐다.

"오늘은 더 쉬시고 내일 다시 올 테니 생각 정리를…."

"생각납니다."

여자는 수연을 멀거니 쳐다보다 의자에 도로 궁둥이를 붙였다.

"전부 생각나요. 수사에 협조할 수 있습니다."

자신이 조사하고 겪은 것을 말하는 건 아무런 문제도 되지 않았다. 그것은 형사로서 당연히 해야 하는 의무였다. 하지만 수연은 그것을 '전부 말하는' 것이 염려스러웠다. 전부 말한다고 과연 저 여자가 수연의 말을 믿을까. 아마 확신에 가까운 추측으로, 여자는 수연의 말을 믿지 않을 것이다.

"하지만 제가 하는 말을 전부 믿지 않으셔도 돼요. 그냥 듣기만 하시면 됩니다."

여자는 어려울 것 없다는 듯 고개를 끄덕였다. 수연이 본격적으로 자살에 의심을 품기 시작했던 3주 전, 4월 11일 네 번째 사건 발생부터 이야기해야 한다.

여자가 떠난 새벽, 예정된 방문처럼 굵은 빗줄기가 창문
에 떨어졌다. 침대에 모로 누워 창문을 멍하니 바라봤다. 여
자와 나누었던 말을 되뇌었다. 수연의 말을 다 들은 여자는
난감해 보였다. 그런 여자의 심정을 이해했다. 만일 여자가 수
연의 말을 그대로 위에 전한다면 수연은 정신병원으로 가게
될 거였다. 하지만 곧 비웃으며 자리를 피할 줄 알았던 여자는
허심탄회한 어투로 수연의 말을 수긍했다. 말이 되지 않는다
는 것 빼고 모든 사건의 순서와 구체성이 명확하다고 말했다.
수연은 그것이 자신을 위한 여자의 마지막 배려라고 느꼈다.

병실은 컴컴했고 조용했다. 고개를 돌리면 1인 병실 문밖
을 계속 서성이는 사람의 형체가 보였다. 저 순경들한테도 말
을 해 볼까. 저 순경들도 믿지 않으면 수연은 자신이 겪은 일
이 망상이었다고 쉽사리 인정하게 될까. 수연이 오른팔을 들
었다. 깁스 탓에 무거웠다. 꺾였던 손바닥의 고통이 생생히 떠
올라 인상을 찌푸렸다. 그러다 어깨에 닿았던 낯선 통증이 스
쳤다. 수연이 상체를 일으켰다. 깁스한 손을 들었다. 왼쪽 목에
손가락을 올렸다. 천천히, 깁스 밖으로 조금 튀어나온 손끝으
로 목선을 따라 훑었고 그렇게 어깨 위에서 멈췄다. 그곳에 있
었다. 두 개의 구멍이.

완다가 웃었을 것이다. 뱀파이어를 만나고도 살아난, 그

희박한 생존자 중 한 명이 되었다는 것을 들으면. 완다는 어디로 갔을까. 수연은 완다의 머리카락을 쓸어내리며 인사를 건넸던 여자의 얼굴을 떠올렸다. 완다는 살아 있지 않을까. 그럴 것 같았다. 정확히 설명할 수 없는, 수연의 감이 그렇다고 말해 주고 있었다.

수연은 2주 뒤에 퇴원했다. 병실에서 몇 차례 조사가 더 이루어졌지만 시체가 없는 사건이다. 시체가 없으면 범죄가 될 수 없다. 많은 의문점을 남긴 채 수사는 지지부진했다. 병원에 있는 동안 수연은 완다가 자신을 찾아오지 않을까 싶어 창밖을 자주 내다봤으나 완다와 비슷한 사람은 보지 못했다. 홀로 퇴원 준비를 하던 수연을 찾아온 사람은 찬태였다. 찬태는 차 키를 보여 주며 수연의 짐을 대신 들고 병실을 나갔다.

찬태는 집으로 가는 길에 자도 된다고 했지만 잠이 오지 않았다. 수연은 조수석에 앉아 이제 제법 더워진 날씨를 느끼기 위해 창문을 열었다. 구름 낀 하늘은 어두웠지만 바람은 포근했다. 가로수에 돋아난 푸른 잎을 바라보며, 수연은 철마 재활병원이 결국 문을 닫았다는 소식을 들었다. 수연은 한동안 가만히 있다 찬태에게 물었다.

"거기 입원했던 사람들은 다 어디로 갔어요?"

"가족들이 데리고 가거나 더 좋은 병원으로 갔지, 뭐."

"그렇구나, 잘됐어요."

수연은 창문 틈으로 불어오는 미지근한 바람을 느꼈다.

계절이 그렇게 지나갔음을 느꼈다. 금방이라도 비를 쏟을 것 같은 먹구름이 가득 낀 하늘이었다. 한참 동안 묵묵히 운전하던 찬태가 조심스럽게 입을 열었다.

"그때 찾아온 형사가 나한테 너랑 한 이야기 말해 주더라. 다른 사람한테 말하지는 말고 사건과 크게 관련이 없으니까 우리끼리만 알자고 했어."

세상은 조용하게 흘러갔다. 수연이 걱정했던 전쟁은 아직 일어나지 않았다. 사람들은 여느 때처럼 피의 냄새를 모르는 채 살아갔다.

"충격을 받으면 기억에 일시적으로 문제가 생길 수도 있고 그렇다고 하니까."

억울하지 않았다. 수연은 차라리 그게 편했다. 그것이 진실이 되든 거짓이 되든 달라지는 것은 없다. 또 누군가 자신의 곁을 떠났다는 것은. 슬픔과 이별에 평생 무뎌질 수 없기에 삶에는 끝이 있는 것이로구나. 그 아픔을 전부 참으며 영생을 산다면 그것이 지옥이 되는 것이로구나.

"이겨 내, 인마. 지금껏 그래 왔던 것처럼. 그저 남들보다 더 넓고 어두운 세상을 보며 살게 되는 것뿐이야. 그냥 그렇게 살아가는 거지. 원래 우리 직업이 그런 거지 뭐. 사는 게 별거 있어?"

창밖을 바라보던 수연은 인파 속에서 익숙한 얼굴을 보았다. 수연은 그 얼굴을 따라 시선을 움직였다. 사람들 속에서 아무렇지 않게 숨 쉬고, 웃고, 살아가고 있다. 어둑어둑했던 하늘에서 마침내 굵은 빗줄기가 쏟아졌고, 하나둘씩 우산을 펴기 시작하는 사람들 속에서 그레타만 유유히 비를 맞았다. 그레타는 수연을 발견하고 손을 흔들었다.

찬태의 말처럼 바뀌는 것은 아무것도 없을 것이다. 그저 남들보다 더 넓고 어두운 세상을, 그곳에서 풍기는 외로움의 냄새를 더 잘 맡게 되겠지.

"하지만 그들은 곁에 있어요."

수연은 덤덤하게 말을 이었다.

"그러니 조심하세요. 그들에게서 인간을 지킬 수 있는 유일한 방법은, 외로운 자들을 홀로 두지 않는 거예요."

시선이 닿지 않는 곳곳에, 세상의 어둠 면면에, 그들은 언제나 고독한 피 냄새를 맡고 있을 것이다.

나를 '딸'이라고 부르는 할머니가 있었다. 내가 본인의 딸이 아니라는 건 그 할머니도 알고 있었다. 그렇지만 '딸'이라는 단어를 내뱉고 싶어 나를 그렇게 불렀다. 그 할머니는 1년 정도 병원에 계시다가 퇴원했다. 다행히 가족들이 집으로 모셔 갔다. 내게 엄마가 두 명이었던 시절은 그렇게 끝났다.

그러니까 소설 속 철마재활병원처럼 모든 재활병원이 암울한 건 아니라는 이야기가 하고 싶었다. 큰 대학 병원부터 장기 입원이 가능한 재활병원까지. 웬만한 형태의 병원은 다 다녀 본 듯하다. 차로 10분 거리부터 두 시간 거리까지. 적게는 6개월, 길게는 3년씩 머물렀다. 보호자로 병원을 수도 없이 들락날락하며 입원 병동에서 풍기는 특유의 약물 냄새도 어느 순간 느껴지지 않을 만큼 익숙해졌고, 입원 병동의 보이지 않는 정치 싸움도 읽을 줄 알게 되었다. 특히나 장기 입원이 가능한 병원에서는 층마다 '실세'가 있다. 샤워실을 사용하는 순서와 세탁기, 전자레인지를 사용하는 순서도 암묵적으로 정해져 있다. 그 작은 사회에 물들어 갈 때쯤 병원을 배경으로 글을 쓰고 싶다는 생각을 했다. 물론 처음부터 이 이야기를 생각한 것은 아니지만.

이 소설은 2019년 하반기에 안전가옥 스토리 공모전에 냈다가 떨어진 〈실종자 수 0명〉을 고친 소설이다. 공모전에 떨어졌는데 어떻게 소설을 낼 수 있었느냐면, 헤이든 PD님의 마음에 들어서라고 말할 수 있겠다. 첫 미팅에서 헤이든 PD님은 "작가님은 이 소설로 무얼 말하고 싶으세요?"라고 물었다. 나는 위에서 말한 저런 이야기를 했던 것 같다. "병원을 집처럼 다니거든요. 특히 지금 다니고 있는 병원은 상권이 대부분 죽은 번화가에 있는데, 그곳은 유독 보호자들이 잘 찾아오지 않아요. 사회에서 1인분을 하지 못한다는 이유로 그곳에 모아 놨다는 생각이 들어요. 그래서 외롭게 두지 말라는 말을 하고 싶었어요."

소설이 변화되는 과정에서 병원 환자들에 관한 이야기가 줄고 인물들의 관계에 집중하다 보니 내가 병원이라는 배경을 무작정 불행하게 그린 것은 아닐까 하는 걱정이 많았다. 지금도 그렇다. 그래서 작가의 말에 늦은 변명을 해 보고자 한다. 다 같이 사이좋게 사는 공동주택처럼 행복한 곳도 있다. 매일

같이 가족들이 찾아오는 곳도 있다. 환자를 볼 수 없는 역병의 시대에 얼굴은 보지 못하더라도 먹을 것을 가득가득 사 와 1층 로비에 잔뜩 쌓아 두고 가는 풍경을 볼 수 있는 곳도 있다.

수연의 마지막 말을 하기 위해 이토록 긴 이야기를 풀었다. 중간에 길도 많이 잃었다. 초고를 2020년 8월에 다 써 놓고 2021년 2월까지 통으로 뜯어고치기를 계속 반복했다. 여전히 길을 잘 찾은 것인지는 모르겠다. 그래도 초고보다는 나아졌다는 생각을 한다(최종 완성 형태에는 초고가 3분의 1밖에 남지 않았다).

작가가 자꾸 길을 잃고 헤매고, 처음으로 돌아가 다시 시작하기를 반복하는 동안 묵묵히 응원하고 조언해 주었던, 그리고 같이 고민하고 힘들어했던 헤이든 PD님과 모 PD님께 정말 감사드린다. 이 소설에 국한된 것이 아니라 '글을 통해 본인이 하고 싶은 말'을 계속 확인하고 물어 준 사람은 PD님들이 처음이었다. 침대에 누워 내가 왜 소설을 쓰는지 고민하는 날이 잦았다. 그 덕분에 희미해졌던 것을 도로 선명하게 새길 수 있었다.

아쉬움이 없는 소설이 있을 수 있을까. 또 그런 생각을 하며, 이 소설도 떠나보낸다.

2021년 5월

천선란

프로듀서의 말

《밤에 찾아오는 구원자》는 2019년 하반기 코지 미스터리 공모를 통해 처음 만났습니다. 밝고 경쾌한 사건이 종횡으로 오가는 여타의 이야기들 가운데 홀로 어두운 기운을 품은 채 아직 말을 다 끝내지 못한 트리트먼트가 제 눈에 들어왔습니다. 이야기 속 캐릭터와 배경이 가진 힘이 느껴지는 작품이었기에, 과연 이 이야기의 끝은 어떤 모습일지 무척 궁금했던 것 같습니다.

작가님과의 인터뷰를 통해 병원에 관한 여러 일화를 전해 들었습니다. 작가 자신의 경험이 배경적 맥락과 맞닿아 있다는 점이 좋았습니다. 실제 현실의 도움을 얻어 작위의 세계가 그럴듯해지기도 하니까요.

이 소설은 철마재활병원에서 잇따라 벌어지는 자살 사건에 의문을 품은 주인공이 뱀파이어 헌터와 함께 사건을 추적해 가는 이야기입니다. 믿기지 않는 일들이 계속 일어날 때 우리의 상상력은 또 다른 믿기지 않는 일로 뻗어 가기도 합니다. 외로운 사람의 피 맛을 알아보는 뱀파이어에 대한 작가의 상상력이 이 이야기를 만들었습니다.

이야기 안에는 저마다 외로움을 달리 대하는 여러 인물이 등장합니다. 외로움을 정체성 삼아 사는 뱀파이어를 비롯해, 외로움을 오랜 시간 짊어지고 사는 완다, 외로움이라는 감정을 낯설어했던 수연, 외로움을 이용하는 울란, 외로움과 싸우고 얻어맞는 난주. 철마재활병원에는 외로움에 무뎌진 사람도 있고, 외로움을 모른 척하는 사람, 외로움을 못 견디는 사람들도 있습니다.

우리의 주인공 수연은 외로웠기에 외로움을 알아보는 인물입니다. 수연의 외로움은 자신에게서 타인에게로, 세상에게로 나아가게 하는 힘이 되어 주었습니다.

좋은 이야기를 발굴하고 함께 짓는 일을 하고 있지만, 저는 여전히 좋은 이야기가 무엇인지 잘 모르겠습니다. 그러나 프로듀서이기 이전에 한 사람의 독자로서, 인간의 어두운 면

프로듀서의 말

을 다룬 이야기, 그러나 인간이기에 인간에게 주어진 의무와 자리를 지키려는 인물이 등장하는 이야기가 아직도 보고 싶습니다.

때때로 내면에서 어둠이 차올라 비정해지려 할 때마다 여러분의 마음속에 이 이야기가 떠오른다면 좋겠습니다.

이야기를 함께 만드는 일은 꽤 힘든 일입니다. 프로듀싱의 과정들, 이야기를 조각내고 다시 들추고 되돌리고 의견을 조율하고 기다리는 것은 어려운 작업입니다. 특히나 장편소설을 척척 써내시는 천선란 작가님의 경우에는 더욱이 힘든 작업이 아니었을까 감히 짐작합니다. 그럼에도 불구하고 언제나 글이 나아가려는 방향을 잃지 않고 어딘가에서 항상 동력을 되찾아 오신 작가님께 깊은 감사 인사를 드립니다. 동행을 허락해 주셔서 고맙습니다.

안전가옥은 기획PD와 스토리PD가 함께 이야기를 개발합니다. 개발 회의에서 기운이 떨어질 때마다 그 빈틈을 꼼꼼함과 긍정의 기운으로 빼곡히 채워 주신 기획PD 모에게도 감사 인사를 전합니다.

마지막까지 원고를 다듬어 주시는 남다름 편집자님, 언제나 빛나는 감성을 발휘해 주시는 이경민 디자이너님, 이번에도 감사합니다. 길고 긴 원고를 함께 읽고 길고 긴 논의를 함께 해 주는 안전가옥의 프로듀서(레미, 로빈, 쏘냐, 조이, 테오)와 책이 나와서 더 멀고 넓은 곳으로 나아가도록 힘써 주시는 사업팀 멤버(뤽, 시에나, 에이미, 쿤, 클레어) 모두 고생 많으셨습니다.

천선란 작가님의 이야기가 조금 다른 옷을 입고 나타났습니다. 부디 이야기 속의 조도와 온도와 습도를 모조리 느끼는 경험이시길, 읽는 동안 즐거우시길 바랍니다.

안전가옥 스토리PD

이은진 드림

밤에 찾아오는 구원자

1판 1쇄 발행   2021년 6월 11일
1판 2쇄 발행   2021년 6월 16일
1판 3쇄 발행   2021년 12월 17일
1판 4쇄 발행   2024년 4월 23일

지은이   천선란

기획   안전가옥
프로듀서   박혜신, 이은진
          김보희, 신지민, 윤성훈, 이수인, 임미나
편집   남다름
퍼블리싱   박혜신, 임수빈
표지 그림   이지혜
디자인   이경민
서비스 디자인   김보영
비즈니스   이기훈
경영지원   홍연화

펴낸이   김홍익
펴낸곳   안전가옥
출판등록   제2018-000005호
주소   04779 서울특별시 성동구 뚝섬로1나길 5,
        헤이그라운드 성수 시작점 202호
대표전화   (02) 461-0601
전자우편   marketing@safehouse.kr
홈페이지   safehouse.kr

ISBN   979-11-91193-13-8 (03810)
값   13,000원

안전가옥 오리지널